Rudolf Tarnow
Burrkäwers

W0370925

Rudolf Tarnow

Burrkäwers

Konrad Reich Verlag Rostock

1. Auflage 1990
Copyright © 1990 by Konrad Reich Verlag Rostock
Nach der Ausgabe des Verlages Ludwig Davids, Schwerin 1916
Vertrieb nur in der Deutschen Demokratischen Republik
Einbandgestaltung: Wolfgang Heincke; unter Verwendung
einer Zeichnung von Willi Siegert
Gesamtherstellung: Clausen & Bosse, Leck
Printed in Germany
ISBN 3-86167-013-5

Dat Randewuh in'n Rathus tau Stavenhagen

Festdichtung

tau dat Grundsteinleggen von dat Fritz-Reuter-Denkmal
in Stavenhagen an'n 7. November 1910

De Rathusklock tau Stavenhagen,
De soväl Johre nich mihr slagen,
Ward nachts Klock twölf dat Surren kriegen,
As künn se nu nich länger swiegen,
    As müßt se hüt
Mal wedder slahn nah lange Tied, –
Twölf is de Klock – tau End' de Dag!

    De ierste Slag
    Is nu verhallt, –
Wo sleiht de olle Klock hüt mächtig!
    Wo hett dat schallt!
Wo sünd de Släg' hüt all bedächtig! –
So lang' de Klock up't Rathus stahn,
    Nie hett s' so slahn,
    Denn jeder Slag,
    De kamen mag,
    De klingt so vull,
As wenn he rutposaunen wull:
Hürt Ji mi woll? – Hüt möt ick slagen!
Hüt giwt 't wat Grot's för Stavenhagen:

De sœwt November is nu dor!
Nu sünd se rüm, de hunndert Johr,
Dat in dat Hus, worup ick stah
Un för de Stadt de Tieden slah,
Ein Minschenkind dat Og' upslög
Un nieglich in de Welt rinseeg.
Un sick noch nix vermauden wier,
Wo oft verquier,
Wo bunt sick eins sien Läben dreihte
Un in de Welt em rümmerweihte;
Denn Gram un Blam
Un Sorg un Leid
Würd em dat Läben rieklich bringen, –
Doch he würd sick dörch 't Läben ringen
Un rüng sick tau Unsterblichkeit
Un würd ein Dichter, grot un würdig,
Un ut *uns'* Muern is he bürtig!
Fritz Reuter is uns! so jubeln wi,
Fritz Reuter! – Stavenhagen is stolz up Di! –

Un in Jubel œwer den groten Dag
Verhallt de letzte Klockenslag.
De Markt liggt still – de Klock, de swiggt;
Uemt't olle Rathus ward dat flimmern,
As wenn so 'n Lüchten 'rœwerflüggt,
Un dörch de Finstern ward dat schimmern, –
Nu bluckt dat up, – nu brennen mit 'n Mal
De Lampen all in'n Rathussaal.

Wat? – späukt dat dor? – bi Lampenschien
Sall midden Nacht hüt Sitzung sien?
Kein Börgermeister, kein Sekretier,
Kein Viertellüd', – kein Minsch is hier?
Nix is tau seihn!
De Stäuhl stahn lier,
Un up den grönen Disch verquier

Steiht blot dat grote Dintenfatt! –
    Doch still, mal still!
    Dor rögt sick wat! –
Dat treckt so von de Däl heran, –
Nu fött dat an den Drücker an, –
De Dör geiht up, –
    Herr Jesus – Kinner!
Mamsell Westphalen kümmt dor rinner. –
Wo kümmt Mamsell Westphalen her?
Nu kümmt noch einer dörch de Dör, –
Wo 's 't mœglich! – Fiken Besserdich! –
Un hett den Feudel in de Hand
Un stellt den Bessen an de Wand,
Un Selling nu dat Futern kriggt:
„Na, Diern! nu spaud Di œwer 'n bäten!
Wo hest Du denn so lang'n säten?
Hier giwt dat soväl aftauwischen,
De Bänk, de Stäuhl, de langen Dischen,
    Un Sahlmanns Fritz,
    De Musche Blitz,
De Bengel ward woll ok noch slapen!
Un all de Gäst – dit ward 'n Stück! –
De kamen jeden Ogenblick!
Herrjee! – dor geiht de Husdör apen! –
Nu kloppt 't all an! – herein! – herein! –
Verstäk Di, Diern! lat Di nich seihn! –
Süh dor – Herr Droi! – man ümmer rinner!
Wat maken denn de lewen Kinner?“

„Bon soir – bon soir! – serr slecht, Madam!
Die Kinder sein all bisken klamm,
Und auk die Mutter ebenfalls,
Die 'at die 'usten in die 'als!“

„Den Hausten hett se? – ach herrjeh!
Ick kak Se nahst Kamellentee,

Denn söll'n S' mal seihn, denn ward dat bäder!
Ick weit ok gornich, dit oll Wäder –
Herein! – Süh dor! Gu'n Abend ok!"
Un rinner störkt oll Köster Suhr
Un halt sick ut sien Rockelur
Dat rotgebläumte Taschendauk
Un jappt und wischt den Sweit sick af.
„Gu'n Abend auch! – ach, Sie verzeihn! –
Würd dies das rechte Zimmer sein? –
Ich macht all 'n lütten Zuckeldraw,
Ich wär bestellt hier zum Quartal,
Und soans wär es mich fatal,
Wenn ich nich käm' zu rechten Zeit
Von wegen die Unpünktlichkeit!"

„I wo! Herr Suhr!" seggt de Mamsell,
„Se sünd noch tiedig naug tau Stell!
Nu setten S' sick mit Droi tausamen,
De Annern warden ok gliek kamen."

Suhr sett't sick nu bi Drozen dal, –
        Dor kümmt mit 'n Mal
'ne ganze Schauw de Saaldör rinner.

„Nu kiek blot einer! – Lüd un Kinner! –
Gu'n Abend ok, Herr Havermann! –
Gu'n Abend, Swart! gu'n Abend, Witt!
Wat bringt Ji blot för Wäder mit! –
Nu kiekt mal Jochen Nüßlern an!
Na, Jochen, hest nu lang' naug slapen?
Wo hest du Hauhnerfieken drapen?
Du denkst hüt Abend ganz gewiß:
Dat 's all so, as dat Ledder is!
Na, sett Di man an'n warmen Aben,
Ick hew Di all 'n Stauhl ranschaben!"

Un wedder kümmt 'n groten Hümpel:
Fritz Triddelfitz un Kopmann Gimpel
Un Bäcker Swenn un Möller Voß
Un Holzen Dürt un de Franzos'
Un Moses un Pomuchelskopp,
Un as de letzt, – is nich tau denken!
Kümmt gravitätisch rintauswenken
Dörchläuchting mit 'n staatschen Zopp.

„Na, Kinnings? – sünd w' nu all tausamen?
Wat? – Unkel Bräsig is nich kamen?
Wat söll'n wi woll ahn Bräsig dauhn?
Dat is jo hüt de Hauptperson! –
Hett ünnerwägs em keiner seihn? –
Mal still, dor kloppt 't! – herein! – herein!"

Un Bräsig, dit lütt Krœtendiert,
Kümmt mastig nu herinstolziert.

„Schön guten Abend allesamt!
Korl Havermann, is doch verdammt
Reimatisch disse Johreszeit,
Un paß mal auf, es kommt noch stiewer!
– Doch hür mal, Korl! Ich komme heut
So von das Ivenacksche rüber, –
Nu denk Dich bloß – is nich zu glöben! –
Was is das hütingsdags 'ne Sak! –
Du sühst kein Stoppel, sühst kein Brak,
Das kultiviert all's Zuckerröben!
Das arme Vieh, das slägt sich woll
Mit Runkelsluh den Panzen voll! –
Wo kriegen sie den Meß nu her? –
Jä, Korl, – sie brauchen keinen mehr;
Da hat so 'n Klas was ausgeheckt
Un pulvrisierten Meß entdeckt,
Das schickt er Dich in einen Sack

Un beißt Dich grad as Schmuwtoback; –
Un Allens geht Dich mit Maschinen; –
Nu, sag mich mal, was is mich das?
Das wär' for Deinem Axel was,
Ja, Herr Baron, ich meine Ihnen!
Nu könnten Sie was ausklabüstern
Un mit den „Windhund“ rümmerklüstern, –
Doch, Korl, is gaud, daß wir von hinnen!
Da würd ich mir nich rinnerfinden!“

„Ja, Bräsig“, seggt Korl Havermann,
„De Welt leggt hüt sick anners an!
Ick hew mi ok üm disse Saken
In'n Stillen all den Kopp terbraken; –
Doch, Lüd, nu stellt Jug mal tausamen!
De Klock, de is all viertel ein,
Un noch von *Fritzing* nix tau seihn, –
Mi dücht, nu künn he ok bald kamen!“

„Mich ahnt“, seggt Suhr, „daß er gewiß
Noch irgendwo mal ankiehrt is;
Die Feuchtigkeit der letzten Wochen,
Die hat ihn wohl was angestochen,
Fritz Sahlmann, kuck mal aus die Tür! –
Doch halt mal stopp! – mich kommt es für,
As rögt es sich da auf dem Gang.“ –
„Dat is he jo!“ seggt Schauster Bank,
„Wat lurst Du noch, Pomuchelskopp?
Dor mak de Stubendör doch up!“
„Worüm grad ick?“ murrt de oll Slieker
Un grippt so tögrig nah den Drücker, –
Dor geiht s' all up! –
Un würklich wohr!
Dor grient dat olle lew Gesicht,
As wenn so 'n Hög dorœwer flüggt,
Fritz Reuter steiht warraftig dor.

De ganze Sippschaft fohrt tauhöcht.
„Na, Kinnings? – hewt Ji ok all lurt?
Mit mi hett 't bäten länger durt,
Ick hew noch ierst 'ne Städ besöcht,
De ick nich seihn so männig Johr,
Mien beiden Öllern slapen dor; –
Doch nu künn 'ck mi nich länger hollen,
Ick kreeg so 'n Driwwel nah Jug Ollen,
Hier is woll all's ut Rand un Band!
Na! – Gäwt mi mal ierst all de Hand!"

Nu ward ein Upstand un ein Trubel,
Ein Händ'ndrücken un ein Jubel,
Ein Rönnen un ein Rümmergahn,
Kein Minsch künn mihr sien Wurt verstahn.
As sick de Larm denn bäten leggt, –
Fritz künn binah kein Luft mihr kriegen, –
Ward Bräsig up den Disch 'rupstiegen
Un stellt verdwaß dat linke Bein,
As wier de Rund'n,
De hüt sick hier tausamenfund'n,
De saperlotische Verein;
Denn ward he mit 'n forschen Swung,
Mit Nahdruck un Begeisterung,
De rechte Hand in'n Bussen stäken
Un fangt nu mastig an tau spräken:

Geliebter Jubelgreis und Gönner!

Nach meinen Voß- un Haaskalenner
Is heut Dein Jubeläumsdag. –
Da wird nu an so männig Flag
Von Fritzing un von mich gesprochen,
Daß sicherlich noch viele Wochen
Uns davon beide Uhren klingen,
Ich weiß 'n Strämel von zu singen. –

Zu's Jubeläum, dacht ich nu,
Wär' paßlich wohl ein Randewuh, –
Doch – soans wollt ich keines haben,
Wie dunnmals in den Wassergraben! –
Nein, hier! – Dies Flag, wo Du geburn,
Das hätt ich mich so auserkurn,
Un auch die andern hätt 's behagt,
Sogor de oll Pomuchelskopp
Hätt regaliert, so daß ich drob
Für heut Quartal hier angesagt,
Zum Zwecke, daß wir gratulieren
Un nahst uns bischen verlustieren. –
Sehr paßlich war 's mich, daß auch *Du*
Hast zugesagt zu's Randewuh. –

So stehn wir hier denn, Mann für Mann,
Un ich as Auter baben an,
Un gratuliern Dich insgemein,
Dieweil wir Deine Kinder sein.
Du hast Dich rädlich abstrapziert,
Hest immer hin un her lawiert
Un all Dein bischen Gripps un Läben
In's Dasein uns mit reingegeben. –
Fritz! – Das hättst woll Dein Dag' nich dacht
Vor hunnert Johr in disse Nacht
Und auch woll nich as lütt Klabater, –
Vor allen aber nich Dein Vater,
As Du noch auf der Festung saßest
As Demagog' un Attentäter
Un saperlotscher Hochverräter
Un trocken Brot un Wasser aßest,
Daß *da*, wo Du im Rönnstein spieltest
Und oftmals auf der Nase fieltest,
Und wo Fritz Sahlmann Dir verhaute,
Man dich noch eins 'n Denkmal baute.
Was is das für 'nen snakschen Kram!

Ierst machen sie Dich solchen Blam
Un lassen Dich sieben Jahr lang brummen, –
Un nu woll'n sie Dich auffidummen
Un stellen Dich auf ein Postelment,
Als ob Dich das was kratzen könnt'!
Wo unbestännig von Natur
Is doch die minschlich Kreatur,
Auf nirgens was is noch Verlaat! –
Doch Fritz, das Denkmal wird ein Staat!
Das ganze Dings steckt voller Läben,
Man weiß die Sache Schick zu gäben;
Damit, daß Du nich so allein,
Flickt man uns allesamts mit rein:
Du sitzst da auf so 'n steinern Ding,
Und um Dich rummer, so in'n Krink,
So in die Lähnung sitzen wir
Und machen Dich Mafäukens für.
Jä, Fritz – nu kriggst Du sülwst das Lachen, –
Denk Dich mal rein in meine Lag',
Nu kann ich auf die alten Dag'
In einen Ritt Kamedi machen!
Na, laß man, Fritz! – Wir tun es gerne;
Hier in der Neeg, wie in der Ferne,
Uns is es quasi ganz egal!
Wir wollen noch so männigmal
Zu Deinem Ruhm das Uns're tun!
Du sollst noch männig hundert Jahren
Viel Ruhm und Ehr durch uns erfahren,
Sollst hochgeehrt im Grabe ruhn!
Denn ewig läwt, – dat 's mal 'ne Sak! –
Dörch Dich uns' lewe plattdütsch Sprak!" –

Still is dat rings in'n groten Saal,
Mamsell Westphal
Sluckst ümmer sachten vör sick dal,
Un Nüßlern seggt tau ehren Jochen:

„Hüt hett he mal vernünftig spraken,
Ick mücht em woll lew œwerstraken!“

Ok Fritzing wischt sick in de Ogen, –
Denn œwer seggt he grieniglich:
„Na, Bräsig, œwernimm Dich nich!
Seih Di blot vör, dat Du nich föllst,
Die Nase in's Gesicht behöllst,
Un kumm mal runner von den Thron!
Nu will'n w' mal ierst wat anners dauhn!
Sett't Jug mal dal! – Un Se, Westphalen,
Se lett 'n Korf vull Rotspohn halen! –
Wat sall dit all, tau 'n Dunnernarren!
Hier möt jo einer döstig warden!“

Un nu geiht ierst de Hopphei los.
„Prost Unkel Bräsig! – prost Franzos'! –
Prost Swart un Witt! – prost Hauhnerfieken!
Wist mi mal in de Ogen kieken! –
Na, Hanne Nüte? Will 't ok smecken?
Du möst nich ierst de Näs' rinstäken! –
Dörchläuchting, prost! – Se söllen läben!
Hüt ward 't woll kein Gewitter gäben!
Hüt ward woll kein mihr rœwerkamen! –
Prost Lüd un Kinner alltausamen!“
Un Läuschens fleigen nu ümher,
As wenn de Saal 'ne Gaststuw wier,
Un männig Knäp un mänig Snurren
Ward'n in den Saal nu rümmerburren.

Un von de Wand
Tau rechten Hand
Kickt still hendal
Burmeister Reuter in den Saal
Un denkt, as Fritz so rümmerdännert:
Min Sœhn, Du hest Di noch nich ännert!

De Tied vergeiht, de Klock sleiht: ein!
Dat lustig Läben nimmt 'n End'n,
Se gäben ilig sick de Händ'n,
Un ilig treckt dat all vonein, –
Nu is 't, as wenn dat Schatten wiern,
De an den Häben
In alle Ründ'n ut'nanner swäben
Un in de Fiern
Sick all verliern. –
Still liggt dat Rathus wedder dor,
As wier de ganze Späuk nich wohr.

De Dag breckt an, – nu ward 't ein Läben!
De Schaulen hebben fri hüt gäben,
Un spaßig is dat antauseihn,
As wenn ein Wunner is gescheihn:
De Schatten, de de Nacht sünd tagen,
Sünd in de Schaulen rinnerflagen.
Dor steiht all einer vör't Katheder,
So 'n lütten, dicken, korten Peter:
„Hier geiht he hen, – dor geiht he hen! –
Mein Gott! Wat fehlt Di? Segg doch, Swenn!"

Un hier steiht noch so 'n lütten Snüter
Un deklamiert von „Hanne Nüte", –
Wat sünd dat einmal all för Saken,
In jede Schaul ward plattdütsch spraken! –

Doch Bräsig un Korl Havermann
Stahn beide vör den Himmelssaal,
Un Bräsig seggt: „Nu kuck mal dal!
Nu kuck Dich mal die Hopphei an!
Da wird von mich was deklamiert!
Wo haben sie mir ausstaffiert! –
Korl! soviel is mich aberst klor:
Du magst meinswägen viel erläben, –

Fritz Reutern wird 's man „*Einen*" gäben,
Der lebt Dich an die dausend Johr!"

Hannes Snur up Posten

Tau ollen Friedrich Franzens Tieden
Harr 't Postenstahn wat tau bedüden,
Denn Friedrich Franz wier oft nich schön;
De würd mit einen Blick dat seihn,
Ob ein' adrett un propper wier,
Un nu up Posten – noch väl mihr!
Ob dat Gemeine orre Hogen, –
He keek se mit sien blagen Ogen
Gliek dörch un dörch bet in de Seel,
Un männig einen würd denn swöl,
Ja, Postenstahn wier dunn kein Spaß.

So wier eins vör de Sloßterrass'
Ein Eikbom, Hannes Snur mit Namen,
Tau'n iersten Mal up Posten kamen.
Un Hannes harr de Büxen vull;
So 'n Postenstahn wier rein tau dull!
Denn wat wier mit em rümexiert,
Wat harrn se em de Lex verhürt,
Wat harrn s' em quält mit dat Hannühr,
Dat dat man ollig klappen würd,
Un nu seet Hanne midden mang.
He wier von't Kieken all halw krank,
Denn stundenlang harr he all lœkert,
Ob dor nich einer rümmerstœkert, –
Doch kein Minsch kem, de Spaß an fünn,
Wo fein he präsendeiren künn.
„Wat is dit einmal!" futert Hanne,
„Nah mien Rabeit kümmt keiner ranner,

Hier steiht 'n rein verpaßlatant,
Nu stell 'ck de Knarr gliek an de Wand!"

Up einmal ward sick dor wat rögen,
Un Hanne horcht – un kriggt dat Oegen, –
He hürt den Stieg wat 'runner kamen,
He ritt de Hacken all tausamen, –
He schult ümher un halt hoch Luft, –
Un wedder schult he hen – und zufft,
Den Dunnerknütt! – dor hemm' wi 't jo!
Oll Friedrich Franz kümmt up em tau,
Grad up em tau. – Wo 't nu woll ward!
Uns' Hanning war 't vör Ogen swart,
Em ward ganz leeg, em ward ganz slicht, –
Wenn he dat Swienhäud'n man nich kriggt!
Doch ne, uns' Hanne grippt sick flink –
Un smitt de Knarr – un steckt em 'n Ding,
As süll de Knarr in Stücken bräken,
Dat sülwst oll Friedrich Franz hett käken.
He kickt – un nickt – un seggt kein Wurt.
Dat 's einer von de gaude Ort, –
So denkt he woll in sienen Sinn, –
Wo de henhaugt, dor waßt kein Gras,
Mit so 'n Soldaten makt dat Spaß! –
Un geiht denn in dat Sloß herin.

Wat hett uns' Hanne Angst utstahn!
Na, ditmal hett 't noch gnädig gahn, –
So denkt he, – wat so 'n Griff nich makt!
Dat hett ok niederträchtig knackt!
De Griff, de hett em woll gefollen,
Ick griep all grad so as de Ollen.

Un Hanne ward de Knarr nu straken
Un will vör Hœg poor Griffe maken, –
Up einmal œwer hölt he an, –

Dor kümmt nochmal wen antaugahn.
Wat makt uns' Hanne nu vör Ogen:
Dat 's jo noch einer von de Hogen, –
Dat möt de Erbgroßherzog sien!
Na, lat em man ierst neger kamen! –
Un Hanne ritt de Bein tausamen,
He treckt dat Kinn – in de Halsbind' rin, –
Un wedder grippt he in de Knarr,
As wenn dat Ding kein Geld kost harr.
De Erbgroßherzog kickt em an:
„Nur nicht so ängstlich, lieber Mann!
Er steht wohl heut zum ersten Mal?"

Uns' Hanne steiht dor as so 'n Pahl:
„Ja, Kö–ö–ö– Hoheit! – dor hemm S' recht!"

„Sieh! – Griffe kloppt Er gar nicht schlecht, –
Ihm macht das Postenstehn wohl Spaß?"

Uns' Hanne kickt nu so verdwas:
„Kö–ö–ö – Hoheit, dat 'ck nich leigen dauh, –
Väl frag 'ck nich nah, – wi möten jo! –
Am lewsten wier ick dor von af!"

De Erbgroßherzog is ganz baff
Un ritt verdutzt de Ogen apen, –
So 'n Posten harr he noch nich drapen,
Dit Spillwark müst he neeger seihn.

„Ne, wat He seggt! – Dit is jo schön! –
He 's säker doch von'n Dörpen her?"

„Ja, Kö–ö–ö – Hoheit! dat hemm S' radt;
Dat künn woll ok nich anners sien,
Ick bün ut Lütten-Wangelin,
Ick hew dor feuhrt mit't ierst Gespann

Un männig Feuder Meß upladt, –
Ja, fragen S' man nah Snurs Johann!" –
„Süh, dit is mi 'ne grote Freud,
Un Vadder – Mudder läben beid?"

„Ja, – de sünd beid ganz gaud tau Wäg; –
De hemm 'ne Kauh – un ok 'ne Sœg,
Ja, de hett veirteihn Farken hatt,
Un luter Börg', all schier un glatt,
Un fräten dauhn s' in einen furt, –
Dat is so 'n kortsnut't engelsch Urt, –
Un denn sünd noch poor Tiedschap dor, –
Un 'n Zifflamm noch von't vörrig Johr, –
Ne, dat hett all sien'n Schick un Däg, –
De Ollen sünd heil gaud tau Wäg!"

De Erbgroßherzog kriggt dat Hœgen,
Grad so 'n Vertelles würd he mœgen, –
Un Hanne denkt, as he dit süht:
Dit is jo reiden ut de Tüt!
Dit schient so 'n Scharpen nich tau sien,
Wat fröggt he süß nah Wangelin
Un wat de beiden Ollen maken, –
Mit dissen lett sick prächtig snacken.

„Na", – ward de Erbgroßherzog fragen,
„He is nu hüt up Posten tagen, –
Dor giwt dat allerhand tau dauhn;
Kennt He denn uter mien Person
Ok all de annern Fürstlichkeiten?"

„Un bäten fien! – Dat süll 'ck woll weiten!
Wo künn 'ck woll süß up Posten teihn, –
Süh, – Vaddern hew ick äb'n noch seihn!"

De Erbgroßherzog kickt em an,
As wenn he 't nich begriepen kann,
Wen he mit „Vadder" meinen deiht, –
Bet em tauletzt 'ne Lücht upgeiht.
„He meint", – so fröggt he tœgerich,
„Doch etwa den – Großherzog nich?"

„Grad mein ich den'n!" seggt Hanne Snur,
„Den'n willen S' mich doch nich kennen liern?
Ne, Vaddern kenn 'ck all ut de Fiern
An sien lütt stukige Statur.
Jeja! hier heit dat: Ogen apen!
Gahn S' rin, denn ward'n Se Vaddern drapen!"

„Wat? – Vadder? – Vadder? – Nu ward 't rieten!"
De Erbgroßherzog smitt 'n Blick,
In'n Stillen œwer hœgt he sick
Un ward sick up de Tung'n bieten,
„Na, hür mal! – dit 's jo würklich schön!
He hett hüt morgen „Vaddern" seihn? –
Dor binnen ward ick „Vaddern" drapen? –
Is He denn all hüt morrn besapen?"

„Dat glöw ick nich!" seggt Hanne Snur,
„Vörhen güng Vadder noch ganz stur; –
Mi dücht, noch harr he keinen sitten, –
Drinkt Vadder denn mitünner 'n Lütten?"

De Verwesselung

Ick hew mal bi mien Regiment
Vör Johren einen Leutnant kennt
Mit Namen Korl von Hünerbein, –
So 'n Leutnant hew 'ck me' Läw nich seihn.

De Minsch wier nix as Hut un Knaken
Un spirrig as so 'n Bohnenstaken,
Un ein Poor Spakbein harr de Mann, –
De keek man ümmer ängstlich an,
Wenn he so driest mit 'rümspazierte, –
Wenn em dat blot nich mal malürte!
Un denn harr Korl von Hünerbein
'n Snut an'n Liew, – dat wier ierst ein!
Dat Ding wier eig'ntlich gor kein Snut,
De seeg mihr as so 'n Wörtel ut,
De wier so lang un krumm un knœckrig
Un as so 'n Hawkensnawel hœkrig,
Un bi 'n Kommiß, dor säd nich ein:
Dat is Herr Leutnant Hünerbein, –
Korl Snut! so würd in'n Stillen seggt, –
Un Hünerbein wier 't gor nich recht.

Herr Leutnant harr nu mal Rekruten
Un stünn dor up den Stallhof buten
Un würd dorœwer insterwieren,
Wer all ehr Vörgesetzten wieren.
Na, so 'n Rekrut, noch tau von'n Land'n,
De is tau allerhand in'n Stand'n,
Un den'n wat richtig klor tau maken,
Dat sünd mitunner swore Saken,
Dat kann sülwst nich 'n Untroffzier,
Un wenn he ok de Plietschte wier.
Herr Leutnant harr nu einen mang,
Dat wier de Dümmst, un Jochen Swank,
So wier sien Nam, un stammt ut Böken,
Un 'n Dümm'ren süll man sick ierst söken,
Un ok Herr Leutnant markt dat gliek
Un harr up Jochen 'n groten Piek.

„Dragoner Schwank!" so ward he fragen,
„Mein Sohn, kannst Du mir etwa sagen,

Wen Du vor allen Offizieren
Als Oberhaupt mußt respektieren?“

Uns’ Jochen ward ’t sick œwerleggen; –
Jä, wecken sall ’ck em nu woll seggen?
För mi sünd s’ alltauhopen gliek, –
Up mi hett jeder hier ’n Piek,
Un jeder hett mi hier in Tock, –
Ick mücht woll glöb’n, am meisten Schock –
„Herr Leutnant, das ’s Gefreiter Griem!“

„Gefreiter Griem? – Du faselst wohl?
Wie kommst Du denn auf diesen Kohl?“
„Der haut mir immer furts an’n Priem,
Wenn ich mal was nich weißen tu!“

„Was sagt nun bloß ein Mensch dazu!
Du Schlingel bist ja Festung wert! –
Hast Du Kanaille nie gehört
Von Seiner Majestät dem Kaiser?“
De Leutnant towt un bölkt sick heiser
Un schrägelt mit sien langen Bein, –
„Hast Du noch nie sein Bild gesehn?“

Ne! denkt nu Jochen, wat man all
Hier bi’n Kommiß nich weiten sall!
Un stamert denn: „Herr Leutnant, nein! –
Ick wüßt nich, daß ich den’n mal seihn!“

„Du Kaffer kennst den Kaiser nicht? –
Das ist ja ungeheuerlich!
Ich glaube fast, Du Lümmel, weißt
Nicht einmal, wie Dein Kaiser heißt?“

Uns’ Jochen steiht nu deep und sinnig:
„Ich bin sein’n Namen nich ganz künnig, –

Was hatt' er doch noch für 'n Namen –?
Ne, – der 's ganz aus der Kund mir kamen!"

De Leutnant ward em 'n Blick tausmieten,
As wull he in de Snut em bieten:
„Herr Gott noch mal! – Im ganzen Leben
Hat 's so ein Rindsvieh nicht gegeben;
Un gerade ich – es ist zum Lachen! –
Soll dies Kamel zum Menschen machen; –
Na, hör mal, Schwank! – jetzt fürchte ich,
Du weißt auch meinen Namen nicht;
Sag' mal, wie heißt Dein Leutnant denn?"
Uns' Jochen schult so nah em hen
Un grifflacht sick, denn spaßig wier 't,
Den'n harr he jo dagdäglich hürt:
„Herr Leutnant, ja! – Den kenn ich gut!"

„Wie heißt Dein Leutnant denn?"
„Korl Snut!"

Herr Leutnant Korl von Hünerbein
Steiht spraklos dor as Marmelstein,
De annern œwer ducken sick
Un hœgen sick un fucken sick.

„Nun wird 's mir aber doch zu bunt! –
Wie nennst Du mich, Du Himmelhund?
Du sagst *Korl Snut?* – Was fällt Dir ein?
Ich heiße Herr von Hünerbein!
Hat denn der Deubel Dich geplagt? –
Wer hat Dir von Korl Snut gesagt?"

„Herr Leutnant, jä! – Ich konnt' 's nich weißen,
Sie sagten mich, daß Sie so heißen, –
Un soans dacht ich, – Hünerbein –
Würd blots Ihr Ökelname sein!"

Dat Tauprosten
(Seemannsplatt)

Christoffer Bull un Hinnerk Klausen
Wiern beid poor dägte Vullmatrausen
Un stammten ut densülben Urt;
Se wiern heil Tied von Hus all furt
Un harrn sick Johre lang nich seihn,
Un hüt, – verdammi! – müßt 't gescheihn,
Dat sick de Beid an'n Hoaben drapen.
Christoffer ritt de Ogen apen:
„Verdammi, Hein! – Mak man kein Flausen!
Ne, büst Du 't würklich? – Hinnerk Klausen? –
Minsch! – Hinnerk! – Mutt ick Di hier drapen!
Ick denk, Du büst all lang' versapen! –
Ick hew doch mal vertellen hürt,
Du wierst vör Johrn nah China föhrt,
As Du bi de Marine stahn,
Un wirst up'n „Iltis" ünnergahn,
Ne, segg mal, Hein – Du späukst doch nich?"

„Ach, Minsch, Du büst woll pütscherig!
Ick bün mit Käppen Groterjahn
Äb'n up de „Möw" vör Anker gahn, –
Un nu fohrst Du mi in de Snut?
Seih ick denn all versapen ut?
Ick hew mi poor Johr rümmerdräben, –
Verdammi, Jung, – dat wier 'n Läben!"
Un Hinnerk grient, un in de Kusen
Schüwt he 'n frischen swarten Krusen.

„Ja, dat kunn 'ck mi woll denken, Hein!
Up so wat harrst Du ümmer 'n Jiwer,
Du wierst all 'n groten Sleupendriewer
As wi noch up de Schaulbank seeten, –
Un hemm uns nu sietdem nich seihn, –

Ne, Minsch, dit mutt wi dull begeeten;
Ick bün ok äb'n an Land ierst kamen,
Wat meinst, nu gah wi beid tausamen
In't ierst Hotel tau 'n Middagäten,
Dor klöhn wi denn noch ollig bäten."
„Gewiß!" seggt Hein, „versteiht sick dat!
Ick hew ok lang kein'n Kauken hatt!"
Un Klausens Hein un Stoffer Bull
Gahn nu verlangs, as sühst mi woll,
Un in't Hotel Continental,
Dor laten se sick hüslich dal.

De Oberkellner sleppt nu ran,
Wat jichtens up den Disch rup kann,
Un bringt ehr tau de Fräterasch'
Tauletzt ok noch 'ne Plattmenasch'
Mit allerhand so 'n Kuddelmuddel
Un dorbi ok so 'n brune Buddel,
Un dorup steiht so 'n narrschen Namen.
De Beiden stäkt de Köpp tausamen:
„Verdammi, Hein! – wat mag dit wäsen?
Kannst Du dat up de Buddel läsen? –
Essenz? – Essenz? hew 'ck nie von hürt,
Hest Du all mal Essenz probiert? –
Jä, Hein, dat gläuw man sicherlich,
So wat Geweuhnlichs is dat nich;
Ne, dortau lett de Kram tau fien, –
Schull dat 'nen niegen Köhm ok sien?"

„Wat? Köhm?" – un Hinnerk kickt so niepern,
Em ward so nah de Buddel jiepern,
De Köhm, de steckt em in de Snut,
De Kram süht gor tau lewlich ut, –
„Ja, wer will uns den Himmel rauben? –
All's wat hier steiht, dat künn' w' ok proben,
Wie kunn 't betahl'n, – ick sup Di tau!"

Un prost nu Stoffern an,
„Dat dauh!“
Un Hein sett't an un: kluck – kluck – kluck!
Nimmt he 'nen dägten Seemannssluck.

Dit wier jowoll dat reine Gift,
So trök dat hen, un Hinnerk bliwt
Binah de Luft weg, Gott verdauh!
Sien ganz Gesicht ward pickenblau,
He wringt sick, as so 'n Proppentrecker,
He ward ganz stief, as kem de Recker, –
He ritt den Snawel wied vonein, –
Man künn em in de Mag rinseihn, –
Un ut de Ogen loopt mit 'n Mal
De Trahnen an de Näs' em dal.

„Wat schadt Di, Hein?“ fröggt Stoffer Bull,
„Du höllst jo Hus, wer weit wi dull! –
Wat makst Du einmal all för Saken,
Hest Du Di an den Köhm verslaken?“

Doch Hein kunn sick noch gornich faten;
„Dat – muttst Du Di – vertellen laten; –
As ick dor – up de Iltis deint, –
Mien beste Fründ, – Johann Lebahn, –
Is mit den Kasten ünnergahn;
Üm dissen hew ick äben weint;
Dat geiht mi höllisch an de Nieren, –
De möcht grad dissen Köhm so giern, –
He drünk em in sien letzte Stund'n –
Un gliek dorup güng 't Schipp tau Grund'n –
Von all mien Fründ'n wier he de best, –
Da, drink up mienen Fründ den Rest!“

„Jau!“ seggt nu Stoffer, „lang mal her!
'n gauden Fründ, den mutt man ehren,

Ick will den ganzen Kram vertehren –“
Un: kluck – kluck – kluck – nu wier se leer.

Oha – oha! – dit wier tauväl!
Uns' Stoffer grippt sick nah de Kähl,
Dat sülwig Spillwark kümmt nu wedder,
Em kümmt dat hoch, he wörgt dat nedder,
He kriggt mit Arm un Bein dat Slagen,
As harr he Füer in den Magen,
Un Ogen makt he as so 'n Kräwt, –
So wat harr noch kein Minsch beläwt,
Un 'n Ogenblick würd 't denn noch wohren, –
Dunn fangt ok Stoffer an tau rohren.

„Nanu?“ un Hinnerk kriggt dat Grinsen,
„Du fangst jo ok all an tau plinsen, –
Weinst Du denn ok üm Fründ Lebahnen?“

„Ne – ne!“ un Stoffer wischt de Trahnen,
„Ick wein blot, – dat dor an de Küst –
Du Oas – nich mitversapen büst!“

Dat Ätenproben

Oll General von Söbenstiert,
Dat wier ein ganz gefährlich Diert,
Den'n harrn se mächtig up den Kieker;
Denn Söbenstiert, dat wier so 'n Slieker,
De spinkelierte ümmer rüm,
Wat he nich einen tangen künn;
Un leet von keinen sick bedüden,
So as he 't säd, so wier dat recht,
Wer so nich wull, den güng dat slecht,
Denn Wedderspruch künn he nich lieden.

Nu harr de olle Söbenstiert
Sick mal eins ruterspinkeliert,
He wull mal de Menasch' besöken
Un dor so 'n bäten rümmerspöken,
Woans de Kakeri woll smeckte,
Un wat he süß nix bi entdeckte, –
Un ward sick also still un äben
Hen nah de Mannschaftskœk begäben.

Nu harr Dragoner Jogen Stier,
Wiel he 'nen dummen Deuwel wier
Un ok kein Fründ von Rennlichkeit,
Un nich von narnig wüßt Bescheid,
Un nich dat Rieden künn verdrägen,
Dat Amt as Kœkenheinrich krägen,
Un würklich wohr, mit Schick un Pli
Besorgte he de Kakeri.

Hüt harr dat Jogen mächtig slimm;
He släpte mit so 'n Küben rüm,
Un dorin swümm
'ne sonnerbore Flüssigkeit.
Dat wier nich kolt un wier nich heit, –
Dor swemmten Wörtel mang un Röben,
Un halfwägs künn man wedder glöben,
Poor Fettog'n swemmten baben up,
As wier 't 'ne Ort von Rindfleischsupp, –
Doch ok nah Kohlsupp harr 't 'nen Schien, –
Un künn ok noch wat anners sien. –

Nu ward sick in de Dör wat rögen,
Un Jogen kickt un kriggt dat Ögen, –
Den Dunnerknütt! Herr General! –
Fix sett't he sienen Küben dal
Un meldt, dat he Dragoner Stier
Un näbenbi de Kœksch hei wier.

De General kickt in den Küben, –
Haha, so denkt he, Kohl un Rüben! –
„Mein lieber Sohn, ich möchte wohl
Von diesem hier 'nen Teller voll."

Uns' Jogen kickt nu ganz verstürt, –
Wat? hett he äben richtig hürt? –
„Herr General, von dieses da?"

„Gewiß, mein Sohn, Du hörst es ja!"

„Herr General –"
„Mein lieber Sohn!
Nun rede weiter keinen Ton,
Tu immer läufig, was ich sage
Und antwort' nur, wenn ich Dich frage."

„Jä, in den Küben, Herr General –"

„Zum Donnerwetter noch einmal!
Nun sage mir noch einen Ton,
Dann fliegst Du in Arrest, mein Sohn!
Mir scheint, Du hast kein rein Gewissen, –
Hier werd' ich öfters kommen müssen."
Wo 's 't minschenmœglich! denkt nu Jogen, –
Doch rasch füllt he den Teller vull,
So as Herr General dat wull, –
Un schult em ängstlich nah de Ogen.

Bedächtig slückt Herr General
Poor Läpel vull ok richtig dal, –
Up einmal œwer ward he kieken –
Un ward so an den Teller rüken,
He kriggt dat Zapsen un dat Kaugen,
As würd em irgend wat benaugen, –
Nu fangt he gor noch an tau spiegen,

As würd he sick dat Bräken kriegen, –
„Pfui Deibel auch! – von dieser Jauche
Kriegt man ja Revolution im Bauche! –
Und das soll Kohl und Rüben sein? –
Und Du hast das gekocht, Du Schwein?
Da steck' mal selbst den Schnabel 'rein!
Hast Du 's probiert? – kein Ferkel frißt es, –
Die reine Abwaschjauche ist es!"

„Ja, zu Befehl, Herr General!"
Un Jogen wiest nah 'n Küben dal, –
„Das is auch weiter nix as Jüche
Von 's Spülen aus die Abwaschküche."

De Kinnelbier

Senater Krull kem von de Kinnelbier. –
Sien Dochter harr den iersten Jungen döfft,
Un Krull harr sick, wiel he Gevatter wier,
Ganz niederträchtig einen köfft.
De ierste Jung! de müßt begaten ward'n,
Wiel süß de Jungs kein Glück nich harrn,
Un rädt wier word'n un lacht un spält un sungen,
Un schön harr 't in den Sommerabend klungen:
O Röslein rot! – O Röslein schön! –
Wer weiß, ob wir uns wiedersehn!
Un as de Lust am düllsten wier,
Dunn kem de Loreley noch vör.
Krull drünk mal eins, denn süng he 'n Strämel mit,
Un ganz famos gefööl em dit;
Doch wie 't so kümmt, tauletzt kreeg he sien Maat.
„Ick will de Lustborkeit nich stürn", –
Denkt he bi sick, – „un keiner sall mi hürn,
Ick peik still af!"

Un torkelt nu de Strat,
De Hüser lang un œwer'n Markplatz dal.
Blot af un an ward so 'n Laternenpahl
Sick midden in den Weg em stellen;
Denn kriggt oll Krulling dat Vertellen,
As wenn 't de Pahl ok weiten sull:
Em wier dat Hart so œwervull,
Sien Dochter gew hüt Kinnelbier,
Un wat för 'n strammen Jung dat wier,
Dat wier Großvadder ganz un gor,
De Näs', de Uhren un dat Hoor,
Un würd de Bengel ollich liern,
Denn süll he ganz wat hochs studiern,
He wull em denn woll vörwarts bringen, –
Un Krulling füng nu an tau singen,
Nu wier em grad so recht tau Maud:
O Röslein rot! – o Röslein rot! –
Wat möt ick mi hüt abend freuden! –
O Röslein, Röslein auf der Heiden!

So wiern nu woll poor Stund'n vergahn,
De Klock harr lang'n drei all slahn,
Un 't wier so ruhig up de Strat,
De Mahn schient still von'n Häben dal, –
Dunn steiht dor an'n Laternenpahl
Oll Krull un hett em lew ümfat't
Un grummelt ümmer vör sick hen,
As wenn em wat nich passen künn.
Nanu, wat ward he dor noch sinnen? –
Wat hett de Lüchtenpahl em dahn? –
Jä, Krulling würd dat eklig gahn,
He künn sien Hus nich wedderfinden, –
He harr all söcht, verkrüz – verquier,
Von't Gahn wiern em de Bein all mür,
Un wenn he dacht, hier möst Du nedder, –
Denn stünn he up den Markplatz wedder.

Ne, denkt he, nu is 't ganz egal;
Nu stell 'ck mi an den Lüchtenpahl,
Un denn lat 't kamen, as dat kümmt!
Wat dit woll noch för 'n End'n nimmt?
Un fangt 'n Strämel an tau fleuten
Un fleut't nu dörch de stille Nacht,
Mitünner lud, mitünner sacht:
Ich weiß nicht, was soll es bedeuten!

Dunn dröppt 't sick, dat up sienen Gang
Nachtwächter Kunkel kümmt hier lang
Un bliwt nu bi den Fleuter stahn.
„Na, – Se süll'n ok man wiedergahn!
Wat föllt Se in? – wat sall dit heiten,
Hier midden Nacht noch rümtaufleuten?
För Se is doch stark Berrgahnstied!"

„Ach wat!" seggt Krull, „ick fier jo hüt
Mien Dochter ehr ierst Kinnelbier, –
Ick segg di, Minsch, – dor güngt ierst her!
Dor süng'n wie: Röslein auf der Heiden! –
Un Du wist 't Fleuten mi verbeiden?"

Wat hett oll Kunkel sick verfiehrt!
He steiht un kickt nu as ein Narr;
Den'n he hier äben utlücht harr,
Nu süht he 't, sien Senater wier 't.
Still! denkt he, rasch man wiedergahn,
Dit künn Di in de Fiedel slahn!

Un langsam wieder schüwt nu Kunkel;
Doch Krull, de röppt: „Du, hür mal, Unkel!
Du weitst jo hier doch gaud Bescheid, –
Du büst jo 'n Kierl, de allens weit; –
Nu segg mi mal, kannst Du woll ahnen,
Wo mag Senater Krull woll wahnen?"

Oll Kunkel grient un kickt em an;
Wat hett he seggt? – wat will de Mann? –

„Ach wat! – nu räden S' man nich so!"

„Du hürst jo doch, ick frag Di jo
Nah Krullen, wo de wahnen deiht!"

Oll Kunkel is verbast un steiht
Un weit nich, wat he seggen sall;
Is denn de Herr Senater mall?
De is besapen, as dat schient! –
Un Kunkel seggt nu nix – un grient.

As Krull dit süht, –
„Na, hür mal!" seggt he,
„Dat weitst Du nich? – un büst Nachtwächter? –
Un steihst in städtisch Amt un Brot? –
Un weitst dat nich? – na, dit 's jo gaud!"
Oll Kunkel ward bi lütten sweiten:
„Ja, – wo he wahnt, dat ward 'ck woll weiten, –
Wat sall nu œwer dit Gepater, –
Se sünd jo sülwst de Herr Senater!"

„Ja!" lacht nu Krull, „wenn 't dat man wier! –
Ick kam doch von de Kinnelbier! –
Dat ick dat bün, dat weit ick jo! –
Ick weit man nicht, wo 'ck wahnen dauh!"

Ut de olle gaude Tied

Dat is woll achtzig Johr all her, –
As wie noch eigen Militier,
Un as för Meckelborg-Swerin
Dat Lauenbörgsch würd „Utland“ sien, –
Dunn dröp sick dat, dat mal de Garr
Bi Boizenburg Manöver harr,
Un hier, an ’t End’n von ’t Vaderland,
Ganz buten an de Butenkant,
Leeg von de langen Grenadier
’ne Kumpeni in Marschquartier,
Un so as hüt würd Rauhdag sien.

De Hauptmann Graf von Pressentin
Harr grad wat mit den Paster vör,
Dunn kloppt dat an de Stubendör, –
„Herein!“ röppt he, un rinner kamen
Twei Kierls un knallen de Bein tausamen.

„Na, Kierls?“ – fröggt Hauptmann Pressentin,
„Wat sall ’t denn hüt all wedder sien?
Wat hewt Ji beid denn up ’n Harten?
Na, Schult?“
„Herr Hauptmann, aufzuwarten!
Wie hebben hüt so schöne Tied, –
Von hier is ok de Grenz nich wied, –
Poor Schritt, denn sünd w’ in dänschen Land’n,
Un dor giwt feine Kunterbanden, –
Wier woll Herr Hauptmann inverstahn,
Dat w’ beid dor bäten plünnern gahn?“

De Katechismus-Stund'n

(Ok ut de olle gaude Tied)

„Süh so!" seggt Köster Klickermann,
„Süh so! – nu sitzen wir mit an!"
He schüwt de Brill sick in de Höcht
Un leggt sick all den Reitstock trecht.
„Da hab' ich hinterrücks vernommen,
Herr Supperdent will morgen kommen,
Un denn sollt Ihr Herrn Supperdent
Die graben un de fienen Fragen
In einen Ritt so runtersagen,
Was man „examinieren" nennt, –
Das wird 'ne schöne Hopphei werden!
Ich sagte immer, Ihr sollt lernen,
Denn wer den Katechismus kann,
Der ist beliebt bei jedermann,
Ihr aber würdet mir was hausten,
Ihr gingt ja lieber mit zum Austen
Und Gössels auf die Stoppel treiben,
Wo soll da Katechismus bleiben? –
Süh so, – da hab'n wir den Salat!
Nu macht Euch man den Puckel prat,
Nun kann 's noch blot mit Schacht gelingen,
Die Geistlichkeit Euch beizubringen."

Un nu fööt Köster Klickermann
De Sak mit Iernst und Nahdruck an
Un würd mit fien un graben Fragen
Un Sprüche mang ehr rümmerslagen
Un bröcht mit Schacht un Schimperi
De Görn den Katechismus bi.

„Nu hört mal her! – Bei dem Examen,
Da ruf ich jeden seinen Namen,
Daß keiner von Euch biestern kann,

Un mit dem „Glauben“ fang ich an.
Zum Beispiel also: Heinrich Plage,
Du kriggst von mir die erste Frage,
Du mußt Dir: „Gott den Vater“ lernen,
Den „Schöpfer Himmels und der Erden“,
Hast Du ’s verstanden, wie ich ’s meine?“

„Ick weit Bescheid!“ seggt Plagens Heine.

„Die zweite Frage: Gott der Sohn,
Kriggt als der zweite – Ludwig Bohn;
Doch laß das alte Runnerkucken
Un fang nich wieder an zu slucken,
Die Sluckerei fängt immer an,
Wenn man nich weitersagen kann.“

„Herr Klickermann“, seggt Luten Bohn,
„Die ersten Reigen kann ich schon.“

„Die dritte Frage: Otto Pingel!
‚Ich glaube an den heilgen Geist‘,
Und wie es denn so weiter heißt, –
Daß Du Dich aber lernst, Du Schlingel!
Un bleib mich janich wieder hacken!
Un nimm Dir Deinen Gripps zuhaufen
Un laß mich jetzt das Schulenlaufen,
Du hast schon soviel auf dem Karren, –
Wo soll das hin? zum Dunnernarren!“

Un dorbi kriggt he em in’n Nacken,
Un strüwt sick Otten noch so dull,
He kriggt nu ierst ’n Ledder vull.
Up disse Ort un diss’ Manier
Nimmt Klickermann se all nu vör
Un deilt mit Gripps un plietschen Sinn
Den ganzen Katechismus in. –

Den annern Dag is würklich kamen
Herr Supperdent. – Doch dat Examen,
Dat nimmt 'n ganzen annern Gang,
Denn de oll Herr, de steckt sick mang.
De seggt tau Köster Klickermann:
„Mein lieber Freund, so ab un an
Bereitet es mir groß' Behagen,
Die Kinder selbst mal zu befragen.
So zum Exempel heut; wie wäre
Es mit der Katechismus-Lehre? –
Der erste mit dem krausen Poll:
Wie heißt der erst' Artikel wohl?"

Uns' Heiner Plag fangt an tau patern:
„Ich glaub' – ich glaub' an Gott, den Vatern,
Allmächt'gen Schöpfer Himmels und der Erden."

„Wie wird der zweite lauten werden?
Der – dritte mit den Lockenkringeln!"
Un wiest dorbi up Otten Pingeln.

Uns' Otten schult nah Klickermann,
Denn kreiht he los, so lur he kann:
„Ich glaube an den heilgen Geist –"
„Halt!" seggt de Supperdent, „Du weißt
Ganz sicher Deine Lektion,
Doch – kommt zuerst nicht: Gott der Sohn?"

„Ne!" lacht ganz listig Otten Pingel
Un schürrt dorbi sien Lockenkringel,
„Ne, Gott der Sohn gelt mi nix an,
Denn haut mi nahst Herr Klickermann,
Ick hew mit 'n heilgen Geist tau dauhn, –
An Gott den Sohn glöwt – Luten Bohn!"

Dat Brüden geiht üm

Baron von Huth up Langen-Raden
Harr mal 'ne grot Gesellschaft laden,
Un de Gesellschaft wier sihr fien,
Denn adelig würd allens sien;
Graf Storch heit ein, Graf Fink, Graf Bär,
Graf Voß, Graf Haas un so noch mihr, –
De würd'n nu Herrn von Huth afstrafen,
Un mang diss' Eddellüd un Grafen
Wier ok ein Paster ringeraden,
Oll Paster Smidt ut Langen-Raden.

De Stimmung wier sihr animiert,
Man harr ganz wunnervoll soupiert,
Denn Herr Baron, de harr 'nen Sekt,
Dat Tügs harr gor tau prächtig smeckt,
Un ok de Rotspohn wier famos, –
Un nu güng dat Vertellen los,
Un jeder würd 'nen Strämel legen,
Un de Champagnerproppens flögen,
Un wier ein Supen un ein Prosten.

Am düllsten mökt 't ein Herr von Osten;
Ein gottlos Mulwark harr de Mann,
Dorgegen kem kein Minsch nich an,
Un jederein in Acht sick nehm,
Dat he mit den'n in Stried nich kem,
Mit jeden füng de an tau strieden,
Un Pasters künn he gor nich lieden;
Kem em ein Paster in de Finger,
Mök he mit em ganz dulle Dinger.

Dat Unglück wull, dat näben Smidten
Diss' Osten kem an'n Disch tau sitten.
Bi't Äten harr 't noch äben gahn;

Bi't Supen œwer füng dat an;
Dor kreeg he sick den Paster vör
Un frög verkrüz un frög verquier,
Nah Hinz un Kunz, nah dit un dat,
Nah König Saul un Goliath,
Nah Eva vör den Sündenfall
Un nah de twölf Propheten all, –
Ganz dumme Fragen würd he stellen,
Un de Pastur süll nu vertellen.

Oll Paster Smidt wier all bi Johren
Un harr in'n Läben väl erfohren,
Un wenn he ok bescheiden sweeg,
So wiest he doch, wenn man em frög,
An Mudderwitz 'nen groten Posten;
He antwurt denn ok Herrn von Osten
Un gew up alls em so 'n Bescheid,
As wenn so 'n Schauljung vör em seet,
Un nehm sick Herrn von Osten vör,
As seet de in de Kinnerlihr.
De Eddellüd, de gauden Fründ'n,
Würd'n Osten dit von Harten günn'n,
Un würd ein Grienen un ein Hœgen,
Denn Osten würd nich einer mœgen.

Dit würd nu Osten nich behagen,
De Paster wier doch dull beslagen,
Den'n müßt he doch mal stiewer kamen;
He nehm nu allen Gripps tausamen
Un frög em denn, so vull Humor:
„Mein sehr gelahrter Herr Pastor!
Nun habe ich noch eine Frage,
Die mich gequält schon viele Tage,
Da konnt' ich keine Antwort finden
Und auch die Lösung nicht ergründen;
Von Ihnen doch, gelehrter Greis,

Der ja die ganze Bibel weiß,
Von Ihnen hoffe ich zu hören,
Was noch kein Mensch mich konnte lehren:
Wie hat es Noah nur gemacht,
Als es geregnet Tag und Nacht
Und als die große Sündflut kam,
Daß er in seine Arche nahm
Ein Pärchen schnell bei sich herein
Von allen Tieren, groß und klein,
Von allem, was da kreucht und fleucht,
Das war, auf Ehr! doch gar nicht leicht!
Wie lockte er nun in sein Haus, –
Die Schaf' und Rinder nehm ich aus, –
Den Löwen und das Känguruh,
Den Tiger und den Kakadu?
Wie kriegte er die reingejagt?
Schon manchen hab ich drum befragt,
Entschieden muß der Noah ein
Tierbändiger gewesen sein! –
Die Antwort mußt' ich stets vermissen,
Doch Sie, Mann Gottes, werden 's wissen!"

De Gäste kieken all tauhöcht,
Wat nu de olle Smidt woll seggt.

Töw! – denkt oll Smidt, – mien lewer Osten,
Nu gäw ick Di 'ne Pill tau kosten,
So'n richtig meckelbörger Pill,
So krieg ick Di am iersten still,
Un antwurt denn up richtig Platt:
„Giern! – mit Vergnügen segg Se dat!
Diss' Noah harr, – verstahn S' mi recht, –
'ne Stimm an Liew, de wier nich slecht,
Se hemm jo ok 'ne gadlich Stimm,
Bi Noah leeg mihr Wirkung in,
De brukte gor nich lud tau ropen,

Doch röp he mal, würd allens lopen;
Un as denn nu de Sündflut kem,
Mien Noah sick sien Tuthörn nehm
Un stellte sick up einen Barg
Un röp dörch 't Tuthörn forsch un stark
Sick all de wilden Tiere 'ran
Un wieste ehr de Hüsung an:
Du Löw! kumm her ut heiten Süden!
Hier kuscht du di un lettst dat Strieden!
Du Tiger! kumm mal ran von Westen!
Di paßt woll disse Bucht am besten!
Du Isbär! kumm von Norden runn!
Di spunn 'ck hier in de Watertunn!
Un as de letzt, – kumm ran *von Osten*
Du Äsel hürst an dissen Posten!"

„Hurrah! famos!" röppt Herr von Huth,
„Von Osten, – au, der Witz war gut!"
Un allens kriescht un lacht un schriet,
Blot Osten nich, de wier besniet;
Wie hüng de Sak doch noch tausamen?
Von Osten wier de Äsel kamen?
Von Osten – Äsel –
„Donnerblitz!
Was? Pfaffe! das ist doch kein Witz!
Wie kann Er wohl bei solchen Sachen
Zum Esel meinen Namen machen!
Abbitte fordre ich auf der Stell',
Sonst steig ich Ihm mal auf das Fell!"

„Mien lew von Osten!" seggt oll Smidt,
„Tau Noahs Tieden wier jo dit;
Se hett jo Noah gor nich kennt,
Hett he Se denn bi Namen nennt?
Ne, – Noah hett" – un Smidt, de lacht,
„Dunnmals an 'n annern Äsel dacht!"

Hest hürt?

Bur Jochen Piest ut Grot Rogahn
Wier mit sien Mudders slapen gahn
Un wier nu grad bi't Stemmensagen.
He harr sick dägt dat Liew vullslagen,
Un denn slöp Jochen as 'ne Rött;
Sien Ollsch dorgegen wöhlt' in'n Bedd,
Harr halwig Nacht de Ogen apen
Un rangelt rüm un künn nich slapen
Un künn awslut in Slap nich kamen.
Up einmal schöt se dull tausamen,
Ehr wier, as harr se äben hürt,
Dat buten einer rümhantiert,
Un dat müßt up den Hof so sien. –
Dor wier doch keiner bi ehr Swien? –
„Du, Jochen!" röppt se, „hür doch bloß!
Ick glöw, dor buten is wat los!
In unsern Swienstall bräken s' in, –
Nu stählen s' uns de schönen Swien!
Du lewer Gott, möt uns dat gahn!
Möt uns dat gahn! du lewe Tied!"
Un bufft ehr'n Jochen in de Sied
Un jammert üm dit grot Mallür,
Un dat ehr Kierl so 'n Slapmütz wier.
Oll Jochen, de so schön harr slapen,
Ritt nu de lütten Ogen apen
Un horcht nu ok un lurt un ögt,
Ob sick dor buten woll wat rögt. –
Doch alls bliwt still, – is nix tau hürn.

„Du hest jo drömt, Du dumme Diern!
Kannst mi nich ruhig slapen laten?
Di is woll in de Kron wat schaten, –
Dat kümmt von't väle Kaffesupen!"
Un will all wedder ünnerkrupen, –

Doch Piesten-Mudder giwt sick nich
Un lamentiert ganz jämmerlich,
Se harr dat wißwarraftig hürt,
Dat buten einer rümhantiert,
Dor buten würd wen rümmerslieken,
He süll doch rasch mal ruterkieken, –
Un dorbi bufft se ümmer düller,
Dat Jochen endlich, – jä, wat süll he,
Rut ut de warmen Posen steeg,
In bloten Hemd un barste Bein,
Blot, dat sien Ollsch ehr'n Willen kreeg.
Jä, so künn Jochen ok nix seihn, –
He steckt nu dörch de Finsterruten
Den Kopp un fröggt: „Is dor wen buten?"

„Ne!" – röppt dor buten einer driest.
„Na, hew 'ck nich seggt", schimpt Jochen Piest,
„Dor möten nakt hier rümkaschalen
Un sick den Reimetismus halen, –
Nu hest D' jo äben dütlich hürt,
Dat buten keiner rümhantiert!"

Praeter propter

Bi Buer Jochen Swank in Ruhn
Wier tau Besök eins ut Dargun
Ein Wirtschaftsliehrer, Dokter Klein,
Üm sien Gewäs' sick antauseihn;
Denn dat müßt man oll Jochen laten,
He wüßt den Krempel antaufaten,
Blot mit de oll latinschen Namen,
Dor dürften em de Lüd nich kamen;
Von „intensiv" un „Kainit",
Von „Kalium" un von „Oxyd"

Un wo de Middels süß noch heiten,
Dor wull oll Jochen nix von weiten.
„Dat hemm uns' Ollen ok nich hatt,
Dor meßt man gaud, denn waßt ok wat!"

Na, Dokter Klein, de wier nu dor
Un mök dat Swanken Vadder klor,
Fünn dit nich recht un dat verkiehrt,
Denn up ehr Schaul würd 't anners liehrt:
Vom Kalimangel auf der Wiese
Und von der Bodenanalyse,
Vom Stickstoffsuperoxydul –

Oll Swank ritt sparrwiet up dat Mul
Un kickt verbast den Dokter an,
He harr kein Wurt dorvon verstahn,
De Kram, de wier em tau geliehrt.
Blot harr he wat von „Stinkstoff" hürt,
Na, dissen Utdruck fünn he slecht,
Dor würd doch bäder „Meß" tau seggt.
He schürrt den Kopp: Dat weit der Deuker,
Dat jung'n Volk ward ümmer kläuker!

De Beiden kam'n up ehren Gang
Ok an den Häuhnerhof nu lang,
Un wier ein Staat mit antauseihn.

„Sieh da! Herr Schwank!" seggt Dokter Klein,
„Sie halten ja auch Federvieh?
Na, haben Sie mal kalkuliert,
Ob sich die Haltung auch rentiert?
Gar oft sind Fazit und Bilanze
Bei Entenzucht ganz ohn' Avance. –
Na, wieviel Enten halten Sie? –
Ich mein natürlich: praeter propter. –"
Un Jochen up de Schullern kloppt he.

Oll Jochen Swank, de kickt so miesig,
De Kierl, de rädt em dumm un düsig,
Em geiht dat wirrig dörch den Kopp,
Von: praeter – propter – preater – propp –
Ein'n ßackermentschen Namen wier 't; –
Wat harr he doch von „Praeters“ hürt? –

Up einmal kickt oll Jochen slau:
„Ach, soans seggen Se dortau? –
Nu kiek eins, de geliehrten Harrn,
De können ollich spaßig warden!“
Un dorbi grient oll Jochen sick:
„Jä, Proppters holl ick sœben Stück;
För de is dat 'ne Späleri,
De warden snickenfett dorbi,
Un all de annern veirdig Fräters,
All, wat Se seihn, sünd luter ‚Präters‘.“

Up Ümwäg'

Fiek Hawerstroh ut Medeweg'
Kem mit dat Fiene nich tau Reig
Un künn 't ok nich, dat wier ganz klor,
Denn Fieken harr bet twintig Johr
Nix wieder dahn, as Gössels häuden
Un Meß uplad'n un Kompost sträuden
Un Diestel stäk'n un Runkel hacken
Un Kälwer bör'n un Tüffel racken
Un för de Swien dat Fräten kaken
Un allerhand so 'n nette Saken, –
Doch wat so 'n Stadtdiern weiten möt,
Dorvon wüßt Fieken nich Bescheid;
Se wier bi dit Hawkatenläben
Nu einmal dumm un düsig bläben,

Un dorüm meinten ok ehr Ollen,
Se wull'n de Diern nich länger hollen,
Tau Haw harr se nu lang' naug gahn
Un mit dat Veih sick rümmerslahn,
Doch dat müßt ehr sihr deinlich sien,
Wenn se in Deinst tröck nah Swerin,
Dormit se mal wat anners seeg
Un ok so 'n bäten Pli weg kreeg,
Un so trök denn Fiek Hawerstroh
In Deinst bi Fru von Lichterloh.

De Herrschaft wull spazieren führn.
De gnädig Fru ward Fieken ropen,
Se süll mal fix nah 'n Bahnhof lopen,
Wo all de Droschkenkutschen wiern,
Un wenn se denn 'ne Droschk harr nahmen,
Denn süll s' ok fixing wedderkamen.
„Du bringst die Droschke vor die Tür,
In zehn Minuten fahren wir!"

Na, Fieken makt sick up de Bein, –
Kutschwagens harr s' denn doch all seihn, –
Un bringt, wat ehr Bestellung wier,
Bi einen Droschkenkutscher vör.
„Jawoll, mien Döchting! dat will 'w kriegen!"
He ward up sienen Buck rupstiegen, –
„Denn klarrern S' fix man in de Kutsch,
Ick führ Se runn in einen Rutsch!"

Fiek Hawerstroh harr nich väl Pli,
Un in 'n Kutsch seet se noch nie, –
Wo süll se dor nu rinnerkamen? –
Dat Ding wier tauklappt, ganz tausamen, –
Bab'n wier ein Fenster, – ünn'n ein Tritt, –
Se denkt bi sick: wo hett sick dit?
Dat Rinnerkamen geiht heil slecht, –

Un he hett ok von „Klarrern“ seggt, –
Denn helpt dat nich, denn man geswinn
Dörch de oll Luk in ’n Wagen rin!

Un dörch dat Finster ward nu Fieken
Ierst in den Wagen rinnerkieken, –
Denn ward s’ sick up dat Finster stemmen –
Un dörch dat enge Lock dörchklemmen.
Fiek Hawerstroh wier gaud bi Schick,
Un bi de Hüften klemmt dat sick, –
Se kriggt nu mit de Bein dat Stangeln,
De ganze Wag swunkst in de Angeln,
Un ’t ward ein Upstand un Halloh,
Un all’s löppt hen un kickt bät’n tau.
Nu kriggt ’t de Kutscher ierst tau seihn,
Wo Fieken stangelt mit de Bein,
He sleiht vör Hœg de Händ’n tausamen,
Un all de Droschkenkutschers kamen
Un schuben nah un hœgen sick, –
Oll Fieken wier doch gor tau dick! –
Un kniepen in de dicken Bein, –
Tauletzt – tauletzt, dunn wier ’t gescheihn, –
Fiek Hawerstroh ut Medeweg’
Paldautz in ’n Wagen rinnerflög,
Un mit Hurrah un Zuckeldraw
Tau ’n iersten Mal führt Fieken af.

De ganz Famili Lichterloh,
De steiht un lurt all ümmertau,
Wo Fieken mit den Wagen bliwt
Un wo se sick woll rümmerdriwt;
Tauletzt – dunn führt de Wagen vör,
Un ’n Hümpel Jungs löppt näbenher,
Un ihr’ sick Lichterlohs verseihn,
Stiggt Fieken mit ehr dicken Bein,
Doch ditmal trüggwarts dörch de Ruten

Un dwengt sick nah un nah nah buten;
Doch wedder bliwt se dorbi stäken
Un bammelt in de Wagendör
Un wiwagt mit de Bein ümher,
Bet dat de Jungs ehr rutertrecken, –
Un mit 'n Wupp un grot Geschriggt
Uns' Fieken in den Rönnstein flüggt.

Dit giwt jo wedder 'n grot Halloh
Üm de oll narrsch Fiek Hawerstroh.

De gnädig Fru ward rot un blaß:
„Sophie – mein Gott! – was soll denn das?
Wie kannst Du aus dem Fenster steigen
Und so Dich vor den Leuten zeigen! –
Wie kommst Du nur auf diesen Wahn? –
Hast Du auch Schaden Dir getan?"

„Ne!" lacht de Kutscher, „ne, Madam, –
Dortau is Fieken väl tau stramm,
De kann all 'n lütten Fuck verdrägen, –
Grad so is s' ierst ok rinnerstägen;
Hier äben güng dat noch ganz glatt,
Doch up den Bahnhof hapert dat,
Dor stek s' den Kopp ierst dörch de Ruten,
Un 't dickste End'n, dat seet dunn buten,
Un binnen seet kein Minsch tau 'n Trecken, –
Un so blew Sei ehr Fieken stäken,
Un harren nich mien Fründ'n von baben
Mit alle Macht von hinnen schaben, –
Denn würd dat dickste End'n von Fieken
Woll noch ut 'n Finster ruterkieken!"

Kein Ünnerscheid

Oll Paster Prehn höllt Kinnerlihr;
He hett sien Konfirmanten vör
Un spreckt nu œwer 't sößt Gebot.

„Eins tut Euch noch besonders Not,
Das ist das Schicklichkeitsgefühl;
Da sündigt Ihr noch oft und viel.
Es heißt: Ihr sollet züchtig leben!
Ja, züchtig sein, das ist es eben!
Und doch, wie häufig muß ich sehn,
Daß Knaben schon mit Mädchen gehn;
Besonders muß ich drüber klagen,
Daß Ihr an warmen Sommertagen
Ganz ungeniert zusammen badet;
Ihr glaubt vielleicht, daß es nicht schadet?
O doch, so eine Mergelkuhle
Ward oftmals schon zum Sündenpfuhle.
Ich will so was nicht wieder haben,
Und sollt' ich wieder mal Euch Knaben
Zusammen dort mit Mädchen sehn, –
Dann werd' ich keinen Spaß verstehn."

De Dierns, de schulen vör sick dal,
Dat Herr Pastur ehr so wat seggt, –
De Jungens is dat puttegal
Un denken bi sick: nu ierst recht!

An 'n Nahmiddag denkt Paster Prehn,
Sast Di doch mal in'n Feld'n ümseihn,
Woans dat Sommerkurn woll steiht,
Un ob de Raps all bläuhden deiht;
Un as he geiht, führt em sien Gang
Ok an de Margelkuhl nu lang.
Wat möt he seihn? – dor in dat Water

Is ein Gekriesch un ein Gesnader, –
Un 'n ganzen Hümpel nakte Görn
Ward'n in den Pool sick amesiern
Un in dat Water rümmerwöltern
Un gegensietig natt sick spöltern,
Un ein Radau is in den Pool,
As wiern se in 'ne Judenschaul.

He künn dat so nich dütlich seihn,
He drög 'ne Brill, oll Paster Prehn, –
Töw! denkt he, Jug will 'ck mal beslieken;
Mi is, as hür ick Bankens Fieken,
De wrangt sick dor mit Heine Prahlen,
Jug will ick ut dat Water halen!

Un lies slickt sick de Paster ranner,
So sachten as so 'n Wischenpanner,
So ward he œwer 'n Acker stümpern,
Wieldeß de Görn in 't Water plümpern,
Natürlich, Jungs un Dierns tausamen,
Un keiner süht den Paster kamen.

As he woll ran up föftig Faut,
Ward einer von de Görn em fraud.
„Du kiek mal, Fritz!" seggt Fieken Bank,
„Kümmt dor nich hinn'n de Paster lang?
Gewiß, dat möt de Paster wäsen!"
Un ward nu ut dat Water scheesen.
„Wunäf?" seggt Fritz, „ja, dat 's de Preister!"
Un ruter ut dat Water scheest he,
Un 't ward 'ne Jagd un ein Gerönn,
Un nah den Äuwer störkt dat hen,
Un jeder grippt sick 'n Bünnel Flicken, –
Un heidi! – gahn se in de Wicken.

Grad nu kümmt an oll Paster Prehn
Un kann se all noch rönnen seihn,
Blot so 'n Klabater von fief Johr
Steiht ganz allein an'n Pool noch dor.

De Paster bückt sick nah em dal:
„Du Heiner Snut, nu segg mi mal,
Mi wier, as hürt ick Fieken Bank;
Wiern wedder dor de Dierns mit mang?
Wiern wedder Jungs un Dierns tausamen?"

Lütt Heiner makt nu ein Gesicht,
As wenn he woll dat Weinen kriggt:
„Ick bün doch äben ok ierst kamen!"

„Du stündst doch hier!" seggt Paster Prehn,
„Du hest se doch all rönnen seihn,
Du warst doch woll up dit kort End'n
De Jungs un Dierns ut'nanner kennen?"

„Wo kann 'ck se kennen!" plinst Heiner Snut,
„Se harrn jo all ehr Tüg all ut!"

Dat Duwweltseihn

Tau Bibow up de Orntenbier,
Juchhei, wo güng 't dor lustig her,
Wat würd Johann sick amesiern!
Wat würd'n de Burn an blagen Twiern,
An Bier un Köhm un Sluck sick leisten,
Un 'n lütten fat't harrn woll de meisten,
Un fräten würd, dat 't Mul man schümt.
As jeder so sien Dingen dahn
Un düchtig sick dat Liew vullslahn,

Dunn würd ganz fix de Däl afrümt,
Un all's, wat jichtens beinig wier,
Dat träd'te nu tau 'n Danzen vör.

„Muskant! späl up! mal fix 'nen Schottschen!"
„Kumm her, Korlin! – nu will' w' mal rutschen!" –
Un Pagels Jogen kriggt dat Weigen
Un ward nah Fiek sick runnerbögen,
Un Fieken ierst, kiekt de mal an,
Wo klemmt se sick nah Jogen ran,
So dicht tausamen, Back an Back!
Dat giwt Geföhl, dat giwt Gesmack! –
Juchhei! – wat is 't för 'n lustig Läben,
Huch Ornbier! – hett de Herr uns gäben!

Dat is all Nacht, de Klock bald vier,
Un ümmer is noch Orntenbier.
„Jä, Jogen!" meint nu Buer Pagels,
„Ick hew nu naug von dit Getagels,
Ick mag nu würklich nix mihr hürn;
Un morgen will'n wi Sträudels führn, –
Du hest jo ok Dien Dingen dahn, –
Wi will'n man beid nah Mudders gahn;
De ward all liekers dull naug schellen."

Un Jogen is mit inverstahn
Un hackt nu Pagels Vader unner
Un geiht mit em de Dörpstrat runner,
Un Pagels kriggt nu dat Vertellen.

„Jä, Jogen, hüt würd 't wedder laat;
So 'n Orntenbier is süß 'n Staat,
Un ick gah giern tau Orntenbier, –
Wenn blot dat oll Gesup nich wier;
Ne, Jogen, dat wend Di nich an!
Dat hett Dien Vader nie nich dahn, –

So ’n duhnen Kierl, kannst Di man marken,
Dat is un bliwt ein grotes Farken.“

Un Jogen nickt. „Dat glöw ick, Vader,
Mi sleiht dornah ok gor kein Ader,
Doch süll mi dat mal eins mallürn, –
Wo kann ick dat woll sülwst an spürn?“

„Jä, Jogen, dat will ’ck Di verkloren;
Kiek mal! – dor vör uns an den Gorden,
Dor an den Tun von Nahwer Hahn,
Dor sühst Du doch twei Mannslüd stahn;
Kiek! – wenn ick nu besapen wier, –
Denn wiern ’t nich twei, – denn wiern dat vier;
Ick seeg se duwwelt an den Tuhn, –
Un denn könnst glöben, – denn wier ’ck duhn! –
Vör ’t Duwweltseihn nimm Di in acht, –
Wenn dat ierst kümmt, na, denn gu’n Nacht!“

„Wo ’s ’t minschenmœglich!“ seggt nu Jogen,
„Du hest doch süß so ’n scharpe Ogen, –
Ne, Vader, kannst Du dat nich seihn? –
Dor stahn nich twei, – dor steiht man ein!“

Dat Glieknis

Ein oller meckelbörger Bur,
De Weiten harr nah Rostock bröcht,
De hööl nu buten vör dat Dur
Un lurte dor up sienen Knecht,
De noch in’n Urt würd wat bestellen;
Doch Jochen kem woll in’t Vertellen, –
Un mien oll Bur, de lurt un lurt.
Un as ’t nu ümmer länger durt,

Dunn denkt he sick: wat sast hier stahn,
Du kannst jo ok in'n Kraug ringahn
Un tügst Di dor 'n Seidel Bier.

För 't Krauggahn wier he süß nich sihr;
He wier noch einer von de Ollen,
So recht von ollen Schrot un Kurn,
Un wier ok nich för't Räden hollen
Un harr noch nie väl Würd verlurn,
Un seet he ok 'ne klockning Stund'n,
Kein unnütz Wurt kem ut sien'n Mund'n,
He harr dat äben nich in Würd;
Doch kem em einer in de Quier
Un harr em einer gor tau Narren,
Denn künn he bannig eklig warden.
So sitt nu hüt de olle Bur
Un argert sick üm dat Gelur.

Up einmal ward de Dör upgahn,
Un rinner kümmt 'nen groten Swarm
Studentenvolk un makt 'nen Larm,
Un ward ein Upstand in't Lokal,
Dat keiner künn sien Wurt verstahn.
Na, endlich sett't sick allens dal,
Un wat de Öbberst von ehr wier,
De föddert twintig Seidel Bier
Un steiht denn up un hölt 'ne Rär:
Er hasse die Philister sehr,
Un was ein freier Bursche wär',
De müßt an'n Deuwel sick nich kiehren,
Müßt immer driest up dal marschieren, –
Un as he so 'ne Tiedlang spraken
Von „Burschenschaft" un so 'ne Saken,
Dunn ward tauletzt he „Smollis" raupen. –
Un dorup supen s' alltauhopen.

Mien olle Bur, de süht dit all,
Ne, denkt he, sünd de Bengels mall?
Wo mœgen de den Döst herkriegen! –
Ick mag mi kum den tweiten tügen.

Nu slög de Öbberst wedder vör,
Se löten einen „Kantus“ stiegen,
Un würden nu dat Singen kriegen
Von „Beutel schlaff“ un „Becher leer“,
Un grad, as wüßten s' all Bescheid,
Dat Supen wier dat End'n von't Leed.

Ne, denkt de Buer, nu ward 't rieten!
Wo disse Lüd mit 't Geld rümsmieten! –
De Ollen racken dat tausamen,
Un wenn de Herren Jungs denn kamen,
De möten jo wat hochs studiern. –
De warden sick denn amesieren
Un ümmer noch 'nen frischen tähmen,
Un Vadder möt denn Geld upnähmen,
Jäjajija! – He süllt 't man weiten!

Un wedder güng de Hopphei los,
As wier för ehr de Gaststuw bloß,
As wenn dor gor kein wieder seeten,
De Öbberste as de Düllst von allen.

Up einmal ward he up verfallen,
Dat in ehr Stuw, bi ehr Kulör
De olle dumme Buer wier.
Dit süll denn doch 'nen Hauptspaß warden!
Den'n wullen se mal düchtig narren;
Se harrn dat öfters all probiert
Un kolossal sick amesiert.

De Buer ahnt nich, wat 't nu giwt,
Un grüwelt blot, wo Jochen bliwt.

Nu ward dat ok so lang nich durn, –
Dunn geiht dat los mit mienen Burn:
Wat doch so 'n Bur wier tautautrugen,
Un von dat grote Tüffelbugen,
Un von den Snappen an de Näs',
Un von den Buern sin Gewäs',
Un dat he Näs' un Mul reet apen,
Un dat he künn bet Middag slapen, –
In sien Statur un sien Figur,
Dor blew he doch de dumme Bur.
So güng dat nu in einen furt.
De olle Buer säd kein Wurt,
De Sticheli, de leet em kolt.
För so 'ne Streich wier he tau olt,
An dit Gefopp un dit Gedrœhn,
Dor künn man blot ehr Dummheit seihn;
Doch liekers wier 't em nich tau Paß,
Un dorüm drünk he noch ein Glas.

As de Studenten dit nu seegen,
Dat s' em up disse Ort nich kreegen,
Dunn würden se noch driester warden
Un harrn den Oll'n doch rein tau 'n Narren;
Un as ein Kierl, de so wat kennt,
Ward endlich denn de grot Student
Nah mienen Buern rannergahn
Un ward em up den Puckel slahn
Un sett't sick bi den Ollen dal.

„Na, edler Landmann, sag Er mal, –
Er ist gewiß ein schlauer Mann, –
Das seh ich seiner Nase an! –
Ich möcht Ihn mal ein Gleichnis fragen:

Kann Er mir wohl die Lösung sagen,
Wo zwischen einer alten Uhr,
So einer wie dort auf dem Flur,
Und einem Bauern, so wie Er,
Der Unterschied zu suchen wär'?"

De olle Buer ögt den Burschen,
He ward so mit de Tähnen gnurschen,
Doch liekers ward he sick bedwingen,
Un antwurt, dat tau so 'ne Dingen
He in de Schaul kein Tied hatt harr.

„Na, Bauer, Er ist doch ein Narr!
Die Lösung liegt doch auf der Hand:
Die alte Uhr dort an der Wand
Und so ein Bauer, wie Ihr seid, –
Werd't Ihr mal aufgezogen beid, –
So wird die Uhr dort weitergehn, –
Der dumme Bauer, der bleibt stehn!"

Ne, denkt de Bur, nu is 't egal!
Nu räd ick œwer ok ierst mal!
Will'n denn de Bengels keinen Fräden,
Denn will 'ck mit ehr mal anners räden –
Un seggt denn lud: „Mien klauke Mann,
Se süht de Klaukheit jeder an!
Se hemm den Kopp all stief vull Narben,
De Snut, – de hett so snaksche Farben,
Se weiten gor latinsche Würd, –
Un supen können S' jo noch väl mihr, –
Jä, – is Se dat denn ok bekannt,
Wo de oll Klock dor an de Wand
Un wo so 'n dummen Bur as ick
Sick wedder gliek sünd in ein Stück?"

De grot Student wier so geliehrt,
Dit Glieknis harr he doch nich hürt,
He keek denn ok ganz dœmelig
Un säd tau 'n Burn, dit wüßt he nich.

„Na, mien oll Fründ, denn hürn S' mal tau!
Ick hööl Se würklich för so slau:
Is bi de Klock de Stund'n vull, –
Un ward den Burn dat mal tau dull,
Bevör de beid denn wiedergahn, –
Fangen beide ierst mal an tau slahn!"

Un mien oll Buer, nich tau ful,
Haugt den Studenten an dat Mul,
Dat de gliek hinnen œwersleiht,
Un dat em Hürn un Seihn vergeiht,
Un langsam ward he rutergahn,
Denn buten süht he Jochen stahn:
„Un nu Adschüß ok, miene Harren!
Nah dissen hemm S' keinen Burn tau Narren!"

Gu'n Nacht ok

De gnädig Fru von Abendstiern
Würd mit ehr Mäten sick vertührn
Un ständschte mit ehr rüm un schüll,
Dat se doch nich so dumm sien süll.
„Ich muß mich wirklich manchmal schämen,
Sophie, Dein Wesen und Benehmen,
Das ist mitunter pöbelhaft;
Bei unsrer ganzen Nachbarschaft
Wirst Du mich nächstens noch blamieren
Mit Deinen bäurischen Manieren.
Zum Beispiel, gestern abend wieder;

Da geh ich nach der Küche nieder,
Denn alles Klingeln war vergebens, –
Was seh ich? – Herr, du meines Lebens! –
Sophie, mein Mädchen, wirklich nett!
Geht *sans façon* um acht zu Bett
Und ohne mir ein Wort zu sagen;
Das ist ein albernes Betragen!
Das sollten Sie nachgerade wissen,
Daß sich die Mädchen melden müssen,
Wenn sie mal früher schlafen gehen, –
Ich will so was nicht wieder sehn!"

Na, Fieken stünn dor as so 'n Hauhn
Un säd, se wull 't nich wedder dauhn.
De gnädig Fru von Abendstiern
Ward dorup mal Geburtsdag fiern
Un hett 'ne grot Gesellschaft laden,
Un allens wier ok schön geraden,
Denn se harr bannig anmaracht,
Un nu is dat so henne acht, –
Up einmal ward de Dör upgahn,
Un in de Dör ward Fieken stahn. –
De gnädig Fru von Abendstiern,
De ward sick ganz barborsch verfiehrn,
Wenn Fieken blot kein'n Infall kriggt.

„Nanu, Sophie, – ich rief Sie nicht!"
Un giwt dörch Plinken tau verstahn,
Se süll man wedder rutergahn, –
Doch Fieken markt von't Plinken nix,
Se makt 'nen ganz verschraben Knix
Un ward denn noch dat Hojahn'n kriegen:
„Ja, – gnädig Fru, ick will man stiegen!
Ick wull man mellen, ick gah tau Bedd, –
Na, amesiern S' sick all recht nett!"

Ümschichtig

„Süh, Nahwer Kluth", seggt Bäudner Prehn,
„Du wist mit Faurwerk nah Lübtheen,
Denn künnst Du mi 'n Gefallen dauhn;
Dor is jo hüt woll grot Aukschon,
Un ick würd in de Zeitung läsen,
Dor süll 'ne schöne Schuwkor wäsen, –
Kiek Di de Schuwkor doch mal an
Un beid för mi, – as Nahwersmann;
Denn mien oll Schuwkor is tau End'n,
Un dit würd grad so passen können."

„Jä", seggt oll Kluth, „dat künn 'ck jo dauhn,
Ick wull grad hen nah de Aukschon, –
Wo hoch sall ick denn rannergahn?"

„Jä, Nahwer, – beid man ungefiehr,
As wenn Dien eigen Bott dat wier,
Ick bün mit allens inverstahn."

„Na, will'n mal seihn!" seggt Vadder Kluth,
„Wennt 't jichtens geiht, bring ick s' mit rut."
Un dorbi kloppt he up de Miehren
Un ward ut 't Dörp heruterführen. –

Dat Beiden is in vullen Gangen.
Utröper Krull steiht up den Disch
Un halt nu ümmer ran up frisch
Un ward ok nah de Schuwkor langen:
„'ne schöne Kor tau 'n Meßupladen, –
Wat ward för disse Schuwkor baden?"

Oll Bäudner Kluth, de drängt sick ran
Un kickt sick de oll Schuwkor an:
„Ein'n Daler!" seggt he, „gew 'ck dorför."

„Drei Mark sünd baden, wer bütt mihr? –
Drei Mark för disse schöne Kor, –
De Kor, de hölt noch männig Johr, –
De Kor, de is noch bannig stark, –“

„Na, denn man tau!“ seggt Kluth, *„veir Mark!“*

Utröper Krull, de kickt em an:
„Du hest jo doch all baden, Mann!“

„Jä, – is Di dat vielleicht tau Leiden? –
Ick beid so lang' grad, as ick will!
Wenn 'ck will, kann 'ck bet hüt abend beiden,
Un nu swieg 'ck grad ierst recht nich still,“
Un Kluthen Vadder makt sick stief, –
„Nu beid ick för de Schuwkor – *fief!“*

„Minsch, büst Du duhn?“ röppt nu oll Krull,
„Di hürt jo 'nen dägten Puckel vull;
Nu büttst Du fief? – na, so bliew bi,
Dit 's jo 'ne schöne Beideri! –
De Kor hest schön hoch rupperdräben!“

„Söß!“ röppt nu Kluth, „un nu segg 'ck *sœben*, –
Un nu gäw 'ck för de Schuwkor *acht!“* –
Nu ward 't tau dull un allens lacht:
Kluth, so is 't recht! – dit geiht famos!
Nu giw em noch 'nen lütten Stoß! –

„Minsch!“ röppt nu Krull, „büst Du denn mall?
Du harrst jo längst de Schuwkor all,
Du makst de Sak jo ümmer grœwer,
Du büttst jo ganz allein Di œwer!“

„So, – wat 'ck woll dauh!“ seggt Vadder Kluth,
„Dat süht Di woll man blot so ut;

Du höllst mi hier dat Beiden vör, –
Ja, wenn ick man alleinen wier, –
Ick beid hier œwer nich allein, –
Ick beid doch mit för Nahwer Prehn!“

De Adreß

Breiwdräger Pingel hett 'nen Breiw,
Den dreiht he ümmer hen un her,
As wenn de Kram nich richtig wier;
De Kierl, de de Adreß upschrew,
De harr se niederträchtig smiert,
Binah nich mal tau läsen wier 't –
Un Pingel steiht un baukstabiert:
„An Bauer Friedrich – Ruß – in Rühn. –
Jä, heit dat Ruß? –
Heit 't ok woll Buß?
Dat ierste kann ein „B“ ok sien; –
Ok „Büß“ un „Rüß“, so kann dat heiten, –
Wat nutzt mi œwer Rüß un Büß,
Wenn hier in'n Dörp so 'n Mann nich is! –
So 'n narrschen Namen hett 't in'n Läben
Hier in dat ganze Dörp nich gäben,
So 'n mallen Namen! – Gotts Kreuz un Kringel!“
So ßackeriert un futert Pingel.
Dor kümmt up sienen Ackerwagen
Oll Buer Bäckmann angetagen.
„Du Bäckmann!“ hölt em Pingel an,
„Du kennst in Rühn doch jeden Mann,
Ick hew 'nen Breiw an Friedrich Rüß,
Wenn dat man nich ein Irrtum is;
Ick hew all so väl baukstabiert
Un judiziert un divendiert, –
An wecken mag de Breiw woll sin? –

Ick läs dor „Ruß“, – doch Ruß un Rüß
Un Buß un Büß – un Kuß un Küß, –
So’n Namens giwt man nich in Rühn,
Läst Du denn dor wat anners rut?“
Oll Bäckmann kickt verlangs de Snut;
He hölt den Breiw wied af un pliert,
He halt em dicht sick ran un stiert, –
„Jä, dat ’s so ’n oll verdreihte Schrift,
As ’t bi de Harrn Avkaten giwt;
Dat ’s all Beräknung von de Harren,
Wi söll’n dor blot nich klauk ut warden“,
Un nochmals kickt he langs de Snut, –
„Ne, – anners läs ick ock nich rut!“

„Na, denn is ’t gaud“, so futert Pingel,
„Denn reist he trügg, – Gotts Kreuz un Kringel!
Denn schriew ick: Unbestellt geblieben! –
Nah dissen lat ehr dütlich schrieben.“

„Dat ’s blot“, seggt Bäckmann, „üm den Buern,
De ward nu up dat Schrieben luern, –
Doch Du kannst ok nich allens weiten,
Dat is ok blot, dat ick von segg,
Na, denn Adschüß, un gauden Weg!“

Oll Pingel ward nu wiederstiegen
Un denkt an dissen sworen Fall
Un is ein ganz End’n wieder all,
Dunn ward dor wen dat Fläuten kriegen,
Un Pingel süht nu Bäckmann’ fläuten.
Süh, denkt he, nu krieg ’ck ’t doch tau weiten;
Oll Bäckmann hett sick noch besunn’n
Un säker nu den Namen fund’n.
He also trügg dat ganze End’n,
Un as he kümmt bi Bäckmann an:
„Na, Bäckmann, segg, wo heit de Mann?“

„Ick glöw“, seggt de, „ick ward em kenn’n, –
Mi schöt dat äben in den Sinn,
An Friedrich Ruß kann he nich sien; –
Man kann ’t mitünner gor nich weiten,
Süllt ’t denn ok woll „Korl Harnack“ heiten?“

Ümmer noch dat sülwig

Bi Kröger Harnack tau Rogahn
Kiehrt mal ein Reiseunkel an
Un föddert sick ein Seidel Bier.
De Kröger sett’t dat Bier em vör
Un freut sick, dat wer tau em kem
Un dat he bäten Geld innehm.
De Gast möst bannig döstig sien,
He ward gliek nah dat Seidel langen
Un hastig an tau drinken fangen, –
Up einmal œwer ward sien Mien
So langtœgsch un so mäkelig,
As wier de Kram em ekelig:
„Ich war vor vierzehn Tagen hier,
Da hatten Sie ein bess’res Bier; –
Ich weiß nicht mal, dies schmeckt so fade
Wie abgestand’ne Limonade.“

De Kröger steiht un kickt em an,
As wenn he ’t nich begriepen kann:
„Ne, Herr, das kann ich mich nich denken;
Dies eine Bier tu ich bloß schenken,
Vor vierzehn Tagen schmeckt ’s noch gut? –
Was doch die Einbildung nicht tut!
Ne, würklich, Herr! hier sieht man das –
Dies is ja noch von’s sülwig Faß!“

De Pierhandel

De Pierjud steiht bi Buer Kossen
Un dremmelt ümmer hen un her
Un swögt von sinen ollen Vossen,
Wat för ein dägtes Pierd dat wier;
Un Koß, de mücht em ok woll lieden, –
Doch tau so 'n Handel hürt dat Strieden,
Un stundenlang harrn se all zaffelt
Un sträden un sick rümmerkawelt, –
Dunn fröggt de Bur, ob de oll Mähr
Ok säker up dat Beinwark wier.

„Sein Beinwark? – das is wie noch nie!
Wenn Du nich ßöppst, dann rönnt er Di
In einen Draw nach – Rostock los,
Warraftigen Gott! Das tut der Voß!
Fährst Du heut abend mit ihm af,
Dann bleibt er bei in einen Draw,
Neun Miel, das is vor ihm ein Quark!
Un nachts Klock drei büst auf 'n Mark!"

Oll Koß, de zufft un ward verstürt,
As harr he nich ganz richtig hürt,
Un schürrt den Kopp un makt so 'n Mien,
As schient em wat nich klor tau sien.
„Nah Rostock löppt he mit mi hen?"

„Das tät er, Koß, – un nu slag in!
Wat stehst Du noch un sinnst un sinnst,
As wenn Du noch wat Feinres findst, –
Was Feinres kann es gar nicht geben,
Gott soll mich strafen for mei' Leben,
Du machst kein' Unkauf an den Voß!"

„Dat glöw ick all!“ seggt Buer Koß,
„De Voß is gaud, dat lücht mi in, –
Mi will blot dat nich in den Sinn, –
Du seggst, he deiht 't up jeden Fall, –
Wat 'ck nachts Klock drei – in Rostock sall?“

De Wihnachtsprädigt

Oll Paster Krull tau Lutheran
Wier krank un dörft' nich rutergahn
Un künn nu nich de Kirch afhollen;
Un allens durte üm den Ollen
Un jammerte üm dit Mallür,
Denn 't Wihnachtsfest wier vör de Dör.
De Wihnachtsprädigt! – Jedwerein,
De in dat ganze lange Johr
De Kirch von binnen harr nich seihn,
De wier an'n Wihnachtsmorgen dor.
Denn sprök oll Krull noch mal so schön,
Von't Fest, wo Gottes Lew so grot,
Un jedes Wurt harr Hand un Faut,
Un all de trugen, slichten Würd,
De swäwten manchen lang noch vör
Un ded'n för't ganze Johr em gaud.

Doch nu wier de oll Paster krank,
Dor kümmt doch ümmer wat dormang.

Bether müßt denn de Köster läsen,
Doch tau dat Fest künn dat nix wäsen,
Denn müßt dat doch 'ne Prädigt sien;
Se schreben also nah Swerin
Un stellten de bescheidne Frag,
Ob denn nich tau de Wihnachtsdag

Ein Kannedat henkamen künn,
De ganze Dörpschaft bed dorüm;
Nu glöwten de jo in Swerin,
Wo fromm de Lüd dor müßten sien,
Un schreben denn ok wedder dal:
Dat freu ehr sihr, un dat ehr Wahl
Up Kannedaten Lehmann follen,
De süll de Wihnachtsprädigt hollen.

Na? – Lehmann? – ward dat ok woll gahn?
Kann he denn näben Krull bestahn?

Oll Krull wier stattlich von Person,
Un räden ded he in 'n Ton,
Dat jeder müßt sien Wurt verstahn
Un keinen künn de Sinn entgahn.
Herr Lehmann wier dorgegen lütt
Un kem ok nich in't Räden mit;
He kreeg noch oft dat Kanzelfewer,
Keek he up de Gemeinde dal,
Un mit de Händ'n greep un rew he,
Un wüßt he ierst de schönste Räd,
Hier kem he denn nich ut de Städ,
Un so wat is doch sihr fatal. –
Doch liekers bildte he sick in,
Dat he ganz bannig räden künn.

Na, Kandidating, seih Di vör!
Dat Wihnachtsfest is vör de Dör.

Mien Lehmann sett't sick nu ok ran
Un farigt sick 'ne Prädigt an
Un wählt as Thema woll dat Best,
Wat 't gäben kann för 't Wihnachtsfest;
He wählte sick dat Bibelwurt,
Wat up de Welt läwt ewig furt:

Fürchtet Euch nicht! Ihr armen Leute,
Denn große Freud' verkünd' ich heute!
Dit Wurt besprök de Kannedat,
Un wat he schrew, dat wier 'n Staat;
Fürchtet Euch nich! – so füng dat an,
Fürchtet Euch nicht! – as Sluß hinan
Un bröcht 'ne Prädigt tau Papier,
Wie s' schöner nich tau denken wier.

Na, Kandidating, will'n mal seihn,
Ob dat ok morgen klappt so schön!

As nu de Wihnachtsklocken gahn,
Strömt nah de Kirch ganz Lutheran,
De ganze Kirch is schraben vull.
„Ob he woll ok so kann as Krull? –"
„Worœwer he woll räden deiht? –"
„Wo he woll up de Kanzel steiht?"

Un as nu de Gesang tau End'n,
Dunn folgt ein jeder siene Händ'n
Un haust noch mal un kickt tauhöcht. –
„Herr Kannedat, dit lett Di slecht!
Stell Di man bäten up de Tehn,
Du büst von ünnen kum tau seihn, –
Doch hier kannst Du jo ok nich vör,
Gewiß hest Du dat mihr in Würd."

Un mien lütt Lehmann steiht nu baben
Un will den Herrn un Schöpfer laben,
Un dorbi kickt he ünnen dal,
Wo allens sitt tausamendrängt, –
Un allens an sien Lippen hängt,
Un allens is so musing still. –
Un mien Herr Kannedat, de will –

Dor, – wedder kümmt ’t as ’t letzte Mal, –
He grippt un riwt, – em ward ganz slecht, –
De schönste Prädigt mök he t’recht,
Un nu? – Wat süll he blot beginn’n,
Nu künn he nich den Anfang find’n. –
Ne, – so wat wier doch kum tau faten! –
Süll he de Lüd still sitten laten? –
Ne, rut müßt wat up jeden Fall! –
„Fürchtet Euch nicht!“ – un dunn wier ’t all.
Rein all! – Ok nich ein einzig Wurt!
De ganze Prädigt wier em furt.

Un de Gemeinde kickt so still:
 Na, ob he gornich wieder will?“
 „Fürchtet Euch nicht! – ein schönes Wurt!
 Herr Kannedat, so räd man furt!“

Doch Lehmann kickt so ängstlich rüm,
Ob em nich einer helpen künn,
Un denkt tauletzt: Is ganz egal!
Versök den Kram tau ’n tweiten Mal:
„Fürchtet Euch nicht!“ röppt he ganz lur, –
Doch wieder kümmt he nich ’ne Spur,
Fürchtet Euch nicht! dor bliwt he bi.

Un de Gemeinde kickt em an:
 „Ob he denn gornich wieder kann? –
 Wat is dat baben blot mit Di?“

Doch Lehmann kickt so wild ümher,
As söcht he den’n, de schuld an wier,
De Arger würd em so benaugen,
He würd all up de Kanzel haugen,
He mücht sick prügeln sülwst vör Wut –
Un bölkt nu ut de Kanzel rut:
„Fürchtet Euch nicht! – Fürchtet Euch nicht!“

„Herr Kannedat! – dat dauhn w' ok nich!"
Röppt Buer Bäkmann nu von ünnen, –
De künn dor gor kein'n Klauk in find'n,
Dat Lehmann kem nich ut de Städ
Un ümmer blot von „Fürchten" säd,
„Ne, ne! – Wi hemm ok gor kein Bangen!
Se können jo ok knapp rœwerlangen, –
Wi fürchten uns ok nich 'nen Dütt!
Dortau sünd Se uns väl tau lütt!"

Na, so wat würd nu grad noch fählen!
De würd sick up de Kanzel quälen
Un wier för Arger all halw krank, –
Un Buer Bäkmann rädt dormang;
Herr Lehmann klappt dat Bauk tausamen
Un slütt sien Prädigt kort mit „Amen!"

Doch in de Kirch tau Lutheran
Is nahmiddags kein Minsch hengahn;
Dat wier nix! – meinten s' alltausamen, –
Wenn 't losgahn sall, denn seggt he: Amen!

Jochen in de Kamedi

Oll Jochen Snut ut Grot-Cramohn
Harr up 't Sweriner Amt tau dauhn
In Arbschafts-Angelegenheiten;
'ne grote Schrift harrn se em bröcht,
Up 't Amt würd'n noch poor Arben söcht,
Un hier kreeg Jochen nu tau weiten,
Dat he ok tau de Arben hürt,
Sien Part wier dusend Daler wiert.
Na, Snuten Vadder keek nich slecht,
Dit wier so wat, wat Jochen möcht,

So bäten arben möcht he giern,
Un wenn 't man dusend Daler wiern.

Nu œwerläd he. – Dunnernarren!
Hüt sall 't mal 'n fetten Abend warden!
Hüt feuhr 'ck nich trügg nah Grot-Cramohn,
Hüt will 'ck mi wat tau Gauden dauhn;
Un Jochen smitt sick in de Bost:
Un wenn 't ok teiden Daler kost, –
Sall 'ck in de Kniepen rümmerströpen?
Sall 'ck mi 'nen groten Spickaal köpen?
Un sall ick mi bi Bäcker Gädten
In Mulschell mal tau Schanden fräten? –

Ne, Jochen Snut, 't ward all nich dahn! –
Hüt ward in de Kamedi gahn!
Kamedieknäp mag 'ck für mien Läben,
Un hüt ward wat tau 'n Lachen gäben; -
Ne, dit's ein Dag, de mi geföllt,
Un denn dat väle, väle Geld! –

Na, Jochen makt sick up de Bein,
Üm sick dat Spillwark antauseihn,
Un dat he jo ok allens seeg,
Nimmt he 'nen Platz in ierster Reig,
Parkett-Fautölg stünn up den Zettel,
Doch Jochen wier jo hüt nich krumm,
Fief Mark betahlt he för den Bettel
Un stappst nu rinner in den Saal
Un sett't sick forsch un mastig dal
Midden mang dat fienste Publikum. –

Na, de Kamedi geiht nu los,
Un Jochen findt dat ganz farmos
Un bliwt nu bi in einen Lachen,
Un as de ierste Akt tau End'n,

Dunn ballert Jochen in de Händ'n
Un ward ganz fürchterlich marachen
Un ludhals: brabo! brabo! raupen,
Wat sünd dat einmal all för Saken;
Wat künn'n de Kierls Kamedi maken!

De Nahwers kieken alltauhopen;
Was fällt denn nur dem Bauern ein? –
Wie überhaupt kommt der hier rein?
Un wat sien Nahwersch is tau Linken,
De kriggt dat mit dat Fächerwinken,
Ehr ward ganz heit un leeg un slecht,
Se springt von ehren Stauhl tauhöcht,
Rut möt se in de Twischenpausen,
Weg von den Kierl, von den „Banausen".
„Gestatten Sie!" so seggt se snippsch
Un prünt dat Mul recht ünnerlippsch:
„Gestatten Sie!"
„Wunäf?" fröggt Snut, –
„Ach so, Se will'n mal blot eins rut!
Jawoll, Madamming, dat dauh 'ck giern!"

Vörbi rauscht Fru von Abendstiern,
Piel in de Luft steckt se de Näs'.
„Wat makt de Ollsch doch för 'n Gewäs'" –
Denkt Jochen, „wat's dat för 'n Gedauh!
Gestatten Sie! seggt se dortau;
Bi diss' Ort Lüd hier in Swerin
Möt dat doch all mit 'n Ditum sien."

Na, 't Stück geiht furt, un Jochen Snut
Kümmt ut dat Lachen nich mihr rut
Un bliwt nu bi in einen Juchen.
De Nahwern kriegen all dat Fluchen,
Un wedder, as de Akt vörbi,
Kümmt Nahwersch an: „Gestatten Sie!"

Uns' Jochen kickt an ehr tauhöcht:
„Se lop'n sick œwer ok wat trecht!
All wedder mal?" – un kickt noch so, –
De Ollsch, de smitt 'nen Blick em tau,
Dat Jochen denkt: Wat is dit bloß,
Wat is hüt mit mien Nahwersch los!

Doch as de drüdde Akt vörbi,
Un äben is de Vörhang follen,
Tau 'n drüdden Mal: „Gestatten Sie!"
Nu künn sick Jochen nich mihr hollen,
Dit güng jo keinen gauden Gang,
Sien Nahwersch, de wier säker krank,
Dor müßt jo doch wat achter stäken, –
Un ierst harr s' ok so leidig käken,
Süll se ok woll –? nu wir 't em klor, –
Dat wier 't jo ok, ganz apenbor;
He ward ehr also tutig fragen:
„Se hemm'n dat hüt woll bät'n in'n Magen?"
Na, dit Gesicht müßt einer seihn;
Se spuckt: Impertinent! – Gemein!
Un böst in Sturm an em vörbi, –
Dor seet he nu! Gestatten Sie!
Dor seet he denn nu ganz allein,
Denn se leet sick nich wedder seihn.

De Vörhang fööl, dat Stück wier ut.
Nu würd 't ok Tied för Jochen Snut,
Doch as he ut den Saal ward gahn,
Dunn süht he buten Nahwersch stahn.
Wat freut he sick, as he ehr seeg,
He drängt sick ranner in de Neeg,
„Harrjee!" röppt he, „dor sünd Se jo,
Ick dacht an Se all ümmertau!
Na, hett 't sick nu all bäten gäben? –
Se sünd woll gliek up sitten bläben?"

Anner Tieden

Anno Kruk, vör föftig Johr, –
Größing säd mi dat, –
Dunnmals harr all jede Fru,
Jede Diern ehr Rad;
Doch tau'n Spinnen wier dat Ding.
Un de Spaul, de flög,
Dat dat Görnvolk jeden Dag
Heile Strümp ankreeg.

Hütingdags, – du lewe Tied! –
Ward dat anners liehrt;
Nich tau 'n Spinnen is dat Ding, –
Hüt ward dorup führt;
Blot ut Spaß un Tiedverdriew
Perrt man mit de Bein, –
Up de Löcker in de Strümp
Ward soväl nich seihn.

Mit dat Rad hett sick dat dreiht, –
Größing schürrt den Kopp, –
Dunnmals seeten se dorvör, –
Nu sitt'n s' baben up.

Fritz Reutern

tau de Denkmals-Enthüllung in Stavenhagen an'n 12. Juli 1911

„Ji Bröder an de Waterkant!
Holt hoch, wat unverdorben!
Holt hoch uns' Sak,
Uns' plattdütsch Sprak,
In de uns' Öllern storben;
In de as Kind
Wi tagen sünd,
In de uns' Kinner lallen, –
Uns' lewe plattdütsch Muddersprak,
De best und schönst von allen!"

Un ein Raup güng in't Land, in't dütsche Land,
Un wied œwer 't Meer is he klungen,
Un all, de ehr Weig an de Waterkant,
De dütschen Bröder, de stammverwandt
Noch räden in plattdütsche Tungen,
Se hürten den Raup, un se grüßten dat Wurt:
Fritz Reuter un *Stavenhagen*!
Un manchen, de lang von de Heimat furt,
Hett dat Hart vör Heimweh slagen.
Un hüt is de Dag, de grote Dag,
Hüt sall dat ein Denkmal bekunden,
Wat dat olle plattdütsche Wurt vermag,

Wenn de richtige Ton man funden.
Lang wier de verborgen un slöp un sweeg,
Un keiner de Sprak tau 'n Klingen kreeg,
Bet de Meister kem. Mit Hart un Hand
    Hett Blaumen he plant
    In't plattdütsche Land,
Un de Gorden würd greun, – un as Reuter süng,
Dunn bläuhten de Blaumen, un de Sprak, se klüng,
    Un klüng in de Wieden
    Un klingt noch furt
    För alle Tieden; –
Un *uns'* is de Sprak un dat plattdütsche Wurt.

Un hüt is uns' Sprak ehr Ihrendag;
Vört't Öllernhus, up dat Heimatflag
Sall de Nahwelt seihn
Fritz Reuter, den Dichter, in Erz un Stein.

De Stund is dor. Un lies, ganz lies
Stiggt himmelan 'ne plattdütsch Wies', –
Man hürt un hölt den Aten an,
Wo 't plattdütsch Wurt so klingen kann:

„'t is Frühjohrsdag. – De Goldrägen bläuht,
In't greune Gras sünd Blaumen streut,
De Bäk, se plurrt, de Vœgel singen,
Von wieden ut'n Dörp de Klocken klingen,
Un de Minschen so apen un einfach un slicht,
Un still in ehr Wäsen un tru in de Pflicht.

Un de Ton swellt an un wucht in de Höh,
As brandte un towte un hulte de See,
As bruste de Sturm in de Eikenkronen,
As wull he se dwingen un wull se nich schonen, –
Doch de Eiken sünd fast, un dat Holt vuller Knorrn,
Un de Wörtel gahn deep in den Heimatsborrn,

Un Wind un Wedder, se würden vergahn, –
De Eik hett noch deeper ehr Wörtel slahn;
De norddütschen Eiken, de plattdütsche Ort,
Se wassen un greunen un bläuhden furt. –"

Wo mächtig klüng de Heimatlut!
Ut deepsten Harten quüll dat rut,
Dat œwer männig Angesicht
'ne Trahn as feuchten Schimmer flüggt.
Un nu ward 't still, – de Vörhang föllt. –

Is 't nich, as wenn sien Odem weiht? –
As wenn he fründlich nicken deiht,
As grüßt he ut 'ne anner Welt?

Dor sitt uns' Fritz. – As würd he läben!
Un all sien Kinner em tau Sied,
As wull'n se em för alle Tied
Hier up dit Flag Gesellschaft gäben. –
As wenn he läwt, so lett em dat,
As harr he wedder 'n Infall hatt
Un sünn nu up 'ne lustig Sak
Un harr ein Läuschen in de Mak. –
Na, Fritzing, grüwel man nich mihr,
Du dedst Dien Dingen up de Ird. –

Doch könnt Ji 't woll an'n Häben seihn? –
Dat Heimatleed, dat äben sungen,
Is bet hier baben rupperklungen, –
Lies dauhn de Wulken sick vonein,
As schöw se trügg 'ne Engelshand, –
Un œwer 'n sülwern Wulkenrand
Uns' Fritzing grienig runnerkickt
Un schürrt den Kopp – un nickt – un nickt,
Un näben em Lowising steiht
Un strakt em lew un kickt em an,

As se so männigmal hett dahn,
As se noch ünnen wirkten beid,
Dat ehren Fritzing üm dat Hart
Tauletzt ganz weih tau Mauden ward.

„Hüt sünd dat sœbenundörtig Johr,
Dat ick de möden Ogen slöt
Un giern de narrsche Ird verlöt,
Denn narrsch güng 't mi man einmal dor;
Mien ganzes Läben up de Ird
Kümmt as 'n narrschen Drom mi vör. –

Lowising, – sühst Du 't Rathus dor?
Ick seih se dor liggen, mien Kinnerjohr, –

Dor spält 'n lütten Kruskopp, – wo gahn em de Bein,
He springt von den Süll dwaß œwer den Stein,
Un œwer den Markplatz, up un dal,
Dor toben se rœwer un ümmer noch mal, –
Dor spälen se Griepen, un Fritz is de Has, –
Un Hund'n un Jäger,
De kamen em nu neeger, –
Nu hemm s' em tau hollen, un nu giwt 'n Spaß, –
Se kriegen sick dat Wrangen und Wrauschen un Faten,
So 'n Has, de möt sick doch dükern laten, –
Doch stief is sien Gnick, un tag is de Sinn, –
Dat steckt einmal in!
Se kriegen em woll fat't, doch dükern nah ünnen, –
Un wenn se ok all noch gegen em stünd'n, –
Los ritt he sick wedder un reist, wat he kann,
Un Hund'n un Jäger all achter em an,
Un de Backen bläuhden,
Un de Locken weihden, –
Un de Sünn schient so hell, so hell as hüt, –
Wo wier se doch schön, de Kinnertied!

Un hüt stahn wedder lütt Krusköpp dor.
De drägen witt Kleeder un Blaumen in't Hoor
    Un danzen un springen
    Un lachen un singen, –
Un hür mal, Lowising, 't sünd plattdütsche Leeder, –
Se singen von Jugend, – von Mœsch un Fleeder, –
Wo de Maiwind de roden Backen strakt, –
Un de Leeder, mien Kinding, – Dien Fritz hett se makt!"

    „Ick weit dat, lew Fritzing,
    Un Du sast Di freuden, –
    Dien Landslüd willen hüt
    Dank Di beiden."

„Lowising, – mi drömt von so 'n bleiken Mann, –
Wo kickt hc de Welt verbittert an, –
He hett kein Hüsung, kein bliebend Flag,
Man stött mit em rüm, – un is Winterdag;
Man hett em verdammt üm gefiehrliche Saken,
Un weitst Du, mien Diern, wat de Kierl verbraken?
De Kierl hett de dütschen Farben dragen
An'n helligen Dag, wo künn he dit wagen!
Dat güng em an'n Kopp, dat hüng an ein Hoor,
Doch nu 's he begnadigt tau dörtig Johr,
Blot dörtig Johr! – doch den Swur hett he dahn:
Ji söllt mi in'n Himmel eins Antwurt stahn!

Un as vörœwer de Johre wieren,
Dunn müßte de arme Minsch noch swiern,
Urfehde swiern, du lewe Tied!

Un wo is 't hüt?
Lowising, dor kiek mal de hogen Herren,
Wo wichtig se all dor rümmerperren,
Nu hollen se Räden up apenen Mark
Un laben un priesen mien Läbenswark,

Un wat för 'n düchtigen Kierl ick wier, –
Ne, segg mal, Lowising, wo kümmt Di dit vör?"

„Mein lieben Fritzing!" seggt Lowise,
„Wir sind ja heut im Paradiese,
Wo jedem Sünder, der geirrt,
Die Erdenschuld vergeben wird."

„Hest recht, Lowise, will nich schellen, –
Un is dat Best,
De Kram is west, –
Doch lat Di wieder mal vertellen,
Noch wieder geiht de narrsche Drom. –
Dor denk mal an den forschen „Strom"
Mit gäle Hanschen up de Knœwel
Un mit de groten Stulpenstäwel.
Wo geiht he mastig up un nedder
Grad as so 'n richtigen Klutenpedder –
Un kennt nich Flaß von Tüffelkrut!
Dor treckt he ok den Rock all ut,
Dor künn he woll kein Lock in seihn.
Wat ward he nu? – Schulmeisterlein?
Ne, Fritzing, hür! – wat sall dit all,
Dat „Sitten" wir doch nie Dien Fall,
Ick denk, dat künnst Du nich verdrägen, –
Hest Du denn noch nich naug von krägen?
De Sak is säker nich von Dur. –
Dor flüggt s' all hen, de Rockelur,
Dat wier för Fritzing grad so 'n Happen. –
Un nu? – O Fritzing, lat de Grappen,
Wat sünd dat einmal för Geschichten,
Nu fangst Du Läuschens an tau dichten
Up plattdütsch? – Fritzing, lat doch wäsen,
Dat ward jo doch kein Minsch nich läsen! –
Jä, nu kiek hen! – Wer harr dat dacht!
Harr 't mi wer seggt, lud harr ick lacht, –

För mien Geschriew un mien Gekloehn,
För Unkel Bräsig sien Gedroehn,
För dat Gedauh von Köster Suhr
Von wägen die geistliche Natur,
För Möller Voß sien dägtes Supen,
Un dat Fru Pastern ganz verstahlen
Möst in den Graben rümmerkrupen
Un Bräsig sick den Snuppen halen,
För't „Sößlingsmetz" un „Bäcker Swenn",
Dor setten s' mi 'n Denkmal hen!
Un rings Girlanden un Fahnenstangen, –
Ne, Wising, mihr kannst nich verlangen!"

„Nu is mien Fritzing wedder dor!
Dit äben wier de oll Humor,
De hett so oft, wenn Di dat plagt,
Den Arger ut de Dör rutjagt. –

Ok üm Dien Leid gäw keinen Schuld,
Dat hett uns' Herrgott woll so wullt;
As Lohn, dat Di dat trurig gahn,
Leet He 'ne Gaw in Di entstahn,
De all so manchen up de Ird
Hett upricht, wenn verzagt he wier;
Denn wat Du sädst, is kein Gedroehn,
Un wat Du schrewst, is kein Gekloehn,
Un sünd 't ok oft verdreihte Saken,
Se sünd doch ut 'n Harten spraken;
De Minschen in dat slichte Kleid,
In Iernst un Spaß un Trurigkeit, –
Dat sünd Dien Landslüd, tru un wohr, –
All, wat Du schräben,
Würst Du erläben
De langen, bangen Leidensjohr.
Un sühst Du hüt Dien Vaderstadt
Un hürst, wat von Di spraken ward,

Denn, Fritzing, glöw Du sicherlich:
Vergäbens wiern Dien Leiden nich;
Du bröchst tau stand'n
'ne grote Sak,
Ut Druck un Band'n
Hest Du in'n ganzen dütschen Land'n
Tau Anseihn bröcht de plattdütsch Sprak."

Wo lew kickt Fritz sien Wising an.
„Ne, Wising, mi so ruttaustrieken!
Lat Di mal in de Ogen kieken;
Ick glöw, Du hest dat Best bi dahn.
Denn, Wising, harr ick Di nich krägen,
Hülpst Du mien grotes Leid nich drägen,
Denn wier dat doch woll anners kamen,
Denn harr 't 'n annern Utgang nahmen;
Un wenn mien lewen Landslüd ünnen
Nu hüt so grotes Low mi günnen,
Denn denkt ok männigein doran,
Sien Fru hett ok ehr Deil bi dahn.
Dat Wurt behölt noch ümmer recht, –
Ick hew 't ok irgendwo mal seggt:
Mit den'n uns' Herrgott meint dat tru,
Den'n giwt He eine gaude Fru;
Un soans hett He mi för 't Läben
As Stütt mien lew Lowising gäben."

Un runner kickt he nah de Ird,
Wo sienetwegen Festdag wier, –
Un nickt – un nickt –
Ganz liesing ward ein Engel kamen,
De schüwt de Wulkenwand tausamen,
Un von de Ird ut wiede Fiern
Is dat Leed von de plattdütsche Sprak tau hürn:

„Ick weit einen Eikbom, de steiht an de See,
De Nordsturm, de brust in sien Knäst;
Stolz reckt he de mächtige Kron in de Höh,
So is dat all dusend Johr wäst;

Nix hett 't em dahn,
He ward noch stahn,
Wenn wedder mal dusend von Johre vergahn!"

Mien Muddersprak

Du Heimatklang! – Du plattdütsch Wurt!
Mien Lewst von allen Dingen!
Hüt will mien Mund
Ut Hartensgrund
De Muddersprak besingen;
Vull Jubelklang
Mag hüt mien Sang
In alle Wieden schallen –:
Mien lewe plattdütsch Muddersprak
Is doch de best von allen!

Wo flütt so warm, so slicht dat Wurt,
So tru ut plattdütsch Mund'n;
Wo klingt dat seut,
So wohr un heet,
Wenn sick twei Harten fund'n;
Wo geiht dörch 't Blaud
Vull Kraft un Maud,
Wenn plattdütsch Leeder schallen, –
Stets hett dat Wurt
Up plattdütsch Ort
Den besten Klang von allen!

Un drückt Di Kummer gor un Weih,
Un will dat Hart verzagen,
Brennt dit Gefeuhl
In deipste Seel,
Wardst Du up plattdütsch klagen;
Tröst Di denn lies
'ne plattdütsch Wies',
Wenn all Dien Glück terfallen,
Denn markst Du, dat Dien Muddersprak
Am besten tröst von allen.

Drüm, Bröder an de Waterkant!
Holt hoch, wat unverdorben;
Holt hoch uns' Sak,
Uns' plattdütsch Sprak,
In de uns' Öllern storben;
In de as Kind
Wi tagen sünd,
In de uns' Kinner lallen, –
Uns' lewe plattdütsch Muddersprak,
De best un schönst von allen!

Wedderseihn

He wier von Hus up ein frömden Flag
All siet Johr un Dag
Un stünn allein,
Un süll nu hüt
Tau 'n iersten Mal nah langer Tied
De olle Heimat wedderseihn,
Tau 'n iersten Mal nah dörtig Johr, –
Un nu wier he dor.

Un hett stahn un käken – un hett söcht un sunn'n –
Un so ganz anners de Heimat wedderfund'n.

De roden Backen, de brunen Hoor,
Mit de he vör männig Dag un Johr
In de Welt rin trök,
Wiern hüt blaß un bleik, –
Doch ok de Heimat, de he verlöt,
Drög hüt nich mihr dat olle Kleed, –
Dat wier all so frömd un kem em so vör,
As wiern dat de ollen Städen nich mihr,
Un wat he ok söcht, –
He fünn sick nich t'recht,
He harr woll tau lang' in de Frömd' taubröcht.

Un bi dat Söken un Rümmergahn
Mit 'n Mal blew he stahn, –
Ein Städ harr he drapen,
Un dat gew em 'n Stich,
Denn dit Flag vergeet he sien Läwdag nich, –
Vör den Kirchhof stünn he, un de Purt wier apen.

Un he dacht an ein Flag ut de Jugendtied,
Wier von hier nich wied,
Dit Flag möst he seihn!
Dor hinn'n in de büterste Kirchenhofseck,
Dor bläuhte vör Johren 'ne Rosenheck,
Dor leeg ganz allein
Dat olle Graw mit den griesen Stein,
Mit dat iesern Krüz un de Truerwier,
Un deep an de Ird
Hüngen de Twiegen,
As wull'n se verswiegen,
Wat se mal hier seihn, –
Denn de Wier, de wüßt, wat keiner wüßt,
Hier harrn sick mal eins twei Minschen küßt,

Twei junge Minschen tau Maientied! –
Wo leegen de dörtig Johr all wied! –
He süll ierst wat liern,
Süll rut in de Welt,
Un se wier 'n lütt Diern,
Lütten Springintfeld,
Öwer Ogen harr se un brune Hoor
Un de Backen so rot un de Stiern so klor
Un de Bein so flink,
Un dat Läben verdwas in dat junge Ding.

Un hier up dit Flag, hier hemm se sick küßt;
Tau 'n iersten Mal, un tau 'n letzten Mal,
Un de Trahnen löpen de Backen dal,
As harr se 't wüßt, –
Un as se tauletzt hemm Awschied nahmen,
Dunn säd he, he wull wedderkamen
Nah Johr un Dag,
Un hier up dit Flag,
Hier wullen se sick drapen, –
Un de Purt stünn nu apen.

De breide Allee von Läbensbom
Noch grad so in'n Drom
As dunntaumal.
He geiht den smallen Fautstieg dal, –
Tau rechten Hand, – dor hinn'n,
Wo de greunen Taxus stünd'n,
Würd de Weg sick wind'n, –
Denn bögt he rin in den Fleedergang,
Un denn 'n lütt End'n an de Muer lang,
Bi den wild'n Wien,
Dor müßt dat so sien,
Von dor noch poor Schritt, –
Doch wat wier dit?
Still bliwt he stahn, –

Von Krüz un Stein un Truerwier
Süht he nix mihr, –
Wier all vergahn,
Un niege Gräwer sünd dor kamen,
Un he läst de Namen, –
Dunn föllt em in ’t Og dat Graw in de Eck
Dor näben de bläuhende Rosenheck,
Un he läst –
Un läst, –
Em fleigen de Händ’n,
Kann de Ogen nich wend’n,
Kann œwer den Namen
Nich rœwerkamen,
Denn dat läst he rut,
De hier graben wier
In de köhle Ird,
Wier mal sien Brut,
Sien ierste Lew,
De den iersten, den seutsten Kuß em gew,
Hier up dit Flag! –
Un hier wull’n se sick drapen, –
Un sien Diern müßt hier slapen! –
Sien arme Diern!

Un de Mahn un de Stiern,
Se lüchten von ’n Häben
Un schienen up’t Graw,
He is bi sien Diern bisitten bläben, –

Un sitt in Gedanken un hett söcht un hett sunn’n –
Un so ganz anners de Heimat wedderfund’n.

Maientied

Un wedder kem de Maientied,
De Maibusch greunt, de Fleeder bläuht;
Dat läwt un wäwt in Busch un Ried,
Un œwer 't Feld de Sägen weiht, –
Un sülwst de olle Lindenbom,
De putzt sick rut, so gaud he kann, –
Oll Lindenbom,
Büst Du in'n Drom?
Steckt Di dat Bläuhden ok noch an?

Vör mi in't Gras up greunen Brink,
Dor spält mien Enkel, mien lütt Hans;
Wo gahn de lütten Beinings flink, –
„Großvadding, kiek mien'n hübschen Kranz!
De is doch hübsch!" un danzt un springt, –
„Ut Bodderblaumen ick em bünn",
Un danzt un springt
Un lacht un singt,
Un hoch an'n Häben lacht de Sünn.

An't Barkenholt dat junge Poor
Hett sick dat schönste Flag utsöcht,
Ehr is de Welt so hell un klor,
Ehr hett de Mai de Lew mitbröcht,
De stille Lew, de keiner weit, –
Un 't Hart so vull, un 't Hart so wied! –
Wo is so seut,
Wenn't keiner weit,
De ierste Lew bi Maientied!

Un an de greune Grund vörbi,
Dor wannern poor Gesellen lang;
Se möken fremd un sünd nu fri
Un trecken furt mit Sing un Sang

Un sing'n dat Leed, dor kümmt in vör
Von Mai – un Lew – un Jugendtied –
Ick seih nix mihr, –
As 't eins mal wier,
Dor denk ick an, – is gore wied.

Mi is, as bün ick sülwst dat Kind,
Dat dor de Bodderblaumen plückt, –
Grad so hett eins bi Maienwind
'ne seute Diern mi küßt un drückt, –
Bün ok de Burß, de junge Strom,
Ick sing mien Leed dörch Barg un Dal, –

Oll Lindenbom, –
Bün sülwst in Drom, –
Uns' Jugendtied,
De wier einmal.

Un doch! – Is 't Hoor ok witt as Snei,
Begraben längst de junge Lew, –
Von Läbenslust un Läbensmai
Ein Spierken doch noch œwer blew;
Un kümmt de Mai mit Kling un Klang, –
Dat olle Hart ward denn so wied
Mit Sing un Sang,
Un durt nich lang, –
Bün 'ck midden in mien Jugendtied. –

De Hollingsbarg

Wo hinn'n de Heid am stillsten wier
Un wied von Weg un Hüsung af,
Dor leeg von uroll Tieden her
De Hollingsbarg, dat Hünengraw.

Hier wüß kein Bom, hier greunt kein Plant,
Kein Vagel süng hier in de Neeg,
Wo ünner Stein un griesen Sand
In'n Barg de Heidenkönig leeg.

In uroll Tied, vör väle Johr
Hett mal ein König hier regiert,
Ein Mann von Kräften wunnerbor,
Un 't ganze Land, dat hett em hürt,
Un in sien Hand leeg alle Macht,
Un Dod un Läben wier sien Wurt,
Un wat he säd un wull un dacht,
Dat müßt gescheihn an jeden Urt.

Un so as he mit mächtig Hand
Harr Läbenstieden Dingen dahn,
De ewig Tieden höllen stand, –
So süll ok nie sien Graw vergahn;
Se gröben em in Fels un Stein
Un drögen up väl Ird un Sand,
Bet as 'n hogen Barg tau seihn
Dat Hollingsgraw in't Heideland.

Doch hüt sök ick vergäws dat Graw,
Dat so väl dusend Johr hett stahn;
Dat stünn in'n Wäg, se drögen 't af,
Un hüt führt hier de Iserbahn;
Un wat ut't Graw se ruterhackt,
De Asch, de Knaken un de Stein,
Is ünner Glas in Schachtels packt,
Un in't Museum kann man 't seihn.

Nix hölt doch stand hier up de Ird;
All Ruhm un Anseihn, Macht un Ihr, –
Dat stiggt tauhöcht, – dat sackt in't Graw,
Un bald weit nüms wat von ehr af.

Blaumen

Dat wier an'n drüdden Schöpfungsdag.
Uns' Herrgott wier grad up dat Flag,
De Ird mit Büsch un Böm tau smücken,
Un as dat leet, würd em dat glücken.
He plante Palm'n un Lind'n un Eiken
Un Dannenböm un hoge Böken,
He plante Kurn un greunes Gras;
Un as nu allens wier tau Paß
Un allens wier mit Greuns beplant,
Stellt he den Gräwer an de Wand,
Üm sick nu mal eins antauseihn,
Ob allens wier ok gaud un schön.

Dit müßt nu doch nich ganz so sien;
Uns' Herrgott mök so 'n treckig Mien
Un schürrt den Kopp in einen furt,
As harr de Kram nich ganz sien Ort.
„Ick weit nich mal, mi kümmt dat vör,
As wenn hier wat nich richtig wier, –
Dat lett jo süß ganz nett un schön, –
Dat föllt man œwer all in 't Greun!
De Bläder greun, – un greun dat Krut,
De ganze Ird süht greunlich ut, –
Un Holt un Strük un Stemmen gries? –
Ne, so is mi de Kram tau mieß,
Dor möt 'ck noch wat Aparts erfinn'n."

Uns' Herrgott füng nu an tau sinn'n
Un œwerläd 'ne Viertelstund'n
Un harr denn bald 'n Utweg fund'n.
He halte sick sien Farwpött her
Un rögte an von jede Klör,
Denn sned he Bläder, grot un lütt, –
Un rot un blau, un gäl un witt,

So strek he s' an, grad as em 't schient,
Un spaßig fünd 't uns' Herr un grient, –
Weck sned he lang, weck sned he rund,
Un an de Stengels kunterbunt
Sett't he se an un lacht so eigen
Un dacht, wenn dit de Engels seegen, –
Un wenn em ein so recht geföll,
Denn küßt he se, un up de Stell
Steeg ut diss' Blom de schönste Duft,
Un licht un lewlich würd de Luft.

„Nu kiek blot einer! – wat 'ne Pracht!
Dit harr ick doch meindag' nich dacht!
Wo lacht dat ut de Bläder rut,
Wo süht de Ird nu fründlich ut,
Nu hett se ierst ein Anseihn krägen –!
Jug lat ick wassen allentwägen,
Baben up de Bargen, deep in de Gründ'n,
Allœwerall sall man Jug find'n,
Up drögen Sand, up greuner Flur,
As schönste Smuck in de Natur,
Un Freud un Sägen süllt Ji bringen
Un stumm von Jugen Schöpfer singen,
Dat he in siene grote Lew
Jug, Blaumen, för de Minschheit gew."

Süwstgebleiktes Linnen

As ein Teppich, bunt un weik,
Leeg de Rasen ünnen;
Frühjohr wier 't, un up de Bleik
Schient' de Sünn up't Linnen.

Würd 'ne Diern, so smuck un grell,
Äwern Rasen susen;
Würd mit Water ut de Quell
Äwer't Linnen brusen.

Sülwern parlt de Druppenfall,
Un de Sünnenstrahlen
Würden up de Druppens all
Bunte Biller malen:

Hier würd dat ein Veilchenstruß, –
Sehnen un Verlangen, –
Hier ein Blick, un dor ein Gruß, –
Minschenhart vull Bangen;

Un denn seeg de sel'ge Blick
Myrthenbläut un Ranken,
Un von Lew un Maienglück
Drömten de Gedanken.

Drömten von den Hochtiedsdag,
De in'n Mai würd gäben,
Von ein stilles, trutes Flag
Un von Glück in'n Läben;

Ja, dat echte, wohre Glück
Würd se denn ierst finnen; –
Sülwerdruppen parlten sick
Äwer't witte Linnen.

Un dat junge Minschenkind
Hürt' all Hochtiedsklocken,
Un de warme Frühjohrswind
Spälte mit ehr Locken.

Doch de Sünenschien verträk,
Ruge Winde weihten,
Un ein Storm de Blaumen brök,
De so prächtig bläuhten. –

Up de Bohr liggt bleik un kolt
Ein gebraken Läben,
Hett so giern noch läben wollt',
Un doch wier 't nich gäben.

Ut is nu de falsche Drom,
Falsch in allen Stücken;
Denn de greune Myrthenblom
Möt för 't Graw hüt smücken!

Un ein Sarg, dat stille Flag,
Rasch tausamenslagen, –
Hüt an ehren Hochtiedsdag
Ward se ruterdragen.

Von den Kirchentorm heraf
Klagen dump de Klocken, –
För den Weg in't kolle Graw
Warden se hüt trocken.

Blot von ehren Linnenschatz,
De ehr Stolz in'n Läben,
Hett man ehr för'n letzten Platz
't Dodenhemd mitgäben.

Dat einsame Graw

In de Kirchhofseck verstäken,
Ünner Unkrut, Busch un Durn,
Liggt ein Graw, verfoll'n, vergäten,
Unbekannt un weltverlurn.

Morsch un brüchig is dat Gitter,
Un verwittert is de Stein,
Un up't Krüz, von Rust terfräten,
Is kein Inschrift mihr tau seihn.

Un de Blaumen, de eins wüssen,
Sünd verbläuht – verwelkt – vergahn;
Durn un Dießel sünd 't un Nettel,
De up't Graw in Wrieten stahn.

Keiner kümmt, dat Graw tau weiden,
Selten mal kickt hier wer ran;
Wer hier slöppt, kann keiner seggen,
As man meint, 'n ollen Mann.

Un mi kamen iernst Gedanken
Von Vergänglichkeit un Nacht,
Von den stillen Mann hier ünnen,
Von den Dod un von sien Macht.

Von den Mann, de Läbenstieden
Macht viellicht un Namen drög,
Den viellicht ein Hart vull Sägen
För sien Näbenminschen slög;

De viellicht nah Weih un Kummer
Hier begröw den Wanderstaf, –
Allens liggt hier still begraben
Ünner dat verfollen Graw.

Lust un Lew un Sorg un Hoffen,
Minschenleid un Minschensinn,
Ja, ein ganzes Minschenläben
Hüllt hier Gras un Unkrut in. –

Is denn dit dat End'n von 't Läben?
Süll von Glück un Not un Pien
Un nah all uns' Mäuhn un Sträben
So ein Flag dat Letzte sien? –

Un de Durnbusch giwt mi Antwurt,
Singt so seut de Nachtigal,
As ein Sang vull Lew un Hoffnung
Klingt dat up de Gräwer all;

Un dat klingt tau 'n Stiernenhäben,
Dat de Winter ward vergahn,
Dat uns' Herrgott schickt den Frühling
Un lett allens uperstahn.

Dat de välen Minschenbröder
Eins de grote Frühling weckt,
Ob uns' Graw in Stein un Felsen,
Ob uns Busch un Durn bedeckt. –

Un mien Twiefel un mien Bangen
Treckt von Hart un Seel heraf,
Un vull Tauversicht un Fräden
Bäd ick an't verfollen Graw.

Heiligabend

De Heiligabendklocken
Lürrn äb'n tau 'n letzten Mal, –
Lies fallen witte Flocken
Up Dörp un Kirchhof dal.

In'n Herrenhus, – in'n Katen
Brennt hell de Wihnachtsbom, –
De Kirchhof liggt verlaten
In Snei un Winterdrom.

Worüm woll noch lütt Fieken
Dor up de Dörpstrat löppt? –
Se ward nah 'n Kirchhof slieken,
Wo ehr lew Mudding slöppt.

De wier ierst körtens storben,
Ehr'n Vadder harr s' nie seihn,
De wier verschollen, verdorben, –
Un Fieken stünn allein.

Se harr dat œwerwund'n,
As Kinner dat so dauhn,
Un harr sick rinnerfund'n
Un wüßt nix mihr davon.

Doch hüt, wo all'ns in Freuden,
Würd ehr dat Hart so swier, –
Hüt föhlt se doch ehr Leiden
Un wo se einsam wier.

Se harr in'n Düstern säten,
Un wier doch Heilignacht, –
Se wier hüt ganz vergäten,
An ehr harr keiner dacht.

Nah ehr harr keiner ropen,
Un 't wier doch gor nich wied, –
Se harren alltauhopen
För Fieken hüt kein Tied.

Un as de Wihnachtsklocken
Nu lürrten tau dat Fest,
Hett 't ehr nah 'n Kirchhof trocken,
Dor slöp jo doch ehr Best.

Ehr Mudding wull se 't klagen,
Ehr wier dat Hart so swier,
Un künn dat Weih nich dragen
Un künn doch gornich för.

Un as an't Graw se kamen,
Dunn sackt se up de Knei
Un folgt ehr Händ'n tausamen
Un weint ehr bitter Weih:

Lat mi mit rin, lew Mudding!
Dien Fieken, Dien lütt Diern! –
Ick bün dat jo, Dien Puting,
Lew Mudding, kannst Du 't hürn?

Christkind hett mi vergäten,
Ick kreeg kein einzig Stück, –
Lat mi doch rinner bäten,
Lew Mudding, 'n Ogenblick! –

Se leggt de heiten Backen
Up't Graw in'n weiken Snei, –
Lies föllt de Snei in'n Nacken, –
Un lies vergeiht ehr Weih.

Wo feuhlt se sick taufräden,
Hier wier 't mal still un sacht,
Un liesing ward se bäden,
As süß tau Heilignacht. –

Kümmt dor nich dörch de Reigen, –
Binah as is 't 'n Drom, –
Ein Engel antaufleigen
Mit 'n groten Wihnachtsbom?

Mit väle dusend Lichter,
Dat kein se tellen kann, –
Grad tau up Fieken flüggt he,
Un kickt so lew ehr an,

Un as he seggt: Mien Ficken! –
Wo ward dat Hart ehr licht,
Wo ward se selig kieken,
Wen se tau seihn kriggt.

Lew Mudding! – Büst Du kamen?
Nu hew 'ck Di, – dat 's man gaud! –
De hett up 'n Arm ehr nahmen,
Nu wier tau End'n ehr Not.

Ehr wier, as güng'n de Klocken, –
Lew Mudding! säd s' nochmal, –

Lies fallen witte Flocken
Up Dörp un Kirchhof dal. –

Plattdütsches Leed

Ein Eikbom steiht an de Waterkant
So stämmig in Wind un in Wäder,
Sien Wörtel gahn knorrig dörch Stein un Sand,
Wied recken de Telgen in 't dütsche Land,
Un frisch un gräun sünd de Bläder;
Un rug' is de Bork, un taag is dat Holt,
Un de Eikbom is dusend von Johre all olt.

De Eikbom steiht all von Oellers her
Un „*plattdütsche Ort*" ward he heiten;
Uns' Herrgott plante em sülwst an't Meer,
Dor stünd he, wenn Wind un Water ok swier
An Kron un Wörtel em reeten,
Un hüt noch, wenn Wind un Wäder em drauhn,
Stolz reckt he tauhöchten de mächtige Kron.

Du plattdütsche Eik an dat dütsche Meer,
Stah fast ok in künftige Stund'n;
Du büst jo uns' Hüsung, du büst uns' Wehr,
Denn föllst du mal eins, denn is up de Ird
Ok plattdütsches Wäsen verswund'n.
All plattdütsche Maaten, holt hoch de Hand,
Staht tru tau de Eik an de Waterkant!

Fritz Reuters Dank *

’n lütten Nahklapp tau de Enthüllungsfier in Stemhagen an’n 12. Juli 1911

Dat wier ein Dag hüt ohne Glieken,
So’n Dag ward ’t nie nich wedder gäben!
Den könn’n wie uns för ’t ganze Läben
In unsern Klenner *rot* anstrieken!
Wat wier ’ne Minschheit up de Bein,
Wat wier ’t ’n Trubel!
Wat sünd wi all in vullen Jubel
Begeistert dörch de Straten tagen, –
Mien lew Stemhagen!
So’n Dag warst du nich wedder seihn!
Un Allens güng üm *eine* Sak:
Üm Fritzing, üm uns’ plattdütsch Sprak!
Wo klüng dat stolz dörch de Gemäuter:
Wi sünd all Landslüd von Fritz Reuter!
Un nu ’s de grote Dag vörbi,
Un von de ganze Fieri
Is blot uns de Erinn’rung bläben,
Un de bliwt ok för’t ganze Läben.
Doch – ganz vörbi is ’t liekers nich,
Blot is de Kram wat biesterig,
Ick judizier un riew de Knœwel, –
Jä, Landslüd! – nähmt mi dat nich œwel,
Mi hett dor *wen* in späde Stund’n
’n lütt’n Updrag up de Seel noch bund’n,
Un Ji mœgt mi as Lœgner schellen,
Ick möt de Kram Jug doch vertellen,
Un hürt mal tau,
De Sak kem so:

---

* Nachts Klock twölf vördragen in Kutzbachs Saal tau Stemhagen.

Ick ward dor nachts bi Kutzbach sitten,
So bi de Denkmals-Kommischon,
Man gelt denn als Respektsperson,
Un tüg mi dorbi ok 'n Lütten,
Un seih denn, wo sick all de Harrn
So recht von Harten freuden warden.
De ein, de seggt: Na, Gottseidank!
Mit diss' Rawasch' sünd w' nu mit lang!
Ick bün ok midderwiel tau End'n,
Dat Einzigs, wat wi nu noch könn'n,
Dat is: noch ollich einen nähmen, –
Will'n uns man noch poor Buddels tähmen!

Und wedder kümmt 'ne frische Lag'.
Ne, denk ick bi mi, all mien Dag'
Kann so de Sak nich wiedergahn;
'ne Reig von Buddels ward hier stahn,
Un mi is all de Kopp so swier, –
Ick gah woll bäten vör de Dör.
Un ward mi also ruterslieken
Un buten bäten rümmerkieken.

Ach! wier dat buten einmal schön!
Kein Minsch wier up den Mark tau seihn;
Dat Denkmal blot, dat lücht' so her.
Harrjeh! wat is de Kopp mi swier!
Ick ward nu bäten rümmergahn
Un kam dorbi up mienen Gang
Tauletzt ok an dat Denkmal lang
Un bliew natürlich dor bistahn.

„Jä, Fritz! Nu sittst du hier in'n Düstern!
Dat hest du von dien Ruterklüstern,
Dit is de Nahklapp von dat Dichten
Von all dien Läuschen un Geschichten, –
Nu sett di man gliek ollich breit,

Du sittst för alle Ewigkeit,
Un wer 't denn mag, de mag 't woll mœgen!"
Un ward mi recht in'n Stillen hœgen, –
Up einmal œwer will 't mi schienen,
As kriggt Fritz Reuter sick dat Grienen,
Nu fangt he gor sick an tau rögen
Un ward sick nah mi runnerbögen
Un wiest nu mit sien Blistiftfedder
Piel up mi nedder.
Na, – dit hett mi doch so benahmen,
Ick sack binah in'n Dutt tausamen.
Wat hew ick hier ok rümtausöken,
Nu fangt Fritz Reuter an tau spöken!
Doch denkt Jug ierst mien dumm Gesicht,
As Fritzing gor dat Spräken kriggt;
Ganz liesing flüstert he mi tau:
„Na, na! – Nu hew Di man nich so
Un kumm mal bäten neeger ran,
Du warst dat süß nich all verstahn.
Denn wi Ort Slag spräkt blot in'n Düstern
Un möten denn ganz liesing flüstern, –
Den ganzen ollen Geisterkram,
Den hal der Deuwel alltausam!"

Ji mœgt dat glöben ore nich,
Nu würd mi doch wat huddelig;
Mi würd 't den Puckel runnergräsen,
Dit künn jowoll nich mœglich wäsen,
Ick schul em nochmals nah't Gesicht, –

„Man los!" seggt he, „schanier Di nich!
Wi sünd jo beid von ein Gelichter,
Du büst jo ok so'n halben Dichter",
Un wedder mal dat Winken kriggt 'e,
Un ganz von sülwen rück ick neeger,
Un mi ward leeg un ümmer leeger.

„Süh so! nu hür mal nipping tau!
Ick rad Di œwer, dat Du jo
Dit Allens ganz genau bestellst
Un dat Du keinen Kohl vertellst;
Du schienst mi all wat – swack tau sien, –
Wat drünkst Du för 'ne Nummer Wien?"
Ji mœgt dat glöben ore nich,
Nu würd mi würklich klœterig.

„Herr Reuter!" segg ick, ok ganz lies',
„Dat is nu einmal so mien Wies',
So nachts in'n Mandschien rümtausöken,
Doch – laten S' hüt dat olle Spöken,
Hüt kann 'ck dat würklich nich verdrägen,
Ick segg Se blot, mi is de Brägen –"

„Haha!" seggt Fritz, „ick weit, ick weit!
Mit dissen Taustand weit 'ck Bescheid!
Wat müßt ick an verläden Dagen
Mi grad mit dissen Taustand plagen! –
Doch männigmal ward grad in'n Tran
De Schrieweri am besten gahn.
Nu gah tau Hus un sett Di nedder
Un nimm dat bäten in de Fedder
Un registrier dat ganz genau,
Wat ick Di nu vertellen dauh;
Du kannst dat ok in Riemels faten
Un in de Zeitungs drücken laten,
Doch seih Di vör, dat Du nich lüggst
Un nich dat Fantesieren kriggst!"

Ach Gott! denk ick, dit ward 'ne Plag'!
Dit 's grad wat för mien Koppweihdag',
Am lewsten mücht ick mi verstäken, –
Un dorbi schul ick hen un her,
Woans dat woll tau maken wier,

Dunn fangt all Fritzing an tau spräken:
„Ich, *Doktor phil. h. c.* Fritz Reuter,
Schulmeister, Dichter und so weiter, –
Ick müücht nu, wo de Dag verflaten,
Ok mal von mi wat hüren laten!

Ick dank vör Allen Friedrich Franz!
He gew den Dag den rechten Glanz;
Ok Johann Albrecht, stammverwandt,
Un Heinerich von Nedderland.
Ick glöw, nu seggt kein Minsch nich mihr,
Dat 'ck mal 'n Demagogen wier;
Dit is mi lewer as 'n Orden,
Denn nu bün ick „hoffähig" worden!
Mien Großherzog hett mi besöcht,
Nu treckt sick allens wedder trecht!

Ick dank mien lewe Vaderstadt
Mitsamst den hogen Magistrat,
Dat man mi hier vör alle Welt
Up so ein Dings hett rupperstellt.
Doch eine Sak bidd ick mi ut:
Ji weit 't, ick hew 'ne fiene Snut, –
Nu sorgt dorför, wenn 't Johrmark giwt,
Dat nich de Dösch- und Bücklingsfrugen
Ehr Bauden bi mi rümmerbugen,
Dormit mi nich de Luft wegbliwt!

Ick dank de Denkmals-Kommischon!
Wenn einer, denn harr *de* tau dauhn!
De hett sick wat tausamenschräben,
Sogor de Ritterschaft müßt gäben!
Un hett sick wat tausamenlopen –
Un kreeg ok würklich all's tauhopen;
Hüt œwer könnten s' knapp noch krupen,
Un dorüm holl ick ok för Recht:

Von 't Geld, wat se tausamenbröcht,
Den Oewerschuß – söll'n *de* versupen!

Ick dank de välen lewen Fründ'n,
De sick üm mi tausamenfünd'n!
Dit hew 'ck mi doch nich drömen laten,
Ick kann dat ok noch hüt nich faten, –
Se wullen ehren Dank mi bringen?
Ick denk dorbi an anner Dingen,
Ick bün nich schuld an disse Sak,
Schuld is allein uns' Muddersprak!
Uns' Muddersprak, dat plattdütsch Wurt,
Dat lockt' un lockte ümmerfurt.
Ut alle Winden trök dat her,
Sülwst œwer't grote Weltenmeer;
För de ick eins „Kein Hüsung" schräben,
De hett dat Heimweh rœwerdräben.
Dat wier 'ne grote, stolze Reig,
De ick vörœwertrecken seeg,
Echt plattdütsch Ort vull Murr un Kraft,
Von Hamborg her de Landsmannschaft,
Ut Stadt un Land, un Arm un Riek, –
De Muddersprak makt alle gliek,
Noch starwt nich ut de plattdütsch Ort,
De Heimatlew un 't plattdütsch Wurt!
Un nu bliwt *noch* ein Dank mi œwer,
Den hew ick bet tauletzt behollen;
Wat mi am besten hett gefollen:
Ick hew mien Jugend wedder seihn!
Un wier so schön, so wunnerschön,
Dat mi de Ogen güngen œwer!
Studenten wiern 't – mien oll Kulör –
Ut Jena – ut ganz Dütschland her!
Ick wier am lewsten runnerstägen
Un harr se all bi'n Wickel krägen!
Dor wier jo de oll dütsche Farw,

Dat olle Band – und mien Verdarw, –
All vörrig Nacht – hier in Stemhagen,
Hier sünd se vör dit Denkmal tagen,
De ierste Nacht gliek sünd se kamen,
Se wüßten ’t woll, wi hürn tausamen,
Doch as de Cantus rupperklüng,
Den ick mal sülwst in Jena süng:

Stoßt an! Jena soll leben!
Hurra hoch!
Stoßt an! Jena soll leben!
Hurra hoch!
Die Philister sind uns gewogen zumeist,
Die wissen den Teufel, was Freiheit heißt,
Frei ist der Bursch!

Dunn harr ick giern, harrt Ji ’t man wüßt,
Am lewsten jeden einzeln küßt,
Un hier in deipsten Hartensgrund’n
Hew ick de Tied nochmal empfund’n.
Wat wier dat för ein himmlisch Johr,
As ick up ’t brune Lockenhoor
Dat Cerevis verwogen drög
Un Prim un Terz un Quarten slög,
Un up den Markplatz sünd wi tagen, –
Den ollen „Hannfried“ könnt Ji fragen,
Un Knäp un Undœg hew wi dräben, –
Herrgott, *ein* Jena ward ’t man gäben!

Stoßt an! Jena soll leben!
Hurra hoch!

Un hüt, wo sovä1 Johr vergahn,
Hewt Ji mi all diss’ Ihr andahn, –
Ick dank, dat Ji mi nich vergäten,
Ick hew jo ok üm Jug blot säten.“

„Herr Reuter“, segg ick ganz bescheiden,
„Wil will’n doch jeden Anstoß meiden,
Ick glöw, von’t ‚Sitten‘ lat wi ut.“

„Oll Fründ!“ seggt he, „Du holl Dien Snut!
Du hür man ümmer nipping tau
Un mark Di, wat ick seggen dauh!
Du kriggst womœglich ok noch Janken
Un glöwst, ich süll ok Di noch danken
För Dien oll dœmlich Riemeri?
Ne, Fründing, ne – denn brad se Di,
Du fantesierst mi vältauväl!“

Nu würd ’t mi kriwweln in de Kähl,
Ji mœgt dat glöwen oder nich,
Nu würd ick doch wat rackerig,
„Herr Reuter!“ segg ick, „mit Verlöw!
Sall ’ck Se mal seggen, wat ick glöw?
Ick glöw – ick glöw“ – (wat glöwt ick doch –)

Un schul dorbi so’n bäten hoch, –
Dor sitt he wedder stief un stur,
Grad as so’n steinern Gipsfigur.
Na, männigein kann väl verdrägen,
Ick harr nu œwer naug von krägen,
Dit kem mi doch tau striepig vör;
De Koppweih fäuhlt’ ick längst nich mihr,
Still un bedächtig schöw ick af,
Doch nahstens kem so’n lütten Draw,
Un nahstens kreeg ick gor dat Lopen,
Ick dacht, he künn mi wedder raupen.
Tau Hus hew ’ck mi denn lang’ besunn’n
Un hew doch keinen Klauk in fund’n, –
Doch liekers bün ’ck bi sitten bläben
Un hew dit all so nedderschräben. –
Ick seih, Ji schürrt den Kopp dortau, –

Wenn ick 't Jug segg! He säd mi so!
Ick wenigstens hew 't so verstahn, –
Doch – mœglich künn 't jo liekers sien, –
Denn œwer hett dat blot de Wien, –
Hett 't de verfluchte Rotspohn dahn!

Wi Meckelbörger

Ganz baben an de Waterkant
Liggt Meckelborg, mien Heimatland,
Un liggt woll bäten ut de Richt;
Un soans kümmt de Meinung licht,
Wi sünd in All's wat achteran,
Un wo man uns wat brüden kann,
Gliek sünd se dor mit ehr Gefopp
Von wägen unsern Büffelskopp.

Un is dat ok in Spaß blot meint,
Hett Meckelborg dit woll verdeint?
Stünn Meckelborg nich sienen Mann?
Kiekt Jug de Weltgeschicht mal an!
Hett Meckelborg sien Deil nich dahn,
Dat wi hüt hoch in Anseihn stahn?
Drei Namen blot gäw ick Jug kund,
De sünd noch hüt in aller Mund!

Wer wier de Fru, de allbekannt
Ein Vörbild is in 't dütsche Land,
As Königin, as dütsche Fru,
Un hett uns wiest, wat Lew un Tru? –
Ick segg: *Luise!* Disse Klang,
Diss' Nam läwt furt in Leed un Sang,
Un disse Fru vull Engelssinn,
Dat wier 'ne Meckelbörgerin;

Wer is dat west, as Bonapart
Dat dütsche Land bedrängt so hart,
Wer hett ut Smach uns ruterführt?
Ji kennt em, Marschall *Blücher* wier 't!
Tau Leipzig in de Völkerslacht,
Dor brök he Bonapartens Macht
Un reet uns rut ut Schimp un Schand'n, –
Un Blücher stammt ut unsern Land'n!

Wer endlich wier 't, de Dütschlands Macht
Vergröttert hett von Slacht tau Slacht,
Wer störr Napoleon von'n Thron
Un bröchte uns de Kaiserkron,
Wer bröcht' tau Anseihn dütsches Swiert?
Diss' grote Held, *Graf Moltke* wier 't,
Un priest Du em, denn denk ok an:
Ein Meckelbörger wier de Mann!

So stahn wi noch tau jeder Tied
As äbenbürtig Jug tau Sied;
Wi hewt woll nich dat heite Blaud,
Doch dorüm sünd wie jüst so gaud,
Wi meint dat tru un hollen Wurt!
Dat wier von jeher *„plattdütsch Ort"*,
Un *„dütsch"* sünd wi mit Hart un Sinn,
Mit Stolz ick Meckelbörger bün!

Mudderlew

Uns' Herrgott hett hier up de Welt
Tau Sied uns einen Engel stellt,
De geiht mit uns von Anfang an
Un sorgt, wo he man sorgen kann;
O, dat he ümmer bi uns blew!
De Engel heit: De Mudderlew.

De Mudderlew, de hett so warm
Un weik di wohrt up ehren Arm
Un hett di weigt un hett di strakt,
Hett männig Nacht in Sorgen wakt,
Un männig Tran, de keiner seihn,
De hett se weint üm di allein.

Un as du in de wiede Welt
Di hest up eigen Fäuten stellt,
Du fündst woll Fründen sicherlich,
Doch Mudderlew, de fündst du nich;
Von all dien Fründen is de best
Tau jeder Tied dien Mudder west.

Un hett dat Läben mit di spält
Un in de Welt di rümmerschœlt,
De Welt is grot, dat Läben swier,
Oft dachtst du nich an Mudder mihr;
Dien Mudder œwer seet un sünn,
Wo för ehr Kind se sorgen künn.

Doch wenn mal eins de Stund'n sleiht,
Dat dien lew Mudder von di geiht
Un slöppt denn up ehr letzte Rauh,
Un decken ehr de Wrausen tau, –
Denn liehrst du Mudderlew verstahn,
Denn œwer – is se von di gahn!

De Sünnenstrahl

Einsam an'n Strand'n liggt heil verlaten
Ein Fischerkaten.
De Wänd'n hebben Klutenfack,
Dat Holt is olt, un up dat Dack

Liggt Reit un Moß von Öllers her,
Doch an de Dör
Rankt Efeu rup un Immergräun,
Un Astern bläuhn
Un Georginen.
Nu kümmt de Sünn noch dörch tau schienen,
Un as ehr Strahlen runner swäben,
Fangt de oll Katen an tau läben,
As leeg up Reit un Moß un Holt
Ein Schien von Gold.

Ein ganz lütt Krœt von Sünnenstrahl
Lett sick an dat Gerankels dal
Un kickt von buten
Heil listig dörch de lütten Ruten
Un söcht, wat he 'ne Ritz kann find'n.
Süh dor, nu sitt he ok al binnen
Un wuppt up 't Finsterbrett ümher;
Nu hüppt he runner nah de Ird,
As wull he ierst de Rotsteinfliesen
Sien Knäp mal wiesen,
Doch töwt he hier nich alltaulang'n,
Ward wedder an tau wippen fang'n,
Dor is kein Rauh nich in den Lütten,
Wupp! ward he up den Stauhl nu sitten
Un kickt tauhöcht un kickt ümher,
Wer in de Stuw woll wieder wier.

Dor bi den Aben steiht 'ne Weig, –
Ob he ok dor mal rinnerseeg?
Worüm woll nich! denkt Sünnenstrahl,
Versäuk ick 't mal!
Un wedder kriggt he nu dat Wippen
Un kriggt dat Hüppen
Un danzt un springt un hüppt un flüggt,
Bet he up 't Weigenküssen liggt.

Ganz sachten krüppt he wieder rup –
Wat leeg dor för 'ne säute Pupp!
De Backen as Druwappels rot,
So frisch un quick as Melk un Blaud,
Un œwerhen ein Grienen löppt,
Denn Püpping slöppt.
Lütt Sünnenstrahl springt hen un her,
As wenn he ut 'n Hüschen wier,
Un makt sien Knäp un sien Gewäs',
Bi 't Münning nu – nu bi de Näs' –
Prusch! seggt dat dunn –
un prusch! nochmal, –
Weg is dat Krœt von Sünnenstrahl,
Un Püpping mit sien lütten Füster
Grippt nah den Prüster.

Gliek ward nu Mudding rinnerkieken
Un ward sick sachten rannerslieken
Un kickt so rœwer nah de Weig,
Wo Küking leeg.
„Du Racker Du! Du sast jo slapen,
Un hest de beiden Ögings apen?
Magst Du nich mihr?
Denn tumm mal her!"
Un böhrt em hoch un küßt den Jungen,
Un de is an tau krieschen fungen
Un lacht un stangelt mit de Bein,
Un Mudding seggt: „Nu kiek mal ein!
Mien säute Jung, wo lett Di 't fien,
Du büst jo – itel Sünnenschien!"

De Kattenswanz

Korl Beggerow un Gottlieb Has'
Un noch poor Jungs von disse Blas',
De harren länger Tied all wat
Mit Bäudner Behns ehr swartbunt Katt,
Denn dit oll Diert, dat ströpte ümmer
In Beggerows ehr Hüsung rümmer,
Un kemen s' ehr ok mal up't Ledder,
Dat wohrt' nich lang', dor wier se wedder,
Dor kem se wedder antaustiegen,
Un keiner künn dor Klauk in kriegen.
Ok hüt wiern s' wedder achter her,
Doch Korl, de kreeg ehr mang de Dör
Un hett mit Macht sick gegenstemmt
Un hett ehr glatt den Swanz afklemmt.
Nu güng se af in vullen Draw,
Nu wier't tau laat, de Swanz wier af.

Na, in de Schaul de ierste Stund'n,
Dor mök de Swanz nu gliek de Rund'n
Von Bänk tau Bänk, un würd ein Hœgen,
Dit würd'n de Görn väl lewer mœgen,
Un wier ein Dauhn un ein Gemuschel
Un ein Gehäw un ein Getuschel,
Bet Klickermann dorachter kem,
Un nu de Sak ein End'n nehm.

„Was habt Ihr da?" fröggt Klickermann,
„Ich seh Euch das schon lange an,
Ihr habt da Muscheleien vor!
Na, wird es bald? – Karline Schnoor,
Sag Du mir mal, was ist da los?"
„Herr Klickermann, wir haben bloß –
'n Katzenschwanz – von Büdner Behn, –
Den haben wir uns mal besehn."

„Was habt Ihr da?“ seggt Klickermann,
„’n Katzenschwanz? – Wo geht das an?
Wer hat den Schwanz ihr abgeschlagen?“
„Herr Klickermann, die andern sagen,
Das hätt Karl Beggerow getan.“

Herr Klickermann ward neeger gahn.
„Karl Beggerow, das glaub ich schon!
Du ganz entfamtigter Patron,
Du bist ja einen großen Klas!
Glaubst Du, es macht der Katze Spaß,
Den Schwanz, den sie so stur getragen,
Ihr baß am Leibe abzuschlagen,
Und läuft nun mit ’n Stummel rum,
Und ist Dir noch ein Gaudium?
Was sagst Du woll, wenn zum Vergnügen
Sie Dir ’n Stück vom Leibe schlügen,
Glaubst du woll, daß Dir das behagte?
Wie heißt der Spruch, den ich Euch sagte,
Von wegen, wie Euch selbst zu Mut,
Wenn andrer Euch was Böses tut? –
Ja, wo sollst Du woll Sprüche wissen,
Du tust ja lieber Katzen hissen, –
Wer von Euch andern kennt den Spruch?
Gesagt hab ich ihn oft genug, –
Ihr Dummerjahns, nun sitzt Ihr da! –
Ah, Lina Schnoor, ich wußt es ja!
Na, Lina, gut, daß Du nicht so,
Beschäme mal Karl Beggerow!“

Un Lina Snur, de puckt dat Hart,
Dat se so rutersträken ward,
Un ludhals fangt se an tau kreihden:
„Was Gott zusamm’ngefügt,
Das soll der Mensch nicht scheiden!“

De Oewerraschung

In'n Achtergorden seet Fru Knaaken
Un tühnte mang ehr Bohnenstaken
Un leet sick dat recht suer warden,
Dormit se ollich Höllung harden,
Un bi ehr rüm sprüng ehr lütt Heine;
Doch disse Jung, dat wier so einer,
Kreeg de 'nen Smetterling tau seihn,
Denn diest' he mit sien krummen Bein
Paldangs midd'n mang de Blaumenbedden
Un würd dor all's tau Schanden pedden.

Dit künn nu Mudder nich mihr af.
Se bröcht em hellisch up den Draw,
He süll man nah de Strat rutgahn,
Dor wier gewiß ok Fritz Lebahn,
Mit den süll he man Griepen spälen,
Un süll sick nich dat Tüg insœlen,
Tau'n Abendbrot wull se em raupen.
Na, Heine würd nu ruterlopen
Un towte up de Strat ümher
Un dacht an Muddern bald nich mihr.

Intwischen wieren anner Saken
In'n Hus' passiert. Bi Mudder Knaaken
Flög up dat Dack de Aderbor,
Un ehr dat einer würd gewohr
Un sick den Schaden recht beseeg',
Leeg ok de Diern all in de Weig'.

Harrjeh! wat würd dat nu ein Lopen!
Dat Mäten müßt de Nahwersch raupen,
Un Nahwersch würd nu rümhantieren
Mang Fleedertee un Kinnerbühren
Un bröcht de Sak tau Reig un Schick, –

Se harr jo sülwst all nägen Stück
Un wüßt Bescheid mit 't Kinnerquarren, –
Un as s' sick all beruhigt harden,
Dunn endlich dachten s' ok doran:
Wo wier denn Mudder Knaaksch ehr Mann?
De harr von'n ganzen Kram nix seihn
Un wier noch up 'n Feld'n allein
Un heu'te Kleewer up 'n Brink.

„Du Dürten! – Raup mal Heinern flink!
He ward woll up de Strat rümspringen,
De kann jo Vaddern Orrer bringen."

Na, Dürten ward nu Heinern raupen:
„Du sast mal fix nah Vaddern lopen
Un segg em man, ick harr Di seggt,
De Aderbor harr 'ne Swester bröcht."

Jäjajija! – Dit wiern so'n Sacken!
Dit wull nich rin nah Heine Knaaken.
„'ne Swester? – öh! is jo nich wohr!
Dor flög jo gor kein Aderbor! –
Du! – wenn dat man kein Lœgen is! –
Asch, Für un Stein, – is 't ganz gewiß?"

„Ja, ganz gewiß! Nu lop doch flink
Un hal doch Vaddern von den Brink!
De is sick jo noch nix vermauden,
Un segg em man, he süll sick spauden,
Dat wier 'ne Diern, so glarr un fien,
'ne Prinzessin künn nich glarrer sien!"

Na, nu böst Heine, wat he kann,
Un kümmt in'n Draw bi Vaddern an.
„Ick sall Di halen, seggt uns' Dürt,
Bi uns is dor wat Netts passiert,

De Aderbor hett uns besöcht
Un so 'ne lütte Diern uns bröcht!"
Un dorbi mök he 't Vaddern vör,
As wenn 't so 'n lütt Kaninken wier.

De Vadder ward de Hark hensmieten
Un kickt em an: „Na, nu ward 't rieten!
Jung, hest Du Di ok woll verhürt? –
Un dat is äben ierst passiert?
'ne lütte Diern? – Na, dit 's nich slecht!
Wat hett denn Mudder dortau seggt?
Nu hett s' jo endlich ehr lütt Fieken!"

Lütt Heine ward so niepern kieken:
„Jä, Vadder, dat 's jo noch dat Best,
Bi Muddern bün 'ck noch gornich west,
De ahnt noch gornix von de Diern,
De ward sick œwer schön verfiehrn!
De is noch gornix fraud von worden,
De sitt noch hinn'n in'n Achtergorden
Un tühnt dor mang de Bohnenstaken, –
Du, – de ward schöne Ogen maken! –"

Dat Küssen

Nu hew 'ck di faat't, du säute Diern,
Nu sast du di woll gäben;
'ne säute Diern, de küß ick giern
Noch ümmer för mien Läben.

Süh so! den iersten hest all weg,
Du möst man nich so toben;
Ne, bliew man hier, as ick di segg,
Wi möten wieder proben.

Dat güng all bäter, süh mal süh!
Dat güng recht sacht un liesen;
Mien säute Diern, so bliew man bi,
Denn wardst ehr bald wat wiesen.

Den Dunner ok! wat wier denn dat?
Dat wier jo Fett un Füer?
Mien säute Diern, nu weit ick wat, –
Du kannst dat all von früher!

De sœben Sinnen

„Der Mensch," seggt Köster Klickermann,
„Steht in der Schöpfung baben an
Und ist der Wähligste von allen;
Es kann mir soans nicht gefallen,
Wenn welche sagen, daß vor Jahren
Die ersten Menschen Affen waren,
Die bischen plietscher sich gebierten
Und sich dann nahst vermengelierten.
Nun möcht' ich einen Menschen fragen:
Was würde Adam dazu sagen?
Die Leute sollten sich was schämen
Und Rücksicht auf die Eltern nehmen,
Denn, Kinder, dieses gibt zu denken
Und muß die besten Eltern kränken.
Und woans sollt' es möglich sein!
Das Vieh düst in den Tag hinein
Und frißt un ist ihm einerlei
Und denkt sich in der Welt nichts bei.
Der Mensch dagegen denkt sich was
Und hat sein Tun mit dies und das,
Und bei sein Weswark früh und spat,
Da merkt man, daß er Ahnung hat.

Er grübelt mit Verstand und Fleiß,
Und was er dann von selbst nicht weiß,
Das schlägt er in den Büchern nach
Und wo er sonst was finden mag.
Nein, Kinder, wir sind keine Affen,
Als Menschen sind wir furts erschaffen,
Und Sinne hat uns Gott gegeben,
Damit, daß wir als Menschen leben.

Nun aber sag mal, Heinrich Moll,
Woviele Sinne hast Du woll?"

Jä, Heine Moll, dat wier so 'n Sak,
De harr wat anners in de Mak;
Mit sienen Nahwer Beggerow
Harr he all dremmelt ümmertau
Un würd mit em üm Griffels schutern,
Un 't wier ein Schachern un ein Futern,
Un nu kem de oll Klickermann
Mit de verdammten Sinnen an.
Wat hett he fragt? denkt Heiner Moll,
So wat von „Sinnen" wier 't ja woll, –
„Du!" flüstert he, „Korl Beggerow,
Du, segg mal bäten läufig tau!"

Jä, segg mi tau! is licht geseggt,
Korl wüßt dat œwer ok nich recht,
Wo in de Welt süll he nu weiten,
Wo Heine Moll sien Sinnen seeten?
Ach, denkt he, is jo einerlei, –
Un wiest em mit de Fingern: drei.

„Ich habe drei!" seggt Heine Moll
Un kickt em an, as sühst mi woll. –
„Drei hast du bloß?" seggt Klickermann,
„Nun kuckt Euch diesen Esel an!

Was soll ich nun mit Dir beginnen?
Du Dœmelack hast bloß drei Sinnen? –
Ja, Heinerich, ich glaub' es Dir,
So kommst Du mich auch immer für;
Nun bleib mal diese Stunde stehn.
Wir aber wollen weitergehn,
Der Nächste dann, Karl Beggerow,
Du grientest ja so schadenfroh,
Du gabst woll Deinen Senf mit zu?
Na, wieviel Sinne hast denn Du?"

Süh so! denkt Korl, dat hew 'ck mi dacht!
Dat kümmt dorvon, wenn einer lacht;
Jä, Klickermann, Du büst 'n Griesen;
Drei Sinnen warden noch nich düsen? –
Jä, woväl möt 'ck Di denn woll gäben?
Ick glöw, ick beid Di 'n Stücker sœben.
Hier möt 'n sick up 't Raden leggen; –
Un ward nu richtig: sœben! seggen.

„Was? – sieben bloß? – Hast nicht noch mehr? –
Denk doch mal bischen hin un her,
Ob nicht noch ein verkrümelt ist!"
Korl schürrt den Kopp: „Daß ich nicht wüßt!"
„Nu kuck bloß an!" seggt Klickermann,
„Wo einer sich verstellen kann!"

Un fägt nu von 't Katheder dal
Un lust em ganz gehürig mal
Un kriggt em hinnen in den Wickel:
„Du bist ja einen großen Nickel!
Du machst woll noch Spijök mit mir?
Raus mit Dir Esel aus der Tür!"

Un ruter flüggt Korl Beggerow.
Dat harr he von sien Schadenfroh,

Dor stünn he nu mit sœben Sinnen
Un künn denn doch kein Lock in find'n.

'n Ogenblick hett he woll stahn,
Dunn ward de Husdör apengahn, –
Süh, Luten Bohn hett up de Strat
Noch bäten spält un kümmt tau laat.

„Wat hest Du makt?" fröggt em nu Luten,
„Du steihst jo ganz allein hier buten?"
„Jä, he hett mi jo rutersmäten –
Un hett mi an de Uhren räten –
Un gew mi mächtig weck in 't Linnen
Blot wägen de verfluchten Sinnen."
„Wo kem denn dat?" fröggt Luten Bohn.
„Bi sien oll dœmlich Reli'on!
Woans de Apen Minschen warden
Un woväl Sinnen wi woll harren,
Wat will so 'n Köster Klickermann!
Wat gellen em mien Sinnen an! –
Dit lett mien Mudder noch nich stäken, –
Min Vadder sall mit 'n Schulten spräken, –
De kann em mal bi 't Amt verklagen, –
Üm so wat dörft he mi nich slagen."
„Dat hest nich wüßt?" un Luten lacht,
„Un dorüm kreegst hüt morgen Schacht?
De hest denn œwer ok verdeint!"
„So! Du snackst klauk!" un Korl, de weint
Un fäuhlt nah sienen Puckel hen,
„Jä, woväl Sinnen hest Du denn?"
„Na, ick hew fief!" seggt Luten Bohn.
„Un dor wist Di noch dick mit dauhn?
Du büst jo liekers bannig klauk!
Du, Stücker fief, – de harr ick ok!
Mit drei füng Heine Moll ierst an,
Du Äsel! säd dunn Klickermann;

Un ick bün furts bet sœben stägen
Un hew ein mächtig Fell vull krägen,
Un nu kümmst Du mit lumpig fief? –
Minsch, riet Di blot nix up 'n Liew!
Gah doch mal rin mit Dien fief Sinnen,
Du büst kein fief Minuten binnen;
Ne, denn will 'ck Di wat seggen, Luten, –
Denn bliew man lewer gliek hier buten!"

Woväl?

Bi Drogen-Becker in Swerin
Kümmt mal 'ne Ollsch ut Woserin
Un fröggt, wat he so 'n Pulvers hett,
Wat sick so ünnerstreuden lett.
„Gewiß, lew Fru!" seggt Drogen-Becker,
„Dat hannelt sick nu blot, för wecker
Insekten wullten Se dat bruken?"
„Jä!" seggt de Ollsch un kriggt dat Sluken,
„Wenn Se nich wieder dorvon spröken, –
Ick wull dat gegen – Flöh versöken."
„So? – gegen Flöh? – Ja, dat 's 'ne Pien,
Ick glöw, denn nähm' wi Zacherlin,
Dat 's gaud för Flöh, – un denn, woväl?"
Nu lacht de Ollsch ut vuller Kähl:
„Herr Drogerist, dat hew 'ck nich wüßt,
Dat ick de Oes' ierst tellen müßt?"

Delikatessen

Bi Kopmann Otto Heidemann,
Dor baben in de Königstrat,
Kümmt eines Dags ein Buer an,
Oll Jochen Kläwenow ut Plat,
Un ward in 'n Laden mang de Trüffeln
Un Lachs un Hummer rümmersnüffeln.

„Nun, was soll 's sein?" fröggt de Kommis.
„Jä," seggt nu Jochen, „gäben S' mi
Mal twei grot Rullen Priemtoback,
So ollich streffen von Gesmack."

De Ladendeiner kickt em an,
Nu kümmt ok sülwst Herr Heidemann,
De hett dat hürt un kriggt dat Lachen:
„Sie fordern ja famose Sachen,
Sie haben das wohl ganz vergessen,
Ich führe nur Delikatessen!"

„Dat weit ick woll", seggt Kläwenow,
„Hürt Priemtoback dor nich mit tau?"

Lächerlichen Kram

De Dreimastschoner „Pelikan"
Mit Käppen Lurwig Groterjahn
Wier ünnerwägs nah Liwerpull,
Un Klausens Hein un Stoffer Bull,
Uns' beiden ollen, dägten Maaten,
Harrn sick tauhop anmunstern laten,
Wiel se as olle gaude Fründ'n
Nich mihr von 'n'anner laten künn'n.

De Reis' wier glücklich œwerstahn,
Un hüt süll 't Haben binnen gahn,
Denn Liwerpull wier all tau seihn,
Un all's an Burd wier up de Bein
Un refft' de Sägel all tauhopen,
Üm glatt in 'n Haben intaulopen.

Bab'n up de Raa steiht Stoffer Bull
Un zurrt de Sägel as verdull
Un sleiht 'n Waterknuppen vör,
De gornich uptaumaken wier.
„Süh so!" seggt he, „de Knuppen hölt
Von hier bet an den groten Belt;
Nu will ick ierst mal runnerstiegen
Un mi 'n lütten Arrak tügen."

Un Stoffer balanciert nu lang, –
Up einmal kümmt em dor wat mang,
Dat weit der Deuwel, wo dat kem,
Ob sick 'ne lütte Bö upnehm,
He kümmt in't Rutschen, kümmt in Fohrt
Un reist hoppheister œwer Burd
Un mit 'n Koppsprung as so'n Hahn
Schütt he nu in den Ozean.

Tau'n Glück hett dit nu einer seihn.
„Wo wist Du hen?" röppt Klausens Hein,
„Minsch, bliew doch hier, dat ward Di leid!"
Doch as nu Stoffer ünnergeiht,
„Mann œwer Burd!" so ward he schriegen
Un ward 'n Endlang Tau herkriegen
Un smitt dit œwer Backburdwand,
Un Stoffer grippt dat mit de Hand,
Sien Glück, süß harr he an de Küst
Lebendig hier versupen müßt.

All Mann an Tau! Hal up! – Hal up!
So trecken se nu Stoffern rup;
Hal up! so hett de Kram sien Ort, –
Un Stoffer kickt nu œwer Burd.
He makt 'n ganz benaugt Gesicht,
As harr he naug von diss' Geschicht, –
Hal up! – doch staatsch an Burd tau stiegen,
Ward de sick nu dat Grienen kriegen
Un fangt ganz ludhals an tau lachen
Un ward so mit de Bein marachen
Un stangelt un is pickenblau,
Un bammelt dorbi, Gottverdau!
Noch ümmer an dat dünne Tau.
Fix ward nu einer von de Maaten
Em hinnen in dat Nackhoor faten,
Un mit 'n Wupp: Hal up! Hal up!
Flüggt Stoffer up dat Deck nu rup.

Dit hett em œwer all nix dahn,
Dat Lachen is em nich vergahn.

„Minsch!“ seggt nu Hein, „wat föllt Di in!
Is Di noch lächerlich tau Sinn?
Tau'n Lachen is de Kram doch nich,
Du büst doch woll nich pütscherig?“

„Oha!“ seggt Stoffer, „lat mi lachen!
Ick seeg Jug mit dat Tau marachen,
Un, Kinnings, as ick dit so seeg,
Wo jeder hinnenœwer leeg,
Dunn dacht ick mi, nu lettst du los,
Denn giwt 'n Spaß, de is farmos,
Denn slagen s' hen dor up de Bahlen
Un warden sick 'n Brusch weghalen
Un hebben mi denn liekers nich, –
Na, Hein, is dit nich lächerlich?“

Dat Unglück

Na, Schulten-Dürt,
Wat 's Ehr passiert,
Se kickt jo hüt so leidig?
De Stiern so krus,
Dat Mul so drus,
So fünsch un so mißmäudig?

Hett denn de Sœg
Nich ehren Däg,
Will'n nich de Farken fräten?

Ach, wenn 't nich mihr,
As dat man wier,
Denn säd ick nich 'n bäten.

Na, Schulten-Dürt,
Wat 's denn passiert,
Hett sick de Kauh verfungen?

Ne, de oll Klatz
Is as 'n Datz
Noch äben rümmersprungen.

Na, Schulten-Dürt,
Hett't denn mallürt,
Kem denn Ehr Mann tau Schaden?

Ne, mienen Mann,
Den'n hackt nix an,
De is bi't Meßupladen.

Na, Dürt, denn segg,
Wat is denn weg,
Du lettst mi rümmerhoddern –

Jä, dat oll Staff,
Dat brök mi af,
Nu kann 'ck nich wieder boddern!

De Spiesung

Schippskäppen Hauck, dat wier so 'n Ollen,
De künn nu mal dat Mul nich hollen
Un wier dorbi heil dull beslagen,
Un wer dat wier in Boltenhagen,
Ob Schult Reddöhl, ob Paster Prahl,
Dat wier oll Käppen ganz egal,
Denn he verstünd 't up grow un fien,
Un 't letzte Wurt wier ümmer sien.

Na, Käppen is tau Kirch mal gahn,
Un Paster Prahl ward baben stahn
Un spreckt tau sien Gemeinde runner
Un prädigt von dat grote Wunner,
As unser Herr in siene Lew
Fiefdusend Mann tau spiesen gew.

„Und als die Speisung war vorbei,
Erhob das Volk ein groß Geschrei,
Denn von dem Wunder drang gar schnell
Die Kunde durch ganz Israel.
Was aber sollen wir nun denken,
Wenn wir uns in die Schrift versenken?
Zweitausend Fische, sieb'ntausend Brote,
Dies Wenig stand nur zu Gebote,
Und damit sind fünf Mann gespeist
Mit Weib und Kindern, wie es heißt,
Und ist noch übrig was geblieben, –
So steht es Lucas 6 geschrieben.

So wenig Brot für diese Massen, –
O, Menschenkind, kannst du es fassen?"
Un dorbi kickt oll Paster Prahl
Up sien Gemeindekinner dal
Un glöwt natürlich stiew un wiß,
Dat jedwerein hier vull von is.
Dit wull nu œwer nich so schienen,
Denn weck dor ünnen würden grienen,
Un gor de olle Käppen Hauck,
De seggt ganz drög:
„Du, dat kann 'ck ok!"

De Paster kickt un denkt in'n Stillen:
Wat mag he dormit seggen willen?
Dat kann he ok? – Wat sall dat heiten?
Will he 't all wedder bäter weiten?
Un mi hier einfach ünnerbräken
Un sick mang mien Epistel stäken? –
Doch hülp kein Kieken, hülp kein Sinnen,
He künn dor keinen Klauk in find'n.
He also folgt' de beiden Händ'n
Un bröcht sien Prädigt rasch tau End'n
Un ded, as wier dor nix passiert,
As harr he Käppen gornich hürt;
Doch künn man 't marken an sien Amen,
De Sak, de harr em doch benahmen.

As he nu ut de Kirch ward gahn,
Süht he den Köster buten stahn.
He winkt em. „Lieber Klickermann,
Sie hörten es gewiß mit an,
Ich konnte es nicht recht verstehn,
Was wollte nur der Kapitän?
Er könnt' es auch? – Was meint' er nur?"

„Jeje, was meint er, Herr Pastur!
Sie wissen doch, er ist ein Slieker,
Ich hab' ihn mächtig auf dem Kieker;
Der legt sich richtig auf das Schulen,
Um unsereins was beizupulen,
Und nichts vor ungut, Herr Pastur,
Da kam was in der Predigt vor,
Da haben Sie sich bös versprochen,
Und das hat Käppen wieß gekrochen.
Sie sagten staatsch fünftausend Mann
Man bloßen fünf und sagten dann
Sieb'ntausend Brote staatsch der sieben
Und sind da immer beigeblieben;
Ich hab geplinkt von's Örgelkur,
Doch all vergäbens, Herr Pastur."

„Wie ist das möglich", seggt oll Prahl,
„Ei, ei! das ist mir sehr fatal!
Im Eifer ob der Wundertaten
Ist 's durcheinander mir geraten. –
Doch warte, Hauck, ich will dich lehren,
Du sollst noch mal die Predigt hören,
Dich werd' ich strafen für dein Plappern
Mit Heulen und mit Zähneklappern!"

Na, is jo gaud. Den Sünndag drup,
Dunn lurt de ganz Gemeind' all up,
Denn dat harr sick all rümmerspraken,
Oll Prahl wull Käppen miesig maken.

Un baben wedder steiht oll Prahl
Un spreckt tau sien Gemeinde dal
Un prädigt von dat sülwig Wunner
Un handslagt von de Kanzel runner:

„Und das hat unser Herr getan.
So speiste er fünftausend Mann
Mit sieben Broten und zwo Fischen –“
Un will nu Käppen einen wischen
Un haugt dorbi up't Bibelbauk:
„So, Käppen Hauck, kannst dit nu ok?“

„Na“, seggt oll Hauck un makt sick breit,
„Dat is doch kein Gewaltigkeit!
De sœben Bröd', de sünd för'n Proppen,
Dormit kann 'ck ehr dat Mul nich stoppen;
Doch wenn dat so nich recken mag,
Denn weit ick noch 'n anner Flag, –
Von dat, wat 't vörrig'n Sünndag gäben,
Is dor nich 'n bäten œwerbläben?“

De Ünnerschrift

Klas Bolzendal un Hein Lebahn,
De warden an dat Bollwark stahn
Un maken beid so 'n wrampig Mien,
As würd de Kram nich richtig sien.

„Nu will 'ck Di mal wat seggen, Klas,
Nu gahn wi run nah 'n Heuerbaas
Un munstern an för grote Fohrt,
Dit Rümmerbummeln hett kein Ort.
Uns is dat Geld all mächtig knapp,
Wi hew kein'n Happen Brot in't Schapp,
Uns steiht dat Mul nah Kœm un Bier,
Man blot, uns pumpt hier keiner mihr, –
Wi möten uns tausamenrieten
Un in den suren Appel bieten,
Dat is nu einmal ganz egal!“

„Verdammi!“ seggt Klas Bolzendal
Un kriggt mit sienen Priem dat Rögen,
„Nu sitt wi wedder up 'n Drögen,
Ne, so wat is jo kum tau faten!
Un hew mi so up Di verlaten!
Wenn soans de Finanzen stahn,
Denn helpt dat nich, denn möt wi gahn!“
Un runner gahn nu Hein un Klas
Den sworen Gang nah 'n Heuerbaas.

De Baas, de kennte disse Saken,
De würd den Kunterakt nu maken
Un säd, he wull de Sak bedrieben,
Se süllten beid man ünnerschrieben,
He harr noch grad poor schöne Posten,
Un süll ehr blot 'n Daler kosten.

Hein fött denn nu de Fedder an
Un halt den Kunterakt sick ran
Un wrœgelt denn in einen Driwt
Drei Krüze hen as Ünnerschrift.
Sien schräben Schrift, de süll man gellen,
Dor künn em keiner wat vertellen.

He giwt de Fedder nu den Maaten.
Klas kriggt se mit de Göps tau faten
Un stippt ierst in un wrœgelt denn
Nu ok drei forsche Krüze hen
Un kickt denn Heinen an un lacht:
„Jä, Hein, dat harrst Di woll nich dacht?“

„Dit 's jo gelungen!“ schüllkoppt Hein,
„Minsch, hest Du Di ok woll verseihn? –
Mien heit Lebahn, – doch Dien dornäben, –
Ward Bolzendal denn grad so schräben?“

De Beinbruch

Bi Dokter Vieth kümmt Fieken Knaaken
Un süht kriedwitt un ängstlich ut.
„Herr Dokter, kamen S' rasch mit rut,
Uns' Vadder hett 'n Bein sick braken,
Dat Bein, dat sangelt em man so;
Nu liggt he up 'n Hümpel Stroh
Un kann sick gornich rümmerdreihden,
Un wi sünd grad bi't Kleewermeihden
Un hebben so so wenig Tied."
„Das tut mir leid", seggt Dokter Vieth,
„Wie ist das Unglück denn geschehn?
Kann man den Bruch denn deutlich sehn?"
„'n Bruch hett he nich", seggt Fieken Knaaken,
„He hett sick jo dat Bein afbraken!"
„Nun ja, mein Kind, das ist ja recht,
Doch was ich gerade wissen möcht',
Sie sollen mir den Ort nun sagen,
Wo sich der Bruch hat zugetragen."
„Den Ort? – Herr Dokter weiten jo,
Wi wahnen doch in Püttelkow."

„Herrgott, sind Sie denn ganz verschroben?
Ich mein den Bruch, da wo der Knochen
Von Vaters Bein ist abgebrochen,
Wo sitzt er, unten oder oben?"
„Herr Dokter, as ick bi em wier,
Seet Vadder noch tau äben Ird."

Oll Dokter Vieth, de steiht un kickt.
Is denn dat Frugensminsch verrückt?
Doch ne, will nich so basch upträden,
Ick will mal plattdütsch mit ehr räden.
„Mien Döchting, will'n mal sitten gahn;
Se hemm' mi woll nich recht verstahn;

Ick weit, Ji wahnt in Püttelkow, –
Ick kenn jo Vaddern ganz genau, –
De wier nu hüt bi't – Kleewerstaken
Un föl un hett dat Bein sick braken, –
Nu seggen S' mal, wo brök dat Bein?
Se hemm de Städ doch sicher seihn,
Wo hett he sick dat Bein afbraken?"

Fiek Knaaken steiht un riwt de Knœwel;
„Herr Dokter, nähmen S' 't man nich œwel,
Dat brök nich af bi't Kleewerstaken, –
Uns' Kleewer ward noch lang' nich führt, –
Bi't Meßutbring'n in'n Swienstall wier 't!"

De Inkop

Klas Bolzendal un Hein Lebahn,
Poor Briten von de Waterkant,
De warden an den Haben stahn
Mit 'n Puckel an de Bollwarkswand,
So recht grandessig, Gottverdau!
As hürte ehr de Haben tau.
'n korten Brœsel in de Schnut
Un deip in't Og de Mützenschut
Un in de Büx de Knœwel stäken, –
So hewt se nu all stund'nlang käken,
Denn för gewönlich is dit Flag
Ehr Arbeitsstäd den ganzen Dag.
Seggt ward nich väl, blot af un an,
Denn hojahnt kräftig Hein Lebahn;
Dorgegen Klas, de räkelt sick
Un schürt sick alle Ogenblick.

Up disse Ort is wedder mal
De Reig an Maaten Bolzendal.
Up einmal œwer ward he plieren,
He ward so mit de Ogen stieren,
De Ogen warden mal so grot,
He ward dor an de Ird wat fraud,
Blot kann he dat nich ollich seihn,
He wiest so rœwer mit de Bein:
„Verdammi, Hein, wat is denn dat?
Dor in den Sand, dor blänkert wat!"

„Wunef?" seggt Hein un schult ümher,
As wenn 't em stark tauweddern wier;
Up einmal œwer treckt he fix
De beiden Händ'n ut de Büx
Un bückt sick nah dat Blanke dal:
„Hurra! Hurra! Klas Bolzendal!
O Jungedi! nu hew wi wunnen;
Ick hew 'n preuschen Daler funnen!"

„'n Daler? – Minsch, wat will wi supen!
För'n Daler giwt 'n groten Hupen,
Un ick hew all so lang nix hatt."

„Gewiß!" seggt Hein, „versteiht sick dat!
Hüt will wi mal as Rothschild läben!
Ick ward Di nu den Daler gäben,
Un denn geihst Du nah Kopmann Knaaken
Un wardst 'n lütten Inkop maken.
Versup dat œwer nich an'n Tresen,
Minsch, Minsch! denn sünd wi Fründ'n wesen!"

„O, Hein, wenn ick dat Geld versapen,
Denn künn 'ck kein Nacht mehr ruhig slapen;
Doch nu giw her, Du kannst man glöben,
Ick kann nich mehr de Tied aftöben!"

Un geiht nu mit den Daler nedder.
Nah korte Tied, dor kümmt he wedder
Un geiht so krœnsch un släpt vör dull
Un bringt 'n groten Armkorw vull.

„Pack ut!" seggt Hein, „wat hest denn halt?
Wat hest denn för den Kram betahlt?"

„Jä, Hein, nu kiek mal ollich her:
Hier hew ick twintig Buddel Beer;
Ick dacht mi so, dat würd woll recken,
Dor hew ick furts twei Mark rinstäken,
Un denn kiek her, diss' Läwerwust!
Hett fiefunnängtig Penning kost!
Un denn sünd fief noch œwerbläben,
Un de hew ick för Brot utgäben,
Un so is nu de Daler all. –
Wat meinst dortau?"
„Du hest 'n Knall!
O Klas, wat sünd dat all för Stuken!
Du büst tau'n Inkop nich tau bruken,
Du büst jo einen groten Klas!
Glöwst Du, ick find' hier Geld tau'n Spaß?
Dor möt 'n sick hier rümmerrackern, –
Un so dat schöne Geld verklackern!
Fief Penning Brot! Nu segg mi mal,
Wat dachst Du Di, Klas Bolzendal?
Dit geiht jo doch me' Läw nich gaud,
Wat süll wi blot – *mit all dat Brot!*"

De Begnadigung

Oll Friedrich Franz kem mal vör Johren,
As he bi Herrn Baron von Bull
Up Damm- un Rotwild jagen wull,
Taufällig ok dörch Wendisch-Woren.
Ick weit nu nich, woans dat kamen,
Worüm he Upentholt hier nahmen,
Ick glöw binah, dat mit de Pier
Dor irgend wat nich richtig wier,
Dat ein, dat würd viellicht beslagen, –
Na, kort un gaud, he steeg von'n Wagen
Un würd de Dörpstrat runnergahn.
Dat durt nich lang', dunn blew he stahn;
Em wier, as hürt he dor wat schriegen,
As würd dor einer Prügel kriegen.
He güng nu noch 'n bäten neeger,
Un süh! wat wier 't? – Dat Schaulhus seeg 'e,
De Schaulstuw mit de blind'n Ruten.
Dor gew dat mächtig Schacht, – un buten
Up'n Husdörnsüll seeg he so'n lütten,
Halwwassen, barsten Bengel sitten.

„Du, kumm mal her!" seggt Friedrich Franz,
„Wo heitst Du, Jung?"
„Ick heit Korl Schanz!"

„Na, segg mal, Korl, Du löppst woll Schulen?
Du büst woll einer von de Fulen?
Wat hest Du hier noch rümtaustahn,
Is denn nich längst de Schaul angahn?
Nu gah mal bäten läufig rinner!"

Korl steiht dor as 'n armen Sünner:
„Herr Lehrer will von mich nichts wissen,
Er hat mir eben rausgeschmissen!"

„De smeet Di rut? – Denn kann 'ck mi 't denken;
Denn würdst Du woll den Liehrer kränken
Un hest Dien Lex nich ollich liehrt?"

„Ich habe mir – slecht aufgeführt!"

„So? – ja, mien Jung, dat sünd so'n Saken
Dat dörfst ok in de Schaul nich maken,
Denn kiek mal, wenn nu all de Kinner –
Na, wein man nich un gah man rinner
Un segg em man, wenn he Di fröggt,
Ick, de Großherzog, harr Di seggt,
Du süst man wedder rinnergahn,
Du harrst nu buten lang' naug stahn, –
Dat Anner œwer – makst nich wedder,
Süß kam ick sülwst Di mal up't Ledder!"
Un dorbi drauht he em noch mal
Un geiht de Dörpstrat wieder dal.

Süh so, nu rohr! Un Korl, de steiht
Un denkt, wo dit woll kamen deiht,
Un schürt sick all den Büxenborn,
Denn binnen wier 't nich schön hüt morrn.
Oll Köster Klickermann wier binnen
Grad bi dat föfte Hauptstück hinnen
Un midden mang de Geistlichkeit.
He wier hüt morgen all in Sweit,
Denn ümmer wedder müßt he tageln,
Un Prügel würd dat man so hageln.
„Nein!" seggt he fünsch, „im ganzen Lande
Seid Ihr die größte Rasselbande!
Euch Szackermenters will ich kriegen,
Ich hau Euch, daß die Lappen fliegen –"
Un kriggt den Schacht sick wedder her, –
Dunn kümmt wen rinner in de Dör, –
Wer is 't? – Korl Schanz. – Herr Klickermann

Kickt em von ünn'n bet baben an:
„Wo kannst Du Dich hier unterstehen,
So mir nichts – dir nichts reinzugehen?
Erst hast Du Dich unnarrsch betragen
Und kommst nun rein, ahn mich zu fragen,
Und stellst Dich hin, so recht pomadig?"

Korl œwer kickt em leidig an:
„Ich kann nichts vor, Herr Klickermann,
Herr Großherzog – hat mir begnadigt!"

Dat Grüßen

„Ach jemine! – Wat is 't för 'n Läben!
Wier ick doch blot bi Muddern bläben!
So leeg as mi bi't Millitier,
So geiht 't woll keinen Minschen mihr!"
So lamentierte Jochen Schacht.

Uns' Jochen wier vör'n Wochner acht
Soldat bi de Draguners word'n
Un müßt nu ran von'n frühgen Morrn
Bet in de späde Nacht herin,
Un liekers würd 't nie drapen sien.
„Ne", säd he, „hier Soldat tau spälen,
Dat is dat reine Minschenquälen!"

Ok hüt harr de Herr Unt'roffzier
Mit Jochen Schacht sien Wäsen vör,
Denn Jochen wier wat dœmelich
Un de Hannührs begreep he nich,
Nu wull 't de Unt'roffzier em wiesen.
„Die linke Hand liegt an der Biesen,
Die rechte Hand wird fix bewegt

Und an den Mützenrand gelegt
Und dann die Nase nach mir rum!
Herrje! was is der Lümmel dumm!
Die Flossen sind nach vorne offen, –
Bist Du heut morgen schon besoffen?
Den Zinken rum! – Kuck mich doch an!
Nun seht bloß diesen Hampelmann!
Der wird sich noch das Gnick abdrehn, –
Nicht stehen bleiben – vorwärts gehn!
Der lernt es nie! – Gefreiter Krey,
Bring'n Sie ihm mal das Grüßen bei!
Nu scher Dich weg!"
                Un in'n Draw
Towt de Gefreiter mit em af.
Nanu! denkt Jochen, de is slimm,
Ick denk, de Kierl, de bringt mi üm;
Üm so 'ne Sak sick tau vertühren,
Üm so 'ne dœmlichen Hannühren!"

Den Sündag drup geiht up de Strat
Uns' Jochen in sien'n Sünndagsstaat,
Un 't Unglück will, dat in de Quier
Em löppt sien lew Herr Unt'roffzier.
Uns' Jochen treckt dat Mul so krus
Un makt so'n Mien, so öd un drus,
As wenn de hog' Herr Unt'roffzier
Bi em nich mihr up Räknung wier;
He geiht vörbi un grüßt em nich.

„Mein Sohn, Du bist woll rappelig?
Kennst Du nicht Deine Instruktion?
Na, komm' mir nur nach Haus, mein Sohn,
Du sollst mal sehn, in eins – zwei – drei
Bring ich Dir dann das Grüßen bei!"

Uns' Jochen steiht un riwt de Knœwel:
„Herr Unt'roffzier, nähm'n S' 't man nich œwel;
Wi würd'n uns gistern doch vertührn
Bi de verdammtigen Hannührn,
Ick dacht, Se wieren fünsch up mi, –
Un soans güng ick still vörbi!"

De fiene Kœk

„Is ganz egal!" seggt Buer Diehn
Un stritt sick mit sien Fru Korlin
Un smitt sick hellisch in de Bost, –
„Uns' Fiek hett so väl Geld all kost,
Lat't noch eins hunnert Daler warden!
Ja, wenn wi Buern dat nich harrn!
Wi hemm' de Diern nah Parchim bröcht,
Se hett de Döchterschaul besöcht,
Se kann Klavier un Tennis spälen,
Un mit't Französ'sche müßt s' sick quälen,
Un danzen kann s' un Blaumen maken, –
Un dorbi nich 'nen Happen kaken!"

„Dat liehrt s' von mi!" seggt spitz Korlin.

„Du, Mudder, – kak man för de Swien!
Mit Dien Gekak weit 'ck all Bescheid!
Dat ganze Johr dat olle Leid,
Dat ännert sick ok nich 'nen Dütt.
Blot Wust un Eier, Baukweit'ngrütt,
Un Klütersupp un Speck un Schinken,
Un denn den blagen Twiern tau drinken,
Dat mag der Deuwel up de Dur!
Un friegt uns' Fiek ok blot 'n Bur, –
De Spiesen mit de fienen Namen,

De warden den Burn woll ok bekamen;
Un dorüm, segg ick, sall uns' Diern
De fiene Kœk expreß noch liehrn!"

„Is gaud, is gaud!" schimpt Mudder Diehn,
„Ji Mannslüd möt jo kläuker sien!
Du büst jo 'n groten Leckertähn,
Is gaud! – Mi recht! – Wi warden 't seihn!
Ick freu mi ok all bannig up! –
Doch so lang giwt 't noch Klütersupp!"

Uns' Fieken hett, wie sick dat hürt,
De fiene Kœk denn richtig liehrt;
Nu is s' tau Hus, un Vadder Diehn,
De freut sick samt sien Ollsch Korlin,
Denn he hett hüt Geburtsdagsfest,
Un Fieken sall nu all dat Best,
Wat't jichtens giwt an fiene Saken,
För ehren lewen Vadding kaken.
Wo lett de Diern dat einmal nett,
Wo kleedt ehr doch de Kœkenschött!
Un Vadder Diehn kümmt af un an
Un freut sick, wat sien Fieken kann.
Nu füllt s' den iersten Gang em up:
„Papa, dies ist 'ne *Oxtail-soup*!"
„Den Dunnerslag! – hest hürt, Korlin?
De Nam, de wier all bannig fien.
Na, will'n mal pröben, – hm – nich slecht, –
Doch – so wat Fiens – dat prow 'ck nich recht, –
Wenn ick 't nich wüßt, ick swürt dorup,
Dat wier gewöhnlich Rindfleischsupp."

„Nanu, Papa, – das kannst nicht schmecken?
Das muß doch jeder gleich entdecken,
Ein Kenner schmeckt das ohne Mühe, –
Das ist vom Ochsenschwanz die Brühe."

„Wat, de hest kakt von'n Ossenswanz? –
Von'n Ossenstiert? – Du büst woll ganz
Katholsch all in de Kakeri!
Von'n Ossenstiert! – Nu bidd ick Di!
De kakt uns Supp von'n Ossenstiert!
Ne, so wat hew 'ck noch narnig hürt!
Na, kak man wieder! Dit is nett!
Wo dit sick woll noch wieder hett!"

„Ach was, Papa, das kennst Du nicht!
Das ist ein *table d'hôte*-Gericht;
Ich mach Dir ein Menu, so schön,
Wie Du 's zu Hause nie gesehn:
Ein sehr pikantes Wildragout,
Und darauf folgt dann *Irish-stew*."

„Hest hürt, Korlin? wat kakt uns' Fieken?
Ick glöw, ick möt mal pöttenkieken,
Mi kümmt de Sak verdächtig vör;
Ehr Spiesen hemm' so narrsche Würd,
Denk blot mal an de Stiertswanzsupp,
De stött mi ümmertau noch up."
Un Diehnen Vadder kriggt dat Slieken
Un ward nu bäten pöttenkieken.
„Na, mien lütt Diern, wat bradst denn dor?
Dat rückt mal œwer sonnerbor!
Wies mal dat Fleisch! – Dat hett jo 'n Stich!
Dor rük mal sülwst! Rückst Du dat nich?"

„Papa, man sagt nicht „Stich" dazu,
Den Wildfleischduft nennt man „Hautgout!"

„Un ick segg, dat dat rüken deiht,
Dat hett 'nen Stich, dat hett sick dreiht!
Un denn, dat sitt jo stief vull Maden, –
Dat wust Du Dienen Vadder braden?

Na, hür mal, Fieken, schäm Di bäten,
Ick süll gebradte Pürricks äten?
Pfui Deuwel ok!"
„Papa, ich bitt',
Die Würmchen brat ich doch nicht mit!
Die machen nur das Fleisch so mild,
Ein Kenner ißt nur so das Wild,
Das ist Hautgout, Papa!"
„Swieg still!
Du hürst, dat ick kein Pürricks will;
Nu mak ok noch ein mulsch Gesicht!
Ne, Fieken, dit 's kein fien Gericht,
Un hest so fien dat Kaken liehrt, –
Dor wies doch mal, wie sick dat hürt,
So recht wat Fiens för mienen Magen, –
Ick will ok nich nah 'n Namen fragen,
Doch rüken dörft't ok nich ein Spier,
Süß ät ick keinen Happen mihr!"

Na, Fieken bringt dat letzt Gericht, –
Un Diehn lacht œwer 't ganz Gesicht.
„Ja, dit rückt anners, – smeckt ok fien;
Wat is dit blot? – wat meinst, Korlin? –
Ne, Fieken, – dat möt 'ck doch ierst weiten,
Wo mag denn dit Gericht woll heiten?"

„Papa, das Feinste vom Menu:
Froschschenkel mit Fromage de Brie
Und rings mit Champignons garniert."
„Wat seggst Du?" – Diehn kickt ganz verstürt,
„Froschschenkel? – Meinst Du Poggenbein?
Un weitst, ick kann kein Poggen seihn? –
Un wat is dit? – mi ward ganz swäul, –
Dit sünd jo luter Poggenstäul!
Palduxenbein un Poggenstäul! –

O Diern, mi ward ganz leeg tau Sinn,
Hal mal de Mettwust ut dat Drör,
Un denn krieg mal de Bratpann her
Un slag ein Mandel Eier rin, –
Un denn 'nen Kœm! – wo is de Buddel?
Mien Mag' is luter Kuddelmuddel!
Ne, Fieken, lat dat Kaken sien,
Dat fräten jo nich mal de Swien!
Ick bün för dat vernünftig Äten, –
So'n Swienkram lat de Stadtlüd fräten!"

He bringt em ünner

Dat 's all 'ne Reig von Johren her, –
Ick güng grad in de Kinnerliehr, –
Dunn dröp 't sick mal, dat tau Vielist
De Herr Pastur verreisen müßt,
Un Paster Krull ut Groten Dahmen,
De würd tau sien Verträdung kamen.

Oll Paster Krull wier sihr beläsen
Un würd 'n gauden Paster wäsen,
Blot müch he giern bi sien Vertellen
Un bi sien Räden Fragen stellen,
Un dörch dit Fragen kem sien Räd'
Gewöhnlich denn nich ut de Städ';
Un 't Slimmste wier, dat tau Vielist
Von disse Mod' kein Minsch wat wüßt.

Na, Krull ward up de Kanzel stahn
Un hett dat Bibelbauk upslahn
Un läst ehr de Epistel vör:
Johannes, wat de Täufer wier,
Un wat he dahn tau siene Tieden,

Dat wull he ut'nanner düden.
„Im Herrn Geliebte!“ fangt he an,
„Johannes war ein frommer Mann,
Ein Vorbild uns in vielen Fällen,
Da wollen wir die Frage stellen:
Wo setzen wir Johannes hin? –
Ihr denkt gewiß in Eurem Sinn,
Er wird wohl zu den Jüngern zählen.
O nein, die Jünger auszuwählen,
Hat sich der Herr selbst vorbehalten,
Und Sankt Johannis Tun und Walten
Entsprang aus einer andern Pflicht, –
Ein Jünger war Johannes nicht. –

Und doch, Geliebte in dem Herrn,
Wir wüßten es doch alle gern
Und fragen weiter uns im Sinn:
Wo setzen wir Johannes hin? –
Vielleicht zu den Aposteln gar?
O nein, auch der Apostel Schar
Erfüllte eine andre Pflicht,
Auch ein Apostel war er nicht.
Vielleicht zählt er zu den Propheten? –“

Jä, denkt Bur Bäckmann, wer kann 't weiten!
Dat is jo all 'ne Ewigkeit,
Mit dissen Kram weit 'ck nich Bescheid!
't mag sien, dat he tau disse Brüder –

„O nein!“ seggt Krull, „da irrt Ihr wieder;
Denn jeder, der die Bibel kennt,
Wird nur im Alten Testament
Von Moses und Propheten lesen, –
Er ist auch kein Prophet gewesen.“
Un so bliwt he nu ümmer bi
Mit Sankt Johannes, wo und wie,

Un wenn man glöwt, nu hett he 'n fast,
Denn hett 't Herrn Paster doch nich paßt,
„Wo bleiben wir mit Sankt Johannes?
Wer gibt uns Antwort drauf? –
Wer kann es?"

Jä, wenn 't de Herr Pastur nich wüßt,
De Burn un Bäudners tau Vielist
Un de dor wieder süß noch seeten,
De künnen 't denn ierst recht nicht weiten;
Un Bäckmann seggt tau Bäudner Prahl:
„Jä, Nahwer, mi is 't ganz egal,
Wo he mit Sankt Johannes bliwt,
Un wenn dat in de Heilig Schrift
Nich schräben steiht, denn is dat slimm,
Denn quälen wi uns ok nich üm.
Doch müucht ick hüt Johannes günnen,
Dat wi 'ne Städ' bald för em fünd'n,
Dat irgend ein em tau sick nimmt,
Blot, dat diss' Sak tau End'n kümmt."

Doch Paster Krull, de leet nich nah.
„Ihr wißt es nicht? – Ich meine: ja!
Fragt Euch doch ernstlich mal im Sinn,
Wo setzen wir Johannes hin?"

Ne, denkt nu Bäckmann, Lüd un Kinner!
Up disse Ort kümmt he nich ünner.
Un ümmertau dit olle Fragen,
Dor möt ick doch mal Vörpahl slagen!
Un steiht von sienen Stauhl nu up
Un sprekt tau Paster Krullen rup:
„Herr Paster, wenn Se dat verlöben,
Ick kann hüt nich so lang'n töben,
Un Sankt Johannes ward mi durn,
Wat sall he ok noch länger lurn,

Dor setten S' em vorläufig mal
Up mienen Platz ierst bäten dal",
Un dormit nimmt he sienen Haut,
„Hier sitt Johannes drög un gaud!"

Dat Pierloß

Klas Bolzendal un Hein Lebahn,
De sitten beid in'n „Gollen Swan"
Un hebben mächtig einen nahmen,
Un dit is ganz verdeuwelt kamen.
Wat meint Ji woll, uns' ollen Maaten
Hemm' sick 'n Loß andremmeln laten
Un spälten nu in Kumpeni
Un wüßten gornich, wo un wie,
Un hebben gornich mihr an dacht, –
Un hüt kümmt Levy anmaracht
Un bringt de Maaten nu de Kund'n,
Se harren beid 'n Pierd gewunn'n.

Na, dit Gesicht von Klas un Hein,
Ick mücht woll blot, Ji harrt dat seihn!

„Nanu!" seggt Hein, „'n lebendig Pierd?
Na, dit 's mi ok noch nich passiert!
O Minsch, ick kann jo gornich rieden,
Un denn bi disse slichten Tieden –"
„Ne!" seggt ok Klas, „mak blot kein Saken,
Wat süll'n wi mit den Schinner maken!
Ick weit doch, wat so 'n Pierd vermag,
Dat frett un süppt den ganzen Dag,
Un uns geiht 't sülwst man klœterig,
Ne, Levy Cohn, dat mak wi nich, –
Kannst uns denn nich boor Geld för gäben?"

„Gott soll mich strafen for mei' Leben!"
Fangt sick de Jud' nu an tau winden,
„Was soll denn ich damit beginnen? –
Wo haißt boor Geld! – wo haißt a Pferd!
For mich is 's – swanßig Toler wert –
Was sag ich – ßwanßig? – Is kein Quark –
Na, sagen wir denn – sechzig Mark!"
„Dat Pierd is Dien! Slag in!" seggt Hein,
„De Hauptsak is, Geld mutt wi seihn!"
Un Levy hett sick sülwst verfiehrt,
För sößtig Mark kriggt he dat Pierd.
Wo haißt! denkt he, dies is a Schmuh,
Die Laite sind ßu dumm daßu!
Rasch treckt he sienen Büdel rut
Un tahlt de sößtig Mark ehr ut.
„Sühso!" seggt Klas tau Hein Lebahn,
„Nu lat uns ierst tau Wirtshus gahn."

Wat nu woll kem, künn man sick denken.
Se leeten Kœm un Bier inschenken
Un würden flott tau'n Besten gäben
Un leeten Levy Cohnen läben
Un hebben noch väl Fründ'n drapen
Un gliek dat ganze Pierd versapen.

Se sünd in'n besten Demulljeh,
Dunn kümmt wen rinner, – ach herrje!
Oll Levy steiht dor in de Dör
Un wiwagt mit de Arm ümher.
„Auwaih geschrien! Da saufen sie!
Mei' koschres Geld is nu perdüh!
Wo künnen Se so grausam saufen!
Ich bin in einem Trab gelaufen,
Hob' in der Nummer mich versehn,
Die Nummer Dreizehnhundertzehn
Gewinnt a Paitsche nur mit Stiel,

Ich hob geßahlet viel ßu viel!
Herr Bolßendal un Herr Lebahn,
Auwaih geschrien! – was fang ich an!"

„Nanu!" seggt Klas, „dit is jo plietsch!
Ierst is 't 'n Pierd, – un nu 'ne Pietsch?
Verdammi! dat 's 'n Ünnerscheid!
Jä, Levy Cohn, dat deiht mi leid,
Hier kümmst Du nu up't leddig Nest, –
De twintig Daler, de sünd west.
Dat hett sick nu mal grad so drapen,
De hew wi raddikal versapen!"

„Gott der Gerachter!" stähnt de Jud',
„For's ganße Geld 'ne Paitsche nur?
Was werden da die Laite lachen!
Was soll ich mit 'ner Paitsche machen!"
„Dor weit ick Rat!" seggt Hein Lebahn, –
De wier nu mächtig all in'n Tran, –
„*Wi* hew dat Pierd tau'n Besten gäben,
Du kannst ok ohne Pietschen läben,
Uns kümmt se œwer fein tau Paß,
Wi sitten all vör 't leddig Glas,
De Lüd' könn'n uns up'n Puckel krupen!
Lat uns de Pietsch noch tau versupen!"
Un ward nu gliek den Kräuger winken,
Se wullen förfötsch wiederdrinken.

Oll Levy makt 'n dumm Gesicht,
Un ihr' he richtig Ahnung kriggt,
Hett jeder ok all Kœm un Bier,
Prost Levy! geiht dat hen un her, –
Un Levy Cohn, de möt nu blechen.
„Was künnen doch die Maaten rechen,
Wo haißt!" seggt he, „dies is a Schmuh –
Nu auch die Paitsche noch daßu!"

Nich so happig

Twei lütt Klabaters von dat Slag,
As jeder se woll kennen mag,
Stahn buten vör de Gordenpurt.
Se wieren von de richtig Ort
Un seegen as poor Twäschens ut:
De barsten Bein, de snappig Snut,
De Hoor nich kämmt, de Knœwel swart,
As harrn se in de Murr rümklarrt,
Un stahn nu beid so recht bedröwt,
As harrn se wedder 'n Streich utöwt
Un harr ehr einer dorbi tangt
Un gliek poor Dinger rœwerlangt, –
De ein, de kickt, – de anner blarrt.

„Fritz, wäs' doch still! – Wein doch nich mihr! –
Ick kann doch ganz gewiß nix vör!"
Un fött em tutig an de Hand, –
„Ick gäw Di ok mien Pietschenband,
Kiek, mit 'ne Swäp, de magst doch lieden,
Sall 'ck Di ok noch 'n Stock afsnieden?"

Doch Fritz will nix von Pietschen weiten,
Em möt dor irgend wat verdreiten,
Un wenn 't mal is, as ward he stiller,
Denn geiht dat nahstens üm so düller.
Korl kickt em an un makt 'ne Schüpp
Un treckt so mit de Ünnerlipp,
Un 't schient all so, as wenn dat Blarren
Em ansteckt, bäten mittaugarren.

Dit hürt nu Köster Klickermann;
Ierst kickt he sick dat Spillwark an,
Doch kann he keinen Klauk in kriegen, –
De Jung würd immer wieder schriegen.

„Mein Sohn“, seggt he, „was fällt Dir ein?
Willst Du mal nett und orig sein!
Nu sei mal still und geh nach Haus,
Sonst hol ich mir den Rohrstock raus.“

Na, hierup lurt de Blarrer bloß,
Nu leggt he œwer richtig los
Un hult un schriet un bölkt un blarrt,
Dat ’t sülwst den Köster œwer ward.

„Nu seh mir einer diesen Strick,
Still sollst Du sein – im Augenblick!
Sonst hol ich mir – mein Messer fix –
Un fress’ Dich auf mit Jack un Büx!“

Un dorbi makt he ein Gebier,
As wenn he ’n Minschenfräter wier,
Un ward de scharpen Tähnen wiesen,
As wull he Fritzen gliek verspiesen.

Bether hett Korl blot stahn un käken,
Nu ward he sick dor twischen stäken.
„Herr Köster, is dat würklich wohr?
Frettst Du em up mit Hut un Hoor?
He hett jo doch sien Tüg noch an?“

„Frät ’ck all mit up“, seggt Klickermann
Un ward sick so de Arm upströpen,
As wull he sick nu Fritzen köpen.

„Dauh ’t lewer nich“, seggt Korl dunn fix,
„He hett jo – Grot makt in de Büx!“

De Fleetenkraug

Klas Bolzendal un Hein Lebahn,
De wieren endlich in sick gahn
Un harren wedder Heuer nahmen
Un wiern up einen Schoner kamen.
Se harren krüzt üm ’t Kattegat
Un harren kein Maleß nich hatt
Un wieren hüt mit ehren Kahn
In Hamborg glatt vör Anker gahn.
Nu stünden denn de beiden Maaten
In Sünndagskluft, de Piep in Brand,
Un keken œwer Backburdwand
Up dat Gewimmel in de Straten.

„Hau du ju du! Wat meinst Du, Hein!
Schull wi uns Hamborg mal beseihn
Un ok so bäten rümmerströpen?
Schull wi uns mal ’n Lütten köpen?“

„Jo!“ seggt nu Hein, „dat kunn wi maken!
Mi steckt all lang’ wat in de Knaken,
Mi is so lœsig un so flau,
So – hundsgemein, ick mücht’, verdau!
Mi hüt ’n ganzen Groten tähmen
Un einen œwer ’n Snawel nähmen,
So dat sick gliek de Seel verfiehrt,
Paß up, denn bün ick gliek kuriert!“

„Denn los!“ seggt Klas, „denn pieplamburd!
Wi mak ’ne lütte Habenfohrt,
Un wenn de ganze Snei verbrennt,
Hüt ward ’n Daler mal anwend’t!“
Un runner gahn de beiden Maaten
Un schrägeln mastig dörch de Straten.

De Nahmiddag wier all vergahn,
Un beide harrn ehr Dingen dahn
Un wieren nu all in'n sœwten Kraug
Un harren ümmer noch nich naug.
Se harren in de Schummerstund'n
In dissen Kraug sick rinnerfund'n;
„Tau 'n swedschen Hiring“ würd he heiten
Un leeg so midden mang de Fleeten,
Un twintig Stuften güng dat dal,
Un wier awslut kein Wienlokal.
Un fählt nich väl, denn wiern uns' Maaten
Binah koppheister runnerschaten;
Nu seet se dor, un vör ehr stünn
'n groten Kœm un Lüttjedünn.

„Du!“ seggt nu Hein, „dit Kœm un Beer,
Dat kümmt mi bannig plürrig vör,
Un denn de Kräuger mit sien Snut,
Wat süht de Minsch mal nuschig ut!
Un ick hew Hunger in de Mag',
Uns' Middagbrot wier hüt man schrag',
Nu ward ick grad so 'n Jieper kriegen,
Ick mücht mi woll wat Warmes tügen,
Dat rückt nah Bifstäk in de Pann, –
Ob man dat woll reskieren kann?“

Klas ward so mit de Schullern trecken.
„Dat Bifstäk mag jo bäter smecken, –
Doch ward Di nahstens dorvör ekeln,
Fang bloßen denn nich an tau mäkeln,
De Kräuger, glöw man sicherlich,
Dat is de beste Bruder nich!“

„Na, na!“ seggt Hein, „man nich so dull!
So fix giwt 't noch kein Ledder vull!“
Un winkt sick nu den Kräuger ran:

„Se hewt woll Bifstäk in de Pann,
Wat kost so 'n gadlich Bifstäk denn?"

„Mit Bratkantüffel? – dörtig Penn!"

„Wat? – dörtig Penn? – dat is doch frisch?"

„Verdau!" de Kräuger haugt up 'n Disch,
„De Schimmel is ierst gistern slacht,
Un 't Fleisch, dat hett Di man so lacht, –
Wat gläuwst Du, Minsch! wat ick hier brad',
Is för Di Butscher väl tau schad'!"

„Nanu!" seggt Hein, „ick kann doch fragen?
Dor brukst nich up 'n Disch tau slagen
Un einen up 'n Kopp tau stiegen, –
Denn lat mi mal 'n Bifstäk kriegen;
Hew man kein Bang', ick kann betalen!"

„Na, – denn will 'ck Di 'n Bifstäk halen!"
Un dorbi makt de olle Rieter
Poor Ogen as so'n Bullenbieter,
Un Hein Lebahn, de kickt em nah;
Klas œwer seggt: Oha, oha!
Ick glöw, wi kunn uns grateliern,
Wenn w' hier man wedder ruter wiern,
Paß up, dit kümmt noch ganz Deil leeger!"

Na, 't durt nich lang', dunn kümmt de Kräuger
Mit 't Bifstäk rin un sett't dit denn
So richtig ünnernäsig hen.
„Da!" seggt he, „Minsch, nu holl Di ran!"

Hein kickt em dummerhaftig an;
He kümmt all midderwiel in Rasch',
He hett nich bäten Plattmenasch'.

„Di is dat Solt woll mächtig knapp,
Hest nich 'ne Plattmenasch in't Schapp?"

Nu œwer ward 't den Kräuger kaken,
He ward so'n Handbewägung maken.
„Du büst jo einen fienen Kunden,
So einen hew ick lang' nich funden, –
Du wull ok Solt?"
Un grippt nu rasch
Sick in de rechte Westentasch,
Un ihrer Hinnerk sick verseeg,
De Kräuger sick dor Solt rutkreeg
Un streut dit up den Bifstäkteller.
„So ward dat makt in mienen Keller!"
Un hett denn recht venynsch noch käken:
„Du wull di woll de Tasch vull stäken?"

Hein ward sick up de Dischkant stemmen:
„Ick will ok wieder noch wat hemm'n!
Tau Bifstäk hürt ok baschen Peper!"

„Wat? – Peper? Peper?"
Fixing greep 'e
Nu in de annern Westentaschen:
„Da!" bölkt he los, „hier hest Du baschen, –
Un hier hest ok noch bäten Kümmel!"
Un streut warraftig dit Gewrümmel
Up 't Bifstäk rup. – Hein kickt em an.

„Jo, jo, mien Jung, nu kiek Du man!
Nu segg noch blot ein Starbenswurt,
Denn flüggst koppheister œwer Burd,
Denn büst de längst' Tied binnen wesen!"
Un dormit geiht he achter'n Tresen.

Uns' Hinnerk wier 'n dägten Maaten
Un würd sick süß nix beiden laten,
Dit harr em œwer doch benahmen,
So dumm wier em noch keiner kamen.

„Verdammi ne!“ seggt he tau Klaßen,
„Mit dissen Bruder is kein Spaßen,
De kümmt jo einen hundsgemein,
so'n Flœtz hew 'ck noch me' Läw nich seihn!
Dit is jo einen fienen Kraug!“

„Oha!“ seggt Klas, „ick hew nu naug.
O Minsch, ick harr all Angst un Bang'n,
Du würdst ok Mostrich noch verlang'n;
Dit hett he ut de West rutkrägen, –
Wo mag he den'n woll bi sick drägen!“

De Hasenslingen

Oll Förster Smidt tau Friedrichsmuur
Harr munkeln hürt, dat Hüsler Snur
In sienen Goren wildern ded'
Un dat he Hasenslingen läd'.
Un nich blot Slingen harr he leggt,
He harr ok noch 'n Draht anbröcht
Un dissen in de Stuw rinwunden
Un dor 'ne Klingelklock anbunden.
Nu wüßt Snurn Vader gliek Bescheid,
Wenn mal 'n Has' in Ängsten seet,
Denn bimmelt dat, un Vader Snur
Harr wedder 'n schönen Braden dor.

„Töw!“ futert Smidt, „dit will ick kriegen,
Di will ick up dat Dack mal stiegen

Von wägen disse Klingeli,
Paß up, dit Lock verpurr ick Di!
Diss' Nacht hett 't snie't, denn is jo hüt
För Hasenslingen grad de Tied,
Di will ick up de Baud' mal rücken!"

Doch Vader Snur, de harr sien Nücken,
De wier nu grad so klauk as ein,
Un kum harr he den Förster seihn, –
„Haha!" säd he, „Di hür ick singen,
Du kümmst von wägen Hasenslingen
Un müchst mi woll am lewsten tangen,
Na, kumm man rin, ick bün nich bang'n."

Dat kloppt. – „Herein!"
„Gu'n Abend, Snur!
Wo geiht 't denn noch? Noch ümmer dor?
Ick kam hier äben grad vörbi, –
Taufällig! – Süh, dunn dacht ick mi,
Besök doch Vadder Snuren mal."

Snur nödigt nu Herrn Förster dal.
„Achhott, Herr Förster, wo sall 't gahn!
Man hett sien Dauhn, sick dörchtauslahn,
Man möt dat nähmen, as dat kümmt."
Smidt knippt dat Og'. – „Ja, Snur, dat stimmt,
Dor hett He mal de Wohrheit seggt,
In dissen Punkt, dor hett He recht!"

„Herr Förster, wat helpt all dat Janken,
Man möt den Herrn för allens danken;
Tau'n Bispill, dat nu Snei is follen.
Dor ward de Saat sick ünner hollen
Un ward noch süß sien Gaudes bringen –
(Gewiß! denkt Smidt, för Hasenslingen!)
Ne, ne, Herr Förster, all wat recht,

Snei is mitünner gornich slecht!“
„Na, as man ’t nimmt!“ seggt Förster Smidt,
„Ick för mien Part bün mihr för Hitt;
Denn woväl Wild kümmt nu woll üm!
Wat hemm dat nu de Hasen slimm!
Dor treck ick doch den Sommer vör –“
Un dorbi kickt he hen un her
Un ward sick hinnen œwerleggen
Un süht denn ok de Klingel hängen.
He wiest nah baben mit den Stock:
„Wat hängt dor för ’ne Klingelklock?“

„’ne Klingelklock? – ach so!“ seggt Snur,
„De hängt ’ne ganze Tied all dor,
De hew ick henhängt för de Hasen,
De ward’n mi all den Kohl afgrasen.
Dor sünd poor Löcker in de Hecken,
Dor ward’n se schauwwies’ rinnertrecken.
Un Se, Herr Förster, hemm’ jo schräben,
För Hasenschaden würd ’t nix gäben, –
Nu hew ick sülwst ’n Middel funden
Un Slingen vör de Löcker bunden
Un hier ’ne Klingelklock tau’n Bimmeln –.“
Un Vadder Snur kriggt nu dat Himmeln,
Un wat so ’n Has’ för ’n Racker wier,
Un dorbi würden ’t ümmer mihr,
Un as Snurn Vadder so vertellt
Un mächtig up de Hasen schellt, –
Up einmal geiht dat Bimmeln los.

„Nanu!“ seggt Smidt, „dit ’s jo famos!“

„Jawoll!“ seggt Snur tau Förster Smidten,
„Nu ward ein in de Slingen sitten,
Nu söll’n S’ mal disse Hopphei seihn,
Nu krieg ’ck em bi de Hamelbein!“

Un dorbi steckt he ünner'n Rock
Sick unverseihns 'nen Hasselstock, –
„Herr Förster, kamen s' blot mal mit!"

Wat heit dit all? denkt Förster Smidt,
Ick denk, oll Snur, dat is 'n Griesen,
De will mi sülwst de Slingen wiesen?
So licht hew 'ck mi de Sak nich dacht!
Un Försting hett in'n Stillen lacht
Un hett em den Gefallen dahn
Un is denn ok mit runnergahn.

Na, richtig, sitt de Has ok dor,
„Dor büst du jo!" seggt Vadder Snur,
„Nu kumm mal her, – wat is mit di?" –
Un makt em von de Slingen fri
Un langt nah sienen Hasselschacht –
„Herr Förster, dit 's nu Nummer acht;
Nu söll'n Se mien Rezept mal seihn,
Dat helpt em mächtig up de Bein."

Snur kriggt sick nu den Hasen her
Un langt em mit den Schacht weck vör:
„Du Rackerhund, di will ick röken!
Wat hest in mienen Kohl tau söken?
Wer hett di Ströper rinnerraupen?
Süh so, du Aas! – un nu kannst lopen!
Nu lop un segg 't ok jonich nah!"

Wat reist de Has', jejajija!
He reist, so wiet der Bein em drägen,
So 'n Fell vull harr he lang'n nich krägen.

„Jä!" seggt nu Snur tau Förster Smidten,
„So krieg ick 's all kuschee bi lütten,
Kam ick ehr *einmal* blot up't Ledder, –

Tau'n tweiten Mal kümmt keiner wedder, –
Un nu, Herr Förster, kamen S' rin,
't is kolt, ick schenk Se 'n Lütten in!"

Niege Spiesen

In Slat kümmt mal bi Kräuger Hahn
So 'n echten Swutscher rintaugahn,
Mit Hanschen un karierte Büx,
Un hett den Snauzbort upgewichst
Un dreggt 'n Knieper up de Snut
Un süht heil fien un vörnehm ut.
Oll Hahn treckt sick, so fix he kann,
Den niegen griesen Worprock an
Un geiht denn ran und fröggt bescheiden:
„Dörf ick Se 'n Seidel Bier anbeiden?"
„Die Speisekarte möcht' ich haben!"
Haha! denkt Hahn, dit is so'n graben,
Diss' Ort, de is wat mäkelig –
„Jä, Herr! so 'n Ding, das hätt ich nich;
Doch, wenn Sie mich zu wissen täten,
Wo nach Sie grade Janken hätten,
Ich hätt noch allerhand zu liegen,
Sie können 'n schönen Happen kriegen!"

De Swutscher kickt. „Pyramidal!
Na, altes Haus, dann sagt mir mal,
Was habt Ihr denn noch all zu liegen,
Was kann man denn für Futter kriegen?"
„Jä", seggt nu Hahn, „denn slag ich für,
Sie essen bischen Eierrühr,
Mit schöne Mettwurst zu un Schinken,
Da läßt sich schön 'n Kœm zu trinken,
Mein Kœm, das kann ich Sie man sagen,

Der bringt Sie Wärmnis in den Magen, –
Wenn Ihnen aberst Wust un Ei
Zu wapplig un zu wiehrsam sei,
Un täten nach was annern trachten,
Denn laß ich Sie 'nen Hahnen slachten
Un brat Sie den in klore Butter."

„Nun gehn Sie bloß mit diesem Futter!
Aus Wurst und „Kœm" und solchen Sachen
Kann unserein sich garnichts machen,
Schon der Gedanke tut mir weh, –
Ist dies denn nun der ganze Tee?"

Nanu! denkt Hahn, dat weit der Himmel!
De Kirl seggt Tee staatsch Duwwelkümmel?
Un seggt, dat Wust un Eierrühr
För em kein richtig Fauder wier?
Süll disse Kirl, as ick würd läsen,
Ein Vegetarianer wäsen?

„Ach so!" seggt he, „nu kam 'ck dor hinner,
Wat giwt dat einmal, Lüd un Kinner!
Se sünd von de, de sick den Magen
Vull Slat un Krut un Wœrtel slagen?
Dat hew ick ok! Wenn Se verlöben,
Ick hew noch schöne Runkelröben
Un hew noch schöne Wrucken liggen, –
Fritz kann 'ne ganze Moll vull bringen,
Un Fieken kann Se Water drägen, –
Hier kœnn'n Se sick mal ollig plägen,
Un will'n Se nahstens noch verdaugen,
In'n Kauhstall kœnn'n Se aderkaugen!"

Dat sülwig Leid

Dat Mäten bi Fru Supperdent
Harr irgend wat un wier patschent,
Un de Madam müßt sick bequemen,
Tau'n Reidenmaken Hülp tau nähmen.
De Schüerfru, Fru Will mit Namen,
Wier denn hüt morgen richtig kamen,
Tau'n iersten Mal up disse Stell,
Un frög nu, wat se maken söll.

Fru Supperdent seeg ümmer ut,
As kem se ut den Kirchstauhl rut,
Un rädte giern so mit Belag
Un mit 'n sanften Ogenslag.

„Frau Will, mir würd' 's am liebsten sein,
Sie machten erst die Stube rein
Vom Herrn Superintendenten,
Weil wir ihn später stören könnten."

„Ja", seggt Fru Will, „mi is 't egal!"
Un fohrt denn nu ok gliek up dal
Un stellt de Disch' un Stäuhl tausamen
Un ward ok achter 'n Schriewdisch kamen, –
Up einmal ward se ludhals schriegen,
Wat ward se dor för 'n Anblick kriegen,
Se kriggt dat ollich mit 'n Schuddel, –
Dor stahn an dörtig – viertig Buddel,
Un wieder nix as bayrisch Bier.
Wo kem nu dit Gesöff hier her!
Wer harr sick dit hier achter stellt!
Un Mudder Willsch, de steiht un tellt,
Un dorbi schütt ehr dörch 'n Sinn:
Wat möt 'n hüt nich all beläben,
Un dat will uns de Sünd'n vergäben!

Dunn kümmt Fru Supperdenten rin
Un süht nu, wo Fru Willen steiht
Un mang de Buddels tellen deiht.

„Ach so – die hab' ich ganz vergessen,
Die Herren haben hier gesessen,
Wir hatten gestern Freunde hier, –
Da trinkt man gern ein Gläschen Bier,
Und unser Keller liegt so weit, –
Da hab' ich aus Bequemlichkeit –"

„Na, laten S' man!" seggt nu Fru Willen,
„Fru Supperdent, ick weit Bescheid, –
Wi drägen beid dat sülwig Leid, –
Denn mien oll Kierl – süppt ok in'n Stillen!"

Ganz egal

„Johann", seggt Herr von Langermann,
„Spann mal de beiden Brunen an,
Wi möten ilig nah Bad Stur.
Wenn blot nich dat Gewitterschur,
Wat dor so œwer Malchow liggt,
Uns ünnerwägs tau hollen kriggt;
Wat meinst Du, giwt dat woll noch Rägen?"
„Jä, Herr, wi hebben lang' nix krägen,
Wenn sick nu noch de Wind upnimmt,
't is mœglich, dat 't denn rœwerkümmt,
Gaudseggen mücht ick nich dorför."

De Herr Baron denkt hen un her.
„Jä, nähm ick nu den apen Wagen,
Denn ward de Rägen rinnerslagen,
Dat 's säker, dat 't denn Rägen giwt;

Un wenn dat apen Wäder bliwt,
Denn is mi de Kalesch tau heit, –
Johann, Du weitst doch süß Bescheid,
Wat meinst Du, künn wi dat riskiern
Un hüt mit apen Wagen führn?“
„Jä, Herr Baron,“ seggt Hanne Kleinen,
„Mi is ’t egal! – So as Se meinen!“

„Ach, dummen Snack! wo is ’t egal!
Drœhn nich, Johann! Denn sitt Du mal
Poor Stund’n lang in Pladderrägen,
Ick hew dat up ’n Kieker krägen,
Wo kannst woll so ’n Drœhnsnack maken!“
„Jä, Herr Baron, dat sünd so ’n Saken,
Ob apen orre tau’nen Wagen, –
Kümmt dat Gewitter ruppertagen
Un pladdert ’t denn von baben dal, –
För mi dor vörn is ’t ganz egal!“

Dat Tähnentrecken

Bi Tähnendokter Luten Mahn
Kümmt Bäudner Mulsow rintaugahn
Un hett ein Mulwark – Herr du mein!
Man künn binah sick an verseihn,
As harr em einer – ungelagen! –
Dor mit ’ne Worpschüpp gegenslagen.
So dick un prall un rot un quullen,
Dat ganze Gagel wier em swullen,
Un Ogen harr he blot noch ein,
Von ’t anner wier nix mihr tau seihn. –
Ja, wat so’n richtig Tähnweihdag’,
Dat is ’ne ganz entfamte Plag’.

Oll Mulsow harr 'nen Stummel sitten,
All halwverolmt, so'n ganzen lütten,
't oll Ding wier gornich mal tau seihn,
Doch disse Kus', dat wier di ein!
De wüßt' de Klausen ganz genau,
Kein Nacht kreeg he de Ogen tau;
As ob se up de Luer leeg, –
So drar he man tau Wiemen steeg,
Gliek füng dat Diert tau tucken an,
Dat wier de Wänden antaugahn,
Dat wier binah denn Kopp tau stahn.

„Ne!" seggt he, „dit 's nich uttauhollen!
Nu gah ick nah Balbierer Mollen,
Nu is 't egal, nu sall se rut,
Dit hölt jo doch kein Pierd nich ut!"

Oll Moll besüht de Tähn un seggt:
„Jä, Mulsow, de 's all bannig slecht,
Un weitst Du, nah dat Wörteltrecken,
Dor frag 'ck nix nah, – de Ös', de bräken
Di mit 'n Gnupps – un denn adschüß!
Denn is de Kram ierst richtig mieß,
Ick müchte Di raden, gah nah Mahnen,
He ward jo linker Hand dor wahnen,
Dor baben in de Friedrichsstrat,
De treckt 'n Tähn, dat is 'n Staat."

Na, Bäudner Mulsow fröggt sick denn
Nah Tähnentrecker Mahnen hen
Un steiht nu vör sien Stubendör.
Dit kem em all so anners vör,
Un Löpers œwerall un Decken,
He würd sien Mütz all runnertrecken,
He würd doch hier woll richtig wäsen?
Ja, Mahn stünd an de Dör tau läsen, –

He also kloppt bescheiden an.
„Herein!“ röppt binnen Luten Mahn,
Un tœgerig kickt Mulsow rinner.

Hier wier ’t ierst fien! O Lüd un Kinner!
Dit harr he sick denn doch nich dacht!
Dat wier jo hier de reine Pracht!
So nobel künn ’t woll in Swerin
Nich mal bi Friedrich Franzen sien!
Un denn, wat leegen dor för Schiern,
As ob se all von Sülwer wiern,
Un soväl Tang’n, – un soväl Kruken,
Un dor so’n Dings tau ’n Rinnerspucken, –
Seeg he den Annern dor nich stahn,
He wier gliek wedder rutergahn.

„Na“, seggt nu Mahn, as de em süht,
„Dit ward nu ok de höchste Tied;
Hemm’ Se ’ne Back! Mien gaude Mann,
Wo könn’n Se dormit rümmergahn,
Na, kamen S’ man, dit will wi kriegen,
De Tähn will’n wi up ’t Dack mal stiegen.“
„Jä, deiht ’t ok weih?“ ward Mulsow fragen,
„Oll Moll hett mi mal eins weck tagen,
Dat ded ganz niederträchtig weih,
Dat güng mi dörch bet in de Knei,
De Minsch hett an mi rümmerräten,
Bet ick em up de Knœwel bäten.“

„Ne“, lacht nu Mahn, „dat giwt ’t hier nich,
Dat maken wi ganz simpelig;
As wenn so’n Flöh steckt, is dat grar,
Dat deiht mitünner ollich gar.“

„Na, denn man tau!“ seggt Mulsow dunn
Un treckt sick sienen Kittel run,

„Denn will'n wi mal de Sak reskiern,
Doch œwer jonich klofermieren!"

„Ne, ne!" seggt Mahn, „nu gahn S' man sitten!"
Un kriggt em hinn'n bi de Slafitten
Un ward nu an tau söken fangen
Un makt sien Sak un nimmt de Tang'n,
Un ihr' dat Mulsow ward gewohr,
Dunn liggt ok all de Wörtel dor.

„Nanu!" seggt Mulsow, „Jungedi!
Is nu dat Trecken all vörbi?
Ick hew jo doch noch gornix spürt! –
Du, 't Tähnentrecken, dat hest liehrt!"

He treckt den Rock sick wedder an,
Up einmal bliwt he sinnig stahn,
Dat is, as ward he œwerleggen,
As mücht he Mahnen woll wat seggen,
Un dorbi kickt he hen un her,
Wo 't in de Stuw mal nobel wier,
Wat gew dat einmal hier tau kieken,
He ward sick œwer 't Kinn so strieken
Un fröggt so bäten tœgerig:
„Du, Mahn, – balbieren deihst woll nich!?"

Düsig

Oll Bäckermeister Hanne Klœhn,
De harr 'nen forschen Swiegersœhn,
Un de heit Kopmann Hoot mit Namen;
De beiden wieren oft tausamen,
Denn Hanne güng giern hen un wenn
Tau'n Schapskoppspälen 's Abends hen.

So wier ok hüt all Hanne dor
Un spälte mit dat junge Poor,
Doch unbehaglich wier 't den Ollen,
Denn buten göt dat as mit Mollen,
Dat wier kein Rägen mihr, dat göt.

Oll Hanne keek sick nah de Fäut:
„Jä, – mien oll Stäwel sünd nich dicht;
Ick lied mitünner all an Gicht
Un Podagra un sone Saken,
Wo sall 'ck dat blot hüt abend maken?
Dat schient de ganze Nacht tau durn.
Ick kann doch nich so lang' lurn, –
Un denn, wat nützt dat alltauhopen,
Ick ward all möd, – ick will man lopen!"

„Dat deihst Du nich!" seggt Kopmann Hoot,
„Du slöppst bi uns, un dormit gaud!
Dat wier jo nett, wenn bi so'n Geeten
Wi unsern Vadder lopen leeten;
De Frömdenstuw is ümmer prat, –
Bi dissen Rägen up de Strat,
Dor kann man keinen Hund rutjagen,
Un denk an Dienen swacken Magen,
Ne, Du slöppst hier, un dormit gaud!"

„Min Sœhn, ick bün jo gaud tau Faut,
Ick kann den Schirm jo œwerhollen."

„Dat nützt Di nix, dat gütt mit Mollen,
Du kannst nich weg, hür blot, wie 't gütt!
De ganze Strat is all 'ne Pütt."

So harden se den Ollen vör.
Tauletzt würd Hanne Klœhn denn mör:
„Wenn 't denn nich geiht, na, denn man tau'

Denn slap ick hüt mal annerswo,
Denn möt ick hier mal ünnerkamen, –
Na, denn gu'n Nacht ok alltausamen."

Un allens güng denn nu tau Rauh, –
Un buten plarrert' ümmertau.
De Klock hett lang' twölf all slahn,
Dunn ward dor up de Däl wat gahn,
Dat slickt – un schurrt – un föhlt sick lang,
Mit eins paldautzt dat up den Gang.
De junge Fru, de fohrt tauhöcht:
„Wat 's los? – wat 's los? – hest Du wat seggt?"

„Ne!" seggt ehr Mann, „dor is nix los! –
Mi drömte grad von't Späuken bloß, –
Dat wier so, as wenn einer schöt."

„Paldautz! – Nu ward ehr kolt un heit.
„Sie still!" seggt se, „dauh mi de Lew
Un gah nich rut – dat sünd woll Dew,
De slagen up de Städ' Di dod,
Dat geiht nich gaud! – dat geiht nich gaud!"

„Ach wat!" seggt he, „denkst, ick bün bang'n?
De Kierls will 'ck mi mal läufig tang'n!"
Un eins – zwei – drei! – wo geiht dat fix!
Rin is he in de Ünnerbüx,
Un se makt rasch dat Licht taurecht,
Un he söcht sick den Stäwelknecht,
Un se söcht sick de Füertang'n,
Un willen nu beid den Spitzbaub'n fang'n.

Nu steiht he vör de Dörenritz,
„So, – nu man tau!"
Un as ein Blitz
Fohrt he nu ruter nah de Däl

Un kriggt dor einen in de Kähl.
„Ick hew em!" röppt de Swiegersœhn,
„Wo heißt Du Spitzbauw?"
„Hanne Klœhn!"

„Huch! Dat 's jo Vadder! Kinningslür!
Wi glöwten, dat't 'nen Spitzbauw wier.
Wat hest Du up de Däl tau söken
Un midden Nacht hier rüm tau spöken?
I gitt! Du büst jo messennatt!
Wat hest du denn för Grappen hatt?
Wat möten hüt noch all beläben,
De hett sick up de Strat rümdräben,
Bi dissen Rägen löppt he rut!
Dor kiek Di an! Wo sühst Du ut?"

Oll Hanning steiht dor as 'n Pahl,
Dat leckt em an 'n Liew hendal,
He steiht un kickt un riwt de Knœwel:
„Ach, Kinnings, nähmt dat man nich œwel,
Ick dacht, Ji würden dat nich hürn,
Ick wull ok keinen von Jug stürn;
As ick tau Bedd güng, würd 'ck gewohr, –
Ick hew jo man so wenig Hoor, –
Ick wull ok keinen von Jug raupen, –
Ick bün noch ierst nah Hus henlopen,"
Un Hanne grient so recht verstahlen,
„Ick müßt mi doch mien Slapmütz halen!"

Un Jochen Bohn wier nu Rekrut

Un Jochen Bohn wier nu Rekrut
Un seeg ok lieksterwelt so ut
Un mök dat sülwig dumm Gesicht,
Wat ein Rekrut blot farig kriggt.
Dit harr he sick doch anners dacht!
Vör vierteihn Dag' harr he noch lacht
Un harr sick mit sien Fieken strakt
Un harr sick ollig mastig makt,
He wier de Einzigst' ut Ganzlin,
De tau de Gard' kem nah Swerin,
Un wo wier't nu? – Du lewer Gott!
He wüßt nich mihr von hü un hott,
So harr de Sak em œwernahmen.
Wat wiern Se em hier dœmlich kamen!
Dat wier ein Rönnen hen un her
Un ein Gebäd' un ein Geliehr, –
Un denn ierst sien Herr Unt'roffzier!
De säd, he wull 't em schriftlich gäben,
He wier de grötste Dompaap bläben.
Ein Glück blot, as em dit passierte,
Dat dit sien Fieken man nich hürte.

Na, hüt wier Sünndag, Gott sei Dank!
Un Jochen Bohn, de seet nu mang
Sien Wust un Speck un Fettigkeiten
Un wull von wieder nix wat weiten,
Hüt wull he mal vernünftig äten.
Denn Fieken harr em nich vergäten,
'ne grote Kiep vull, knapp tau drägen,
Harr he hüt von sien Fieken krägen.
Ja, so'n Paket, recht grot un dick,
Dat is de schönste Ogenblick,
Wenn af un an 'ne Kiep nich wier,
Denn wier dat nix bi't Millitier. –

Na, Jochen seet nu bi den Schinken
Un würd sien Köppken Kaffee drinken
Un spölt' den Schinken dormit dal
Un läs'te all tau'n teinten Mal
Un würd em ümmer wedder läsen, –
De Brew würd jo von Fieken wäsen.
Wat schrew se doch?

„Mein lieber Jochen!
Nun bist Du ziemlich schon zwei Wochen
Bei die Soldaten in Schwerin,
Und alle sagen in Ganzlin,
Woans es Dich als Grenadier
Wohl lassen tut, und ob sie Dir
Auch manchmal bischen triwilieren;
Und sollst man nich den Mut verlieren.
Ich freu mich all zum heilgen Christ,
Wenn Du bei mich auf Uhrlaub bist,
Dann bist Du wieder bei Dein Fieken;
Und grüßen läßt Dir Schult Marieken,
Und Mutter meint, so rank und slank
Als Du, wär woll nich einer mang,
Und sollst dem Unt'roffzier man sagen,
Er sollte nicht ihr Küking schlagen
Und sollte sich vor's Schimpfen hüten,
Ihr Jöching täte all's in Güten,
Und, Jochen, nimm Dir auch in Acht,
Ich hab geträumt in dieser Nacht, –
Gib Dir auch nicht mit Andern ab,
Denn, Jochen, bis ins kühle Grab
Bleib ich Dich ewig treu!

Dein Fieken.

Sie senden Dich all viele Grüße,
Ich aber schick Dich tausend Küsse,
Du bist mein Stern, mein Morgenrot,
Ich liebe Dich zum frühen Tod!"

Wo lewlich würd nu Jochen kieken;
Ja, dacht he, wenn doch disse Lew
Twei Johr lang blot bi Fieken blew,
Un worüm kann nu in Swerin
Mien Unt'roffzier nich ok so sien,
Worüm denn ümmer buff un baff?
Un Jochen wischt' dat Mul sick af
Un nehm sick denn Papier un Fedder
Un schrew denn furts an Fieken wedder:

„Mein Fieken! – Daß Du mein gedacht,
Das hat mich große Freud gemacht,
Denn ein Rekrut bei's Millitär,
Der hat es gar und gar zu schwer;
Denn was wir allens weißen müssen,
Die Konstrukschon un denn das Grüßen
Un denn die Griffe mit's Gewehr, –
Ich sag' Dich, das 's man einmal schwer.
Und wie hier allens wird genannt,
Hab' ich mein Dag' noch nicht gekannt.
Ich will Dich das mal so beschreiben,
Was wir den ganzen Tag betreiben:
Mein Kopporal is ein Schersant,
Der wird bloß „Herr Schersant" genannt;
Neum ich ihn bloß beim Namen mal,
Dann macht er einen Mordsskandal,
Ich hab' ihn mächtig unter Wind,
Denn wenn wir bei's Exieren sind,
Was der uns für Bewegung macht
Und die Remonten rummerjagt, –
Nein, Fieken, das macht keinen Spaß,
Das ist das reine Hund un Has'!
Das erste ist hier beim Kommiß,
Daß unser Spind in Ordnung ist,
Denn ist das Spind nich ollich rein,
Dann sagt der Herr Schersant: Du Schwein!

Schockschwerenot, Du glaubst wohl all,
Du bist zu Haus im Schweinestall?
Und tut dann mit die Augen kucken, –
Wir aber dürfen gar nicht mucken.
Vor allem ist das Turnen schwer,
Das lern ich nie und nimmermehr!
Wir müssen an den Querbaum springen
Und mit die Beine rummerschwingen
Und dann uns in die Höchte tucken,
Bis daß wir oben rüber kucken.
Und tut mal Herr Schersant was fragen,
Muß jeder laut und deutlich sagen
Und muß aus voller Kehle schrein, –
O welche Lust, Soldat zu sein!
Spaß macht mich nur die Schießerei,
Nur ist da zuviel Wcswark bei,
Denn, Fieken, was der Schieß-Schersant,
Der bringt uns all aus Rand und Band.
Ihr auf dem Lande denkt gewiß,
Daß Schießen einfach Schießen is?
Nein, Fieken, Schießen is viel schlimmer,
Denn am Gewehr sitzt eine Kimme,
Und weiter sitzt da noch ein Korn;
Nun denk Dich mal das Auge vorn
Und dann die Knarre fest am Leibe,
Und 'n ganz End' af, da steht die Scheibe;
Nun sollst du alle diese Dingen
In eine grade Lienung bringen
Und darfst auch nich 'n Spierken mucken
Und bloß mit's rechte Auge kucken.
Wir schießen auch nicht bloß im Stehn,
Nein, manchmal heißt's auch: Sitzen gehn!
Und manchmal läßt er zum Vergnügen
Uns auf dem platten Bauche liegen,
Und wenn du denkst, nu liegst du wieder,
Dann kommandiert er: Auf und nieder!

Ja, Herr Schersant, der kann wohl lachen,
Der braucht das Zeug nich rein zu machen.
Und, Fieken, bitt man fleißig Du,
Daß ich die Klimmzüg' lernen tu,
Denn Herr Schersant, der sagte mich,
Sonst kriggt ich keinen Urlaub nich,
Und Fieken, treu ist stets mein Sinn
Und geh auch nie nach Andern hin,
Ich denk, die Zeit geht auch vorüber,
Und wäre bei mein Fieken lieber,
Denn, Fieken, ich verlaß Dir nie!
Dein Jochen, 4te Kompanie.

Der Schinken hat farmost geschmeckt,
Ich hab die Finger nach geleckt,
Und komm ich nicht zu's Fest zu Dir,
Vergiß nicht Deinen Grenadier!"

Un Jochen backt de Friemark up,
Un steeg denn ein Trepp höher rup,
Dor wier ein Kasten an de Wand
Up'n Flur von Herren Leutenant,
Den hett nu Jochen sick bekäken
Un fix den Brew dor rinnerstäken,
He dacht', de Post würd't woll besorgen
Un güng tau Bedd un slöpt bet morgen.

An'n annern Dag sünd s' alltauhopen,
Dunn ward em sien Herr Leutnant ropen
Un seggt tau em:
„Na, hör' mal, Bohn,
Du hast wohl schon 'ne Braut, mein Sohn?"
Uns' Jochen kickt ganz dœmelich:
„Nein, eine Braut, die hab' ich nich!"

„Na, Jochen Bohn, nu räd man nich,
Du hest 'ne Brut ganz sicherlich!"

Uns' Jochen kickt nu ganz entrüst:
„Herr Leutnant, nein! Daß ich nicht wüßt!"
„Na, Jochen, ick weit doch Bescheid;
Dien Diern, de is doch ut Ganzlin,
Du weitst doch, Hüsler Bahlsen sien,
Ick weit doch, dat se Fieken heit!"
Uns' Jochen ritt de Ogen apen,
As harr em Slag un Unglück drapen,
Vör sienem Leutnant würd em gräsen,
Wo künn nu so wat mœglich wäsen!
„Herr Leutnant, ja – dat lett sick hürn,
Doch dat 's kein Brut, dat is mien Diern!
Denn eine Braut, die hab' ich nich,
Das is mich zu schanierelich!"
„Na", seggt Herr Leutnant nu un lacht,
„Du hast es diesmal falsch gemacht,
Der Kasten oben auf dem Flur,
Der ist für meine Briefe nur;
Hier ist Dein Brief und schreib' man zu:
Ein ganz famoser Kerl wärst Du
Und wärst ein strammer Grenadier,
Und grüß Dein Fieken auch von mir
Und schreib ihr man, Du hätt'st vernommen,
Du würd'st bestimmt auf Urlaub kommen;
Doch eins noch, Jochen, merke Dir,
Ich sehe einen Fehler hier,
Du mußt Dich noch im Deutschen üben, –
Ganzlin wird mit 'n „z" geschrieben!"

Doch Jochen dacht blot an sien Diern,
Un as se nahst bi't Turnen wiern,
Dunn trök he sick so stur tauhöcht
Un kreeg den iersten Klimmtog trecht.

Un de Herr Leutnant keek un lacht':
„Mein Sohn, das hast Du gut gemacht!"
Un grad so keek ok Herr Schersant,
De richt' sick nah Herrn Leutenant,
Blot Jochen, de würd anners kieken, –
De dacht an Urlaub un an Fieken.

Dulle Angeli

Flicksnieder Stripp tau Langenkaten
Müßt sick heil väl gefallen laten.
Dor wier de Schult un Fritz Reddöhl
Un Kopmann Bull un Krischan Pröhl
Un wo de Nahwern süß noch heiten,
Un all, de bi em sniedern leeten,
De würden blot up Streiche sinnen,
Woans se em woll tarren künnen.

So lög hüt wedder Kopmann Bull
Mit ihrlich Mien de Hut em vull
Un mök em sowäl vör un säd,
He wüßt 'ne feine Angelstäd,
He süll doch mal nah't Torflock gahn,
Dor würden œwer Kulbors stahn,
Un Plötz wiern dor, un Brassenplieten, –
He brukt' de Raud blot rintausmieten,
Un in de Düp, dor stünden Sli,
Un wier ok mal 'n Häkt mit bi.
„Ne, weitst Du, Stripp", seggt Kopmann Bull,
„De bieten mi binah tau dull;
Ick hew man blot drei Abend säten,
Nu mag 'ck binah kein Fisch mihr äten!"

„Is wohr?“ seggt Stripp un kickt nich slecht,
„Dor hett mi noch kein Minsch von seggt;
Na, so wat läwt nich, Gotts ein Wunner!
Denn gah ick furts hüt abend runner,
Denn Häkt un Sli mit Marrezich
Eet ick in fief koll Winter nich!“

Un Stripp, de deiht ’t. – So henne acht
Kriggt he sick sienen Angelschacht
Un ward nah ’t Torflock runnergahn
Un fangt nu furts tau angeln an.

Jä, bi de olle Angeli,
Dor is man oft ’n Haken bi;
Man kriggt koll Fäut un kriggt stiew’ Glieder,
Un bitt wat an, denn is ’t ’nen Snieder,
Denn all, de Häkt hemm rutertagen,
De hebben in de Regel lagen.

Na, Stripp, de steiht un kickt un lurt.
So lang’ harr ’t süß noch nie nich durt,
He weit ok gornich, wat dat is,
He hett nu noch nich einen Biß,
He hett all up den Madding spuckt,
He hett all an de Angel tuckt,
He stellt mal deip, he stellt mal floot, –
Von Häkt un Bors ward he nix fraud.

Ach wat! denkt he, wat sast du stahn,
Du kannst jo ok bi liggen gahn, –
Un leggt sick nu an ’t Äuwer nedder
Un kickt un lurt nu ümmer wedder,
Wennihr dat Flott woll ünnergüng
Un he den iersten Brassen füng.

He lurt nu all 'ne gadlich Stund'n.
Dat wier so einsam in de Rund'n,
Dor rögte sick kein Blatt an'n Bom,
As leeg dat all in Slap un Drom,
Un Snieder Strippen kem dat vör,
As würden em de Ogen swier.

So lang' harr he de Raud noch hollen,
Nu wier em de all runnerfollen,
Un 't durt nich lang', as he so leeg
Un ümmer nipp in 't Water seeg,
Wo dat oll Flott so ruhig stünn, –
Dunn slöp he so bi lütten in
Un mök so 'n recht taufräden Mien
Un leet de Brassen – Brassen sien.

Nu ward wen œwer 'n Äuwer kieken
Un ward sick sachten rannerslieken.
„Haha!" seggt Bull, „dat hew 'ck mi dacht!"
Still langt he nah den Angelschacht
Un halt sick lies de Angel ran
Un hackt wat an den Haken an
Un lett dat sachten wedder rinne.
Nu ward he lud.
„Ne, Lüd un Kinner!
Dit 's jo 'ne schöne Angeli!
De leggt sick hen un slöppt dorbi!"

Stripp fohrt tauhöcht un kickt ümher,
He wüßt ierst gornich, wo he wier,
He süht nu, wo de Kopmann lacht,
Un grippt nah sienen Angelschacht –
„Jä, Du!" seggt he, „dit hett sick wat!
Du hest mi jo tau'n Griesen hatt!
Twei Stund'n lang hew 'ck hier nu all lägen

Un hew noch keinen Biß nich krägen,
Di hürt ein dägtet Ledder vull!"

„Wat wist Du, Stripp?" seggt Kopmann Bull,
„Noch keinen Biß? – Wat wist Du denn?
Dor kiek doch nah Dien Angel hen
Un paß man lewer up dat Flott!"

Stripp kickt nu hen. Warraftig'n Gott!
Dat Flott is weg. Un mit 'n Wupp
Tuckt he nu an un treckt nu up, –
'n groten Fisch. – He halt em ran
Un kickt den Fisch, kickt Bullen an,
„Ne, so wat! – Dit is doch gelungen,
Ick hew 'n – solten Hiering fungen!
Nu segg mal einer, Lüd un Kinner,
Wo kümmt de in dat Torflock rinner? –
Un dat he up den Madding bitt!
Ne, segg mal, Bull, wo hett sick dit?"

„Jä, Stripp," seggt Bull nu tau den Snieder,
„Nu angel doch mal läufig wieder
Un holl man ümmer wedder rin,
Hier steckt ok noch wat anners in;
Denn Stripp, wo solten Hierings stahn, –
Sünd licht ok – Spickaal rinnergahn!"

Dat Ilensetten

Oll Knaaken Vader wier bi't Staken
Mit 'n Winnelbœhn tausamenbraken
Un wier von baben ünner't Dack
Nah ünnen störkt in't Schünenfack.
Süh so, dat wier 'ne dull Geschicht!

Nu gew 't ein mörderlich Geschrigt,
Un bald wier in dat Dörp dat rümmer,
Un jeder mök 't noch bäten slimmer,
Tauletzt, dunn harr sick Vadder Knaaken
All Gnick un Krüz un Kragen braken.

„Du, Nahwern, hest Du 't ok all hürt?
Oll Knaaken Vadern hett 't malürt.
De is jo woll up't Dack rupstägen
Un hett dat mit 'n Swinnel krägen
Un künn sick woll so rasch nich faten
Un is von baben runnerschaten.
Se seggen all, de Arm un Bein,
De ganze Kopp is kort un klein,
Un as 'n Dod, so süht he ut.
Un Fritz halt all den Dokter rut,
Un ick will ok fix rœwerlopen,
Denn Knaaken-Mudder leet mi raupen,
Se meint, ick harr doch schöne Pillen
Un künn em gliek den Inschott stillen!"

Un so löp jeder mit sien Kruken,
Un jeder würd wat anners bruken,
Un Knaak harr woll den Dod von nahmen,
Wier nich tau'n Glück de Dokter kamen.
De würd nu gliek, ahn lang' tau fragen,
Dat Wiewervolk tau'n Deuwel jagen,
Un as de letzte ut de Dör,
Dunn schöw he noch den Knäwel vör.

Oll Dokter Zanner ut Warin,
Dat würd 'n narrschen Pötter sien,
Dat wier 'n ganzen eigen Kruter
Un harr dat dull mit Suchten ruter,
Un sien gewöhnlich Medizin,
Dat würden ümmer Ilen sien.

Blot einen Fähler harr de Mann,
He kiehrte giern in'n Kraug mal an,
Un steeg he nahstens up den Wagen,
Wier jedesmal sien Brill beslagen;
Hüt œwer wier em dat passiert,
He wier sogor tweimal ankiehrt.

Na, Dokter Zanner güng nu rin
Un frög, wo dat mit Vadern stünn,
Ob he all Flüssigs tau sick nahmen
Un ob he all tau'n Bräken kamen.

„Herr Dokter", rohrt de Ollsch, „vör'n bäten
Hett he noch schön dick Arwten äten,
Nu œwer snorkt he fürchterlich
Un slöppt un rüppt un rögt sick nich;
Ne, ne, möt he dor runnerslagen!
Un hemm' uns beid so schön verdragen!"

Un Knaaken-Mudder nimmt de Schött,
De quanswies' se tau faten hett,
Un dreiht se üm un snüwt de Snut
Un wischt sick denn de Ogen ut.

Oll Dokter Zanner wier intwischen
All wedder mal bi't Brillenwischen,
De Ogen würden ümmer leeger.
Denn œwer güng he bäten neeger
Nah Knaaken ran mit wichtig Mien
Un nehm em scharp in Ogenschien.
Ierst mök he allerhand Gewäs',
He höl den Stock sick an de Näs',
He fäuhlt', ob noch de Puls würd gahn,
Un as he so 'ne Tiedlang stahn,
Dunn klappte he dat Bett taurüch,
Wiel he de Bein mal seihen müch'.

Wat wier dat wedder mit sien Brill,
De wull jo gornich, as se süll;
Em würd dat oll Gewisch all œwer,
He pliert' nu einfach baben rœwer
Un ünnersöchte so de Bein,
Künn œwer nu ierst recht nix seihn.

„Wo is 't, Herr Dokter?" seggt Fru Knaaken,
„He hett sick doch dat Gnick nich braken?"

„Ne, ne", seggt Zanner, „sien oll Brägen,
De kann all 'n dägten Knax verdrägen;
Dat einzigs, glöw ick, sünd de Bein,
Dor is so 'n bäten Swulst tau seihn,
Dat will wi œwer läufig kriegen,
De Swulst, de dörft nich höher stiegen,
Dor gahn wie gliek energisch ran
Un setten em poor Ilen an."

Un Dokter Zanner is nich bang'n,
He ward sick in de Rockslipp langen
Un dorin an tau grawweln fangen,
Ach ne, he harr s' jo in de Hos',
Un halt sick nu 'ne grote Dos'
Vull Ilen rut un stülpt de Ilen
Up Vader Knaak sien swullen Külen.
„Süh so!" seggt he, „süh so, Fru Knaaken,
De ward'n den Swulst woll dünner maken!"

Doch Dokter Zanner ut Warin
Sien Ilen schienten krüsch' tau sien,
De kröpen ümmer hen un her,
As wenn 't ehr noch nich paßrecht wier,
Un wier ein Krupen un ein Wind'n,
As künnten se de Städ nich find'n.

„Verstah dat nich!“ seggt Dokter Zanner,
„De Bister gahn jo gornich ranner,
Verstah dat nich, dat se nich sugen;
Süß kann ick Hüser dorup bugen,
Wenn nix mihr helpt, denn helpen Ilen,
Dat is doch würklich narrsch tauwielen!“
Un dorbi pliert’ he dörch de Brill,
As wenn de Ollsch em raden süll,
Denn nu wier sien Latinsch tau End’n.

Oll Knaaken-Mudder harr de Händ’n
Tausamenfolgt un keek un sünn,
As wenn se keinen Klauk in fünn;
Bi disse Ilensetteri
Dor würd ehr sülwst ganz wirrig bi.

„Herr Dokter, will’n wi ’t nich versöken,
So as wi ’t früher ümmer möken?
Ick kem doch ok mal eins tau Schaden
Un kreeg ok Ilen an de Waden,
Mi dücht, de seeten dichter ranner.“

„Verstah Se nich“, seggt Dokter Zanner,
„Verstah Se würklich nich, Fru Knaaken.“

„Herr Dokter, will’n wi ’t so nich maken, –
Ick will Se œwer jo nix heiten,
Se möten dat jo bäter weiten,
Un ick würd mi gewiß nich röpen,
Doch Vader liggt in Swulst un Fewer, –
Herr Dokter, will’n wi denn nich lewer
Sien Ünnerbüx ierst runnerströpen?“

De Reichsdags-Wahlräd

Dor rädte körtens einer mal
In Klütz ok tau de Reichsdagswahl
Un jedwerein von nah un fiern
Güng hen, de Räd sick antauhürn.
Ok Bäudner Prahl un Schauster Bank,
De güngen 's Abends bäten lang.

„Jä, Lurwig", seggt nu Jochen Prahl,
„Nu hew wi wedder Reichsdagswahl,
Nu geiht dat wedder los, dat Brüden.
Wat sall dit einmal blot bedüden!
Dor wählt'n ümmer tapfer mit,
Un luter dwatschen Kram is dit."

Un Lurwig nickt. „Ja, Jochen Prahl,
Wen Du dor wählst, dat 's ganz egal;
Dat 's allens blot verpaßlatant.
Denn weitst Du, wi von unsern Stand,
Wi möten ümmer blot betalen,
Un glöw Du man, de Sozialen,
Dat is genau de sülwig Klick,
De denken all tauierst an sick."

„Ja, Lurwig, grad so denk ick ok!
Dor ward kein Minsch nich mihr ut klauk.
Mien Meinung is, de Sozialen,
De Zentrum un de Liberalen,
De müßte all der Deuwel halen,
De weiten wieder nix as Stank!"

„Un denn vergät ok nich", seggt Bank,
„De hogen Herrn Konserwatiwen,
De könn'n uns all gewogen blieben!
Denn weitst Du, *vör* de Reichsdagswahl,

Denn geiht dat ümmer: lieber Prahl!
Denn dennigt jeder mit uns rümmer,
Denn sünd wi all ehr lewen Kinner,
Un all sünd s' mit den lütten Mann.
Doch is dat mit de Wähleri
Un mit diss' Wirtschaft ierst vörbi,
Denn kieken s' Di mit 'n – Nüms nich an.
Dat Beste is, dat segg ick ümmer,
Man wählt se all de Reig nah rümmer;
Denn lat se meinen, wat se meinen,
Up disse Ort vertürnt 'n keinen."
„Ja, dat 's ok wohr", seggt Jochen Prahl;
Un beide gahn nu in den Saal.

De Rädner wier in'n vullen Gang'n.
He rädt' von dit un rädt' von dat
Un wüßt up alle Saken wat.

„Und wenn 's den Herren angenehm,
Daß ich jetzt in den Reichstag käm',
Ich wüßt' es anders anzufangen.
Und zur Erläut'rung, meine Herren,
Wie jeder Teil und jeder Stand
Vertreten ist im Vaterland,
Möcht' ich am Beispiel hier erklären.
Da denken Sie sich mal hinein,
Das Reich, das würd' ein – Adler sein,
Und dieser Adler wären wir.
Der Adler ist ein stolzes Tier,
Er ist des Deutschen Reiches Wappen –"

„Nu kümmt he wedder mit sien Grappen",
Ward Prahl nah Bank sick rœwerbögen,
„Nu fangt he wedder an tau leegen."

„Der Kopf, das Haupt von diesem Aar,
Das ist der Kaiser offenbar;
Der führt und lenkt mit weisem Sinn
Das Volk zu Glück und Wohlstand hin.“

„Na, na“, seggt Jochen, „is dat wohr?
Uns’ Großherzog is ok noch dor!“

„Doch kann das Haupt es nicht allein,
Wer wird nun seine Stütze sein?
Beim Adler ist ’s der Flügel Kraft;
Beim Volke ist ’s die Ritterschaft.
Der Adel wird mit seinen Schwingen
Das Volk schon in die Höhe bringen.“

„Na, na“, seggt Bank tau Bäudner Prahl,
„De Ritterschaft? – Ick weit nich mal,
Dor is he woll in Biesternis,
De Sak is mi wat ungewiß!“
De Rädner œwer spreckt nu wieder;
„Es kommen nun die andern Glieder.
Denn worauf ruht und steht der Aar?
Wer gibt dem Reiche immerdar
Das Fundament zu seinem Leben? –
Die starken Fänge werden ’s sein,
Die schlägt er in den Boden ein. –
Im Volke ist ’s der Landmann eben;
Er pflanzt und pflügt und wirkt und schafft
Aus Gottes Erde neue Kraft,
Drum kann er auch in schweren Tagen
Zuerst des Reiches Lasten tragen.“

„Dor is ’t all wedder“, futert Prahl,
„Dor geiht ’t all wedder up uns dal;
He weit dat all so hentausnacken,
Up unsereins, dor bliwt dat hacken!“

De Rädner fangt nu wedder an:
„Und was am Volke weiter dran,
Der Rumpf, die Federn und der Magen,
Der ganze Rest ist so zu sagen
Das andre Volk so insgemein.
Nun, das muß auch vorhanden sein,
Doch zehrt es nicht aus eigner Kraft,
Es nährt sich von der Landwirtschaft,
Der Landmann ist der erste Stand,
Auf ihn stützt sich das Vaterland!“

So lang’ hett Bank ganz ruhig säten,
Nu ward ’t em doch bi lütten fräten.
„Ach, bitte, kann ich auch mal sprechen? –
Sie wollten uns woll einen stechen,
Von wägen, daß wir Ihnen wählen?
Und wollen uns hier dann verzählen,
Daß wir ’n Stück von’n Vagel wieren?
Nach Ihr Gedrœhn zu estimieren,
Wär Jochen Prahl so’n Endlang Bein,
Und ich as Schuster würde sein
So von die Mag’, von die Kaldun?
Sie können mich mal sonst was tun!
Sie Kläukling reden so vermessen,
Sie haben sich ja sülwst vergessen,
Und: was denn? wollen Sie noch fragen?
Das will ich Sie mal furtsens sagen,
Ich Schuster Ludwig Bank aus Klütz:
Bün ick de Mag’, sünd Se de Stütz!
Un weiten Se, wo „Stütz“ ward schräben?
Dat will ’ck Se buten schriftlich gäben!“

De niege West

„Na, Fritz Lebahn!" seggt Nanter Plog,
„Du höllst jo hüt de Snut so hoch,
As wier Di in de Kron wat schaten,
Du wist mi woll nich mitspäl'n laten?"

„Dat will ick doch!" röppt Fritz Lebahn,
„Ick kann man hüt nich anners gahn,
Ick möt man mienen Kopp so drägen,
Ick hew jo mien nie West ankrägen!
Von Vadder sien oll Büxenfutter
Un von dat anner hett mien Mudder
De unrecht Sied nah buten dreiht
Un dor 'ne feine West von neiht;
Mien Mudder, Du, de kann so 'n Saken,
Du, de kann feine Westen maken!"

„Von Dienen Vadder sien oll Büx?
Von sien oll Hos'? – äh! dat 's doch nix!
Un dorüm smittst den Kopp in'n Nacken
Un deihst, as künnst mit mi nich snacken?
Ne, dorüm mak man kein Gewäs'
Un holl man nich so hoch de Näs',
Dorüm brukst nich so mastig gahn!"

„Dat dauh 'ck ok nich!" seggt Fritz Lebahn,
„Dat is von mi kein Mastigkeit,
Ick weit man nich, wo 't kamen deiht,
Ick frög mien Mudder all hüt morrn,
De meint, dat kem von'n Büxenborn,
Den harr se vörn mit rinnerflickt, –
Ick weit nich, – wo mien West nah rückt!"

Ein säutes Wurt

Flickschauster Lurwig Bullerjahn
Wier ok mal eins tau Wirtshus gahn,
Ein Reiseunkel harr em bäden,
Se wullen von't Geschäft dor räden.
Na, as se ehren Kram bespraken,
Würd disse em den Vörslag maken,
He ladt' em in tau'n Seidel Bier
Un drünken ierst 'n Lütten vör.
Uns' Lurwig ded nu quanswies' so,
As harr he keinen Jieper tau,
He leet sick œwer rümmersnacken
Un blew so in den Kraug behacken.

Doch Reisenders, de lat't man krupen,
De können niederträchtig supen.
Dat blew nich blot bi ein Glas Bier,
Ut ein würd twei – un drei – un vier
Un ümmer 'n lütten Wuppdi vör
Un ümmer Pfeffermünzlikör.
Dat würd denn ok so lang'n nich duren,
Dunn würd den Schauster dat beluren,
De Pfeffermünz, de smeckt woll säut,
Doch bringt he hellisch von de Fäut,
Un hülp nich, Lurwig Bullerjahn
Müßt snirtenduhn nah Muddern gahn.
Knapp is he in de Stuw rinkamen,
Dunn sackt he in 'n Klump tausamen
Un jappt un rallögt as verdull,
As wenn he gliek verörgeln wull,
Un tillfäut't ünnen an de Ird,
As wenn he kort vör 'n Letzten wier.
Fru Bullerjahnen kickt dit an,
Se ward de Händ'n tausamenslahn,
Wat wier mit ehren Mann gescheihn,

So harr s' em jo noch nie nich seihn,
Se wier ganz weg un glöwte all,
Dit wier so'n Ort von Slaganfall.
Se ward em up dat Sofa leggen
Un birrt, he süll doch blot wat seggen,
Un strakt un ei't em œwer 'n Kopp:
„Mak doch noch eins Dien Ogen up,
Wist Du so rasch nu von mi furt,
Segg doch noch ein lew säutes Wurt!"

Uns' Lurwig œwer wier von Sinnen,
Em wier in'n Dusel, so, as stünden
Dor up den Disch blot leddig Gläs';
He tillert sick so för de Näs'
Un stammert denn de liesen Würd:
„Denn n-n-noch 'n
Pf-f-f-fefferm-m-m-münzl-l-l-liquör!"

De Verkiehrte

Dicht bi't Theater in Swerin
Würd früher mal 'ne Wirtschaft sien,
Un dor würd mächtig einen nahmen,
Un würd man ut't Theater kamen,
Denn wier dat stets de olle Leier,
Rin müßt man nah Theater-Meier,
Un dor wier't denn so bräkenvull
Un sapen würd dor as verdull.

Wat nu mien Nahwer Zanner wier, –
Von Profeschon wier he Balbier
Un wahnte up den „Groten Muur", –
De wier nu jeden Abend dor,
Bi Hitt un Küll, un söp un seet,

Bet em de Kräuger rutersmeet;
Dit wier he einmal so gewendt
Un harr dat nie nich anners kennt.
He stünd denn up un swäkte denn
Nah Hus, nah sien lew Mudding hen,
Tau'n Glück harr he nich wied tau gahn,
Un vör de Husdör blew he stahn,
Dat heit, wenn he noch beinig wier,
Un würd denn ballern an de Dör,
Dat em sien Mudder rinnerhöl,
He wahnte hier as Junggesell.
Sien Mudding kenn'te all sien Stund'n
Un harr sick dor all rinnerfund'n
Un säd ok gornix mihr dortau
Un freute sick un wier heil froh,
Wenn se dat buten ballern hürte
Un ehr lew Sœhn denn rinspazierte.

Ja, Mudderlew, de sall man gellen,
'ne Fru, de würd ganz anners schellen!

So sitt ok hüt de Ollsch un lurt.
So lang' harr 't süß noch nie nich durt,
So lang' harr se noch nie nich säten,
Würd he hüt gornich rutersmäten?
De Tied würd hüt so langsam slieken, –
Ach, denkt se, sast mal ruterkieken,
De Klock, de is all œwer ein,
Viellicht is buten wat tau seihn,
Un geiht nu ruter vör de Dör.
Wat süht se einmal! – Dor verquier,
In'n Rönnstein, mit't Gesicht nah ünnen,
Dor liggt ehr Jung, so heil von Sinnen,
Hier harden em de Kräft verlaten,
In'n Rönnstein wier he rinnerschaten.

Fru Zannern sleiht de Händ'n tausamen:
Bet an den Rönnstein is he kamen,
De ollen Rönnsteins, dat 's ein Grugen!
Mit ehr verdammtig Rönnsteinsbugen!
Ne, ne! wat hett 'n mit de Kinner!
Wo krieg ick mienen Jung nu rinner!

Fru Zannern würd nu rümmersöken,
Se künn em nich alleinen röken, –
Up einmal kickt se – Gott sei Dank!
Dor kemen noch poor Herren lang.
„Ach, miene Herren!“ seggt Fru Zanner,
„Ach, kamen S' doch mal hier mit ranner,
Mien Sœhn is – swäcklich in de Bein, –
He hett sick woll in'n Drunk verseihn,
Em is dat Blaud tau Köppen stägen, –
Ach, helpen S' mi em rinnerdrägen!“

De beiden Herren kemen ran
Un keken sick dat Spillwark an, –
Man seeg 't, väl frögen se nich nah,
Se säden œwer liekers ja,
Se dachten woll, dat künn passiern,
Dat künn ehr sülwst mal eins mallürn
Un kregen den Balbutsch nu her.
Harrjeh! wat wier de einmal swier!
Se släpten mit em los un quüchten,
De Ollsch vörup, de müßt ehr lüchten,
Se släpten mit em dörch de Dör,
De Slippen släpten an de Ird,
Dat wier 'ne dulle Släperi,
Un de Balbutsch, de slöp dorbi
Un wier so slapp un welk as Tunner.
„Süh so! Nu man up't Sofa runner!
So – danke schön!“ „O, dor nich vör!“
Un ruter wiern se ut de Dör

Un schöben wieder as verdull,
Hier harden se de Näs' von vull.

„Na", seggt de ein, „dit 's grad mien Fall,
Mi würd binah de Pust all all,
Dit liggt mi ollig in de Glieder –"
„Kumm", seggt de anner, „kumm blot wieder,
Diss' Gegend is hier nich geheuer,
Du weitst, hier wahnt Theater-Meier –"
Up einmal hürn se dor wat raupen, –
Dor kümmt wat achteran tau lopen, –
Dat is 'ne Fru – nu is se ranner, –
Harrjeh! dat is de oll Fru Zanner.
„Ach, miene Herren!" ward se jappen,
„Wat mak ick einmal – blot för Grappen!
Ick hew 'n – ganz Verkiehrten krägen, –
Will'n S' em nich wedder – ruterdrägen? –
Dit is jo de – versapen Snieder, –
Mien Sœhn – de liggt – drei Hüser wieder!"

Dat Kirchengahn

De Kirch is ut. – Oll Paster Hahn
Geiht as de letzt in'n vull'n Ornat
Un vuller Amtsmien dal de Strat.
Dunn süht he sienen Nahwer stahn;
Lebahn heit de un wier Baukbinner,
Un vör sien Ladenfinster stünn 'e
Un keek sick an sien Lex un Fibeln,
Sien Billerbäuker, Sprüch un Bibeln,
Un harr sien Arbeitsschött noch vör,
As wüßt he nich, dat Sünndag wier,
Un mök so'n recht verdreitlich Mien
Un schiente argerlich tau sien.

„Ei, ei, – was seh ich?“ seggt oll Hahn,
„Im Arbeitskittel, Freund Lebahn?
Am hohen, heilgen Sonntagsmorgen,
Und wie es scheint, den Kopf voll Sorgen?
Das schmerzt mich tief, ich muß gestehn.
Zur Kirche sollt' Ihr lieber gehn!
Ihr wißt doch, was die Bibel sagt:
Wer immer sich mit Sorgen plagt,
Vergißt bald den, der alles schaut;
Doch der, der auf den Himmel baut,
Sein Sprüchlein sagt auf allen Wegen
Und fleißig geht ins Gotteshaus,
Dem schenkt der Himmel seinen Segen,
Und Glück und Wohlstand bleibt nicht aus!“

„Mien lew Herr Paster“, seggt Lebahn,
„Se räden so, as Se 't verstahn!
Is all nich so, as Se sick denken!
Ick will Se ganz gewiß nich kränken,
Doch, glöben S' mi, dat Kirchenlopen
Helpt Jud' un Christen, alltauhopen, –
Blot mi nich! – Ja, wenn 'ck Tügjud' wier,
Doch Bibelsprüch köft keiner mihr;
De Sägen liggt hüt ganz allein, –
Se hemm' dat in de Kirch woll seihn, –
Up Blomenhöd' un bunte Däuker,
Kein Deuwel köft Gesang'nbäuker!“

De „breide Stein“

In’n Sünnenbarg* liggt ünner Böken
Deip in de Ird de „breide Stein“;
As Kind hew ick bi’t Bickbeernsöken
So männigmal em liggen seihn.

Un Winters in de Schummerstund’n,
Denn kröpen wi nah Mudding ran,
Up Hükers seet wi in de Rund’n, –
Wo füng de olle Sag’ doch an:

Vör dusend Johr, tau ollen Tieden
Wier ’ne Prinzessin, glarr un schön,
De drög’ ne Kron un Samt un Sieden
Un wier heil prächtig antauseihn.

Doch stolz un gottlos wier ehr Läben,
Se führte in ’ne Kutsch von Glas,
Un harr den Düwel sick verschräben,
Un vör de Kirchenpurt wüß Gras;

Se künn nich hürn de Kirchenklocken,
Un Grugel wier ehr Örgelklang,
Un Sünndags is se rutertrocken
In’t düster Holt, väl Stunden lang.

So is se ok mal rutertagen,
As Jesus Christ an’t Krüz is slahn, –
Dunn ward up eins vör ehren Wagen
In slichten Tüg uns’ Heiland stahn.

He hölt ehr an in Gottes Namen:
Giw Dienen Herrgott hüt de Ihr! –

---

* Bi Parchim.

Dunn hett de Bös' ehr œwernahmen,
Un wat se ded, se wüßt 't nich mihr.

Mak Platz! mak Platz! ick führ Di œwer,
Un süll ick in de Höll vergahn!
Un nimmt de Pietsch un haugt nu rœwer, –
Dunn stockt ehr Hart, ehr Arm bliwt stahn.

Un rings is Nacht un swart de Häben,
Ein fürig Wulk schütt up de Ird,
Un 't ward ein Rastern un ein Bäben,
As wenn de jüngste Dag all wier.

Un gliek is wedder klor de Himmel,
Doch von de Kutsch is nix tau seihn;
De gläsern Wag', de stolzen Schimmel,
Liggt all verwünscht in griesen Stein;

Un de Prinzessin is verswund'n,
Ein swarte Pauhl steiht up dat Flag,
Un in den Stein is allens bund'n. –
So liggt dat bet up dissen Dag.

Wi seeten still – ganz still – un dachten,
Ein jeder up sien eigen Wies',
Uns' Mudding strakt' uns lew un sachten,
De Torf in'n Aben knistert' lies'.

Ick dacht mi weg dat wiede End'n,
Ick stünn dor vör den breiden Stein,
Mi wier, as künn ick dörch de Wänd'n
De arm Prinzessin sitten seihn.

Un hett so leeg un trurig käken,
Ob sick denn kein Erbarmen fünn?
O, wenn ick dissen Bann doch bräken
Un wenn ick ehr doch helpen künn!

Un hüt führt mi de Weg dor nedder,
Un is vergahn so männig Johr,
Ick seih den ollen Stein woll wedder,
Doch liggt he hüt ganz anners dor.

Dat Bickbeernplücken liggt in Wieden,
Ick güng den Weg in't Läben dal,
Un Kinnerglow ut Kinnertieden,
De Sag' von eins, – de wier einmal!

De olle Kuhlengräwer

He harr väl Weih und Klagen
Begraben in de Ird,
Harr manchen ruterdragen,
De giern noch bläben wier.

De ollen gauden Fründ'n,
All güngen s' vör em af,
All de tau Sied em stünd'n,
Gröw he dat stille Graw.

Sien Fru wier lang henslapen.
Dat wier 'ne swore Stund'n
Un hett in't Hart em drapen,
He hett 't ok nie verwund'n.

Still würd he in sien Dingen,
Un einsam würd sien Dag, –
He mücht woll ok all liggen
Up't letzte stille Flag.

Doch anners is dat kamen,
De Dod güng eigen Wäg',

De hett dat Letzt em nahmen,
Wat em an'n Harten leeg.

Denn in de Kamer baben
Leeg bleik sien einzig Diern,
Un morgen süll he s' graben
Un süll sien Letzt verliern.

Spät in de Abendstund'n
Gröw he sien Diern ehr Graw,
Dat Hart vull Weih un Wund'n,
Un wischt' den Sweit sick af;

Em bewerten de Händ'n,
Kein Graw würd em so swier, –
Wenn nu doch ok tau End'n
Sien Dauhn up Irden wier!

Un denn seet he bi Fieken
De letzte lange Nacht
Un würd so trurig kieken
Un strakt' ehr lew un sacht

Un schürrt' den Kopp un grüwelt',
Dat Hart vull Dod un Dak,
Un wier so ganz vertwiefelt, –
Un dacht an böse Sak.

Uns' Herr schickt Leid un Sägen;
Ward uns de Last tau swier,
Un künn'n wi 't nich mihr drägen,
Denn grippt uns' Herrgott vör.

De Nacht is still versträken,
Doch as dat Morgenrot
Hett schüchtern rinnerkäken,
Sitt in de Stuw de Dod.

Un Hand in Hand tausamen
Sitt Vadder bi sien Diern,
De hett em mit sick nahmen,
Dat s' all tausamen wiern.

Un soväl Glück un Fräden
Liggt up dat welk Gesicht; –
So is 't woll, wenn bi't Bäden
'ne Seel tau'n Häben stiggt.

An'n Soll

Sitt an'n Soll de säute Diern
Sall de Gössels häuden,
Blage Ogen, blanke Stiern,
Un de Backen bläuhden.

Kümmt de Knecht tau'n Klewerführn,
Kann vörbi nich kamen,
Durt nich lang, un Knecht un Diern
Sitten dicht tausamen.

Kann de olle dumme Knecht
Mal so läufig snacken,
Böhrt de Diern den Kopp tauhöcht,
Fött ehr üm den Nacken,

Küßt ehr up de Lippen rot –
Jung, wat sall dat heiten?
Wardst Du Bengel gornich fraud,
Dat dien Pier in'n Weiten?

Bring Dien Arbeit ierst tau Reig,
Lat de Hand von Fieken; –

Diern, paß up, ganz in de Neeg
Ward de Voß rümsliken!

Mien Heimatland

Ok ick güng ut de Heimat furt
Un trök woll in de wiede Welt,
Von Land tau Land, von Urt tau Urt,
Dörch Busch un Holt, dörch 't friege Feld,
Un hew de Welt mi rings beseihn, –
Wo wier se grot, wo wier se schön!
Doch wenn ick dacht, hier lettst di dal,
Denn säd 'ne Stimm mi jedesmal:
Vergät nich dienen Heimatstrand,
Nich Meckelborg, dien Heimatland!

Bün wannert bet in't welsche Land,
Steeg runner in dat gröne Tal,
't wier anners, as uns' Waterkant,
Doch schöner? – Ach, ick weit nich mal,
Bi all de Lust un Sünnenschien,
Ick mücht dor nich tiedsläbens sien!
Dor wier kein Kurn, kein grönen Klee,
Kein Eiken an de blage See,
Kein Dannenböm up drögen Sand;
De wüssen in mien Heimatland.

Un gor so anners wier de Sprak
Un harr so einen eigen Klang
Un sprüng so glatt von Sak tau Sak
Un klüng so licht as Vagelsang, –
Un doch, 't wier all kein Heimatlut,
Dat kem nich ut 'n Harten rut.
Dor law ick mi dat plattdütsch Wurt,

Dat is 'ne Sprak von anner Ort,
De klingt so tru un hett Bestand, –
Un plattdütsch spreckt mien Heimatland.

Un ok de Minschen, de ick fünn,
Dat wier kein Meckelbörger Slag;
Tweidüdig wier ehr Räd un Sinn,
As dat kein Plattdütsch lieden mag,
Se rädten tauväl hen un her,
Oft wüßt ick nich, woran ick wier.
De Plattdütsch swiggt un snackt nich klauk,
Doch as he seggt, so meint he 't ok!
Ein Mann, ein Wurt! Up't Hart de Hand!
So denkt man in mien Heimatland.

Mien Meckelborg, bewohr dien Ort,
Un mag uns' Herrgott mit di sien!
Gah wieder dörch de Tieden furt,
Ob't wädern deiht, ob Sünnenschien!
Blag, gäl un rot, dat is uns' Farw!
Blag is de Tru, gäl is de Garw
Un rot, dat is de Heimatlew, –
Wenn 't so för alle Tieden blew!
Bläuh wieder an de Waterkant,
Mien Meckelborg, mien Heimatland!

Spräkt plattdütsch!

Wat nich de Lüd all weiten,
Wat sünd se einmal klauk!
Se dauhn sick as Propheten
Un räden as ein Bauk
Un räden hen un räden her,
Dat Plattdütsch nich mihr zünftig wier,
Un öwer Johr un Wäken
Würd Nüms mihr plattdütsch spräken.

Süll würklich mit de Johren
Uns' Muddersprak vergahn?
Sülln, de uns nahgeburen,
Kein Plattdütsch mihr verstahn?
De Sprak, in de wi tagen sünd,
Uns' Muddersprak, uns' beste Fründ,
Ehr süllen eins mit Fäuten
Uns' Enkels von sick stöten?

Ick mag so'n Räd nich weiten,
De Mann makt dummen Prat,
Un mag he süß wat heiten,
He is kein plattdütsch Maat!
De so von 't Plattdütsch denkt un spreckt,
De hett nie fäuhlt, wat in em steckt,
De hett nie söcht un funden
Dat Gold up deipen Grund'n.

Kiekt rüm in dütschen Landen,
Kiekt rümmer in de Welt,
Wo so mit dusend Banden
Ein Sprak ehr Kinner hölt;
Wo klingt 'ne Sprak so lew un slicht?
Kein anner Sprak dat farig kriggt,
Doch ok as gläunig Isen
Kann se de Tähnen wiesen.

Uns' Muddersprak sall läben,
Kein Wurt sall von vergahn,
Un jeder sall för sträben,
So as 't uns' Öllern dahn,
Un wenn Ji mit Jug' Kinner rädt,
Wenn Ji tau Jugen Herrgott bädt,
Denn söllt Ji 't nich verstäken,
Denn söllt Ji plattdütsch spräken!

Spräkt plattdütsch doch, Ji Maaten
Von plattdütsch Ort un Blaud!
Von Muddersprak tau laten,
Ded noch me' Läw nich gaud,
Denn de de Muddersprak nich ihrt,
Sick gor vör schämt, de is nich wiert,
Dat em de Heimat dragen,
De 's ut de Ort denn slagen!

Bün ick ut plattdütsch Landen,
Denn spräk 'ck ok plattdütsch Sprak!
Ick bün mi sülwst tau Schanden,
Wenn ick dat anners mak!
So lang' uns' Volk noch plattdütsch spreckt,
De olle Karn noch in em steckt, –
Giwt 't nich mihr plattdütsch Maaten,
Kann 't sick begraben laten!

Tau'n iersten Mal von Hus

Un nu, mien Diern, nu is 't so wied,
Nu sast Du 't Öllernhus verlaten,
Nu is vörbi Dien Kinnertied,
Von nu an geihst Dien eigen Straten,
Nu treckst Du tau in frömden Deinst
Un sast Di sülwst Dien Brot verdeinen, –
Ick feuhl Di 't nah, wenn Du nu weinst,
In disse Stund', dor sast Du weinen!

Nu schick Di ok un mak uns Freud',
Dat wi blot Gaudes von Di hüren,
Denk ümmer, dat Dien Öllern beid'
Woll in Gedanken bi Di wieren!
Kein grötter Freud' för't Öllernhart,
Könn'n se sick up ehr Kind wat weiten, –
Doch noch väl grötter is de Smart,
Wenn s' för ehr Kind sick schämen möten!

Un sie ok flink un dauh Dien Sak
Un lat kein Arbeit Di verdreiten
Un törn Dien Tung' un wohr Dien Sprak
Un will 't nich ümmer bäder weiten, –
Doch wenn Di ein tau Leiden will
Un is Di Sinns tau slichten Dingen,
Denn mak Di grad un swieg nich still
Un lat Di nich up Afwäg' bringen!

Un häud Di vör den Küselwind,
Vör Slick un Slack verslut Dien Uhren,
In Raasch hett männig Minschenkind
All Kranz un Kron un Ihr verluren!
Holl Hart un Hand von Placken rein,
Wenn Lust un Sünden 'rümmerslieken,
Dat Du, wenn wi uns wedderseihn,
Mi grad kannst in de Ogen kieken!

Beholl ok lew Dien Muddersprak,
Denn plattdütsch büst Du burn un tagen!
De Muddersprak is heilig Sak,
De hett Di dörch Dien Kindheit dragen,
Un hürst Du eins in wiede Fiern
Dien Muddersprak ut plattdütsch Munden,
Denn sast Du se mit Freuden hürn,
Du hest Dien Heimat wedderfunden!

Un denn, mien Kind, – is ruge Tied!
Bewohr Di Dienen Kinnergloben
Un lat Di nich von falsche Lüd
Dat Beste ut 'n Harten roben!
Bliew ümmer Dienen Herrgott tru
Un schäm Di nich, tau em tau bäden,
Un holl an wiß, ahn Scham un Schu,
Wat Di Dien Öllern dorvon säden!

Un nu adschüß, – nu is 't woll Tied!
Un nu gah driest in 't Läben rinner,
Un schient de Weg ok noch so wied,
Kiek vörwarts ümmer, kiek nich hinner!
Un hest Du denn Dien Dingen dahn
Un hest nah 't Öllernhus Verlangen, –
Mien Kind, de Dör sall apen stahn,
Mien Kind, un – töw ok nich so lang'n!

Wannerleed

De Maidag kem mit Kling un Klang,
Mit Mai un Mœsch, mit Sing un Sang,
Nu is ok Tied tau wannern!
Adschüß, mien Diern, un bliew mi tru,
Rin in de Wieden treck ick nu,

Von einen Urt tau'n annern,
Adschüß, nu möt ick wannern!

De Fleeder bläuht, dat Holt is greun,
Wat is de Welt doch einmal schön,
Un wat de Vœgel singen!
De Ird dreggt hüt ehr Sünndagskleed,
De Vagel singt sien Hochtiedsleed,
Dat sall woll Glück mi bringen,
Wenn so de Vœgel singen!

Un hew ick ok nich Geld un Gaud,
Ick sing doch mit un sweng den Haud,
Ick bün jo jung an Johren!
Noch sleiht dat Hart mi in de Bost,
Un wenn 't den letzten Sößling kost,
Hew nie den Maud verluren,
Ick bin jo jung an Johren!

Wer will mit mi up Reisen gahn?
Ick sök noch einen Reis'kumpan,
Kumm, Maat, un lat Di meiden!
Ick sing Di vör ein Leed, juchhei!
Von Lust un Lew, von Mœsch un Mai,
Dat ward Di keiner beiden,
Kumm, Maat, un lat Di meiden!

De Schauster un de Snieder

Ein Schauster un ein Snieder,
Mit tweiig Strümp un Schauh,
De kamen up ehr Wannern
Denn ok nah Teterow.

Un as se dor nu fechten,
Dunn kümmt 't mit einen Mal,
Se warden krank un möten
All beid' in 't Hospital.

De Dokter steiht un grüwelt
Un schürrt den Kopp un seggt:
„Jug kann ick ok nich helpen,
De Puls geiht gor tau slecht!"

„Herr Dokter", stähnt de Schauster,
„Wenn ick denn starben möt,
Üm eins mücht ick Se bidden,
Wenn sick dat maken löt, –

Ick ät so giern dick Arwten
Mit Snut un Poten in,
Denn wull ick giern ok starben,
Wenn 'ck dat noch kriegen künn!"

„Gewiß!" seggt nu de Dokter,
„Wat süll ick dat nich dauhn!"
Verschriwt nu för den Schauster
'ne duwwelte Portschon.

De Schauster leggt sick gegen, –
Dat wier binah tauväl, –
Un frett de Snut un Poten
Mit Stummel un mit Stäl,

Un tau de Arwten drinkt he
'nen Pägel Brammwien tau, –
Denn würd de Pust em utgahn,
Adschüß ok, Teterow!

Doch as an'n annern Morgen
De Dokter nah em fröggt,
Dunn is gesund de Schauster,
He seggt: „Mi geiht 't nich slecht!"

De Dokter steiht un grüwelt,
Denn schriwt he in sien Bauk:
Dick Arwten helpt vör't Starben,
Un Snut un Poten ok!

Nu kriggt denn ok de Snieder
De sülwig Medizin,
De hett sick wiehrt un wrungen,
Em würd 't tauweddern sien.

„Minsch, ät doch!" seggt de Dokter,
„Dit helpt Di up de Bein!"
De Snieder deiht 't! – „Herr Dokter,
Mi platzt de Mag' vonein!"

Un as an'n annern Morgen
De Dokter nah em fröggt,
Seggt nich mihr: zipp! de Snieder,
He harr sick dat entseggt.

De Dokter steiht un grüwelt,
As kreeg he dit nich klauk,
Denn nimmt he sick den Blistift
Un schriwt in't sülwig Bauk:

Dick Arwten, Snut un Poten
Helpt gegen Dod un Graw, –
Doch helpt dat blot bi Schausters,
Ein Snieder kann 't nich af!

Quitt

„Jä, Mudder“, seggt oll Gäwert,
„De Klock hett elben slahn,
Mi gahn de Ogen œwer,
Ick glöw, ick gah tau Kahn!“

„Ja“, seggt sien Ollsch un hojahnt,
So deep se jichtens kann,
Un will woll noch wat seggen, –
Man blot, dit geiht nich an.

Se kreeg dat Mul woll apen,
Man blot nich wedder tau,
Se harr den Ramm in krägen,
Nu seet se dor, süh so!

„Na, Mudder“, seggt oll Gäwert,
„Du makst jo so ’n Gebier,
Du makst jo einen grugen,
Hest Dienen Klauk nich mihr?“

Doch Gäwerts Mudder jichert,
Se ward ganz nüsternbleik, –
De Oll fohrt in de Stäwel
Un störkt nah de Apteik.

De is natürlich slaten.
De Oll, de lürrt verdull,
As wenn he gliek de Klingel
In Stücken rieten wull.

Dunn ward sick dor wat rögen,
Dat störkt de Trepp hendal,
Un apen ritt de Husdör
Apteiker Besendahl.

Un ihrer noch oll Gäwert
Wat seggt un sick verwohrt,
Hett he poor Dinger sitten,
So von de richtig Ort.

„Süh so!“ seggt de Apteiker,
„Dor hest Du nu Dien Pill!“
Un denn flüggt tau de Husdör,
Un denn is ’t wedder still.

Dat güng jo fix! denkt Gäwert,
De hett mi fix bedeint, –
An ’t Mul sall ick ehr haugen?
Denn los, wenn he dat meint.

Un wedder rönnt nu Gäwert
Un kümmt bi Mudders an, –
Dat Mul, dat stünn noch apen, –
He slickt sick liesing ’ran,

Un halt denn ut un langt ehr
So ’n Ding von Punner drei,
Swupps! seggt dat dunn, – un ’t Mulwark
Is wedder in de Reih.

„Nu kiek mal!“ seggt oll Gäwert,
„De Kierl, de hett doch Pli,
Un hett kein Geld nich krägen, –
Na, morrn betahl ick Di!“

Un gliek an’n annern Morgen
Geiht Gäwert wedder hen,
„Gu’n Dag ok! Herr Apteiker,
Nu segg’n S’, wo is dat denn?

Ick würd diss Nacht hier lürren,
Ick brukte Medizin,
Ick hew drei Mulschelln krägen, –
Wat mag mien Schuld nu sien?“
„O“, grient sick de Apteiker,
„För sowat nähm ick nix!“
„Na, dat is nett“, seggt Gäwert,
„Dorvon güng ’t ok so fix;
Doch weiten S’, Herr Apteiker,
Drei harr nich nödig dahn,
Einmal hew ick man henlangt,
Dunn wier de Ramm vergahn.

Dunn künn uns’ Mudder snacken,
Dunn wier se wedder flügg,
Un soans, Herr Apteiker, –
Twei bring ’ck Se wedder trügg!“

Un tweimal ward dat ballern,
As wenn dor einer schütt, –
„Adschüß ok, Herr Apteiker,
Nu sünd wi wedder quitt!“

De Klümp

Oll Schult hett sick in’n Drunk verseihn
Un liggt nu all poor Dag’
Un quücht un günst un hett so ’n Druck,
So ’n Wäuhlen in de Mag’.

De Dokter wier all poormal dor
Un bröcht all Medizin,
Un wat oll Smidtsch, de hett all stillt,
Dat süll de Räwkauh sien.

„Wat makst D' ok all", seggt nu sien Ollsch,
„Nu liggst Du hier allein,
Nu ettst Du nich un drinkst Du nich,
Du kümmst jo von de Bein.

Wenn einer nich mihr äten sall,
Denn sacken em de Strümp,
Un hüt is grad nu Dunnerdag,
Hüt giwt 't Baukweitenklümp.

Dor eetst Du süß so nürig in,
Dat wier Dien lewste Kost,
So 'n Stücker twölw, dat wier Dien Deil,
De slögst Du Di tau Bost.

Nu möt 'ck woll in de Kœk 'ringahn,
Dat Di dat Hart nich blött,
Denn dat is leeg, wenn ein nich kann,
Un anner Minsch, de ett!"

„Ja, Mudder", seggt oll Schult un stähnt,
„De Dokter hett jo seggt,
Schult, sehn Sie sich ins Essent vor,
Sons geht Sie das mal slecht!

Ick möt em woll tau Willen sien,
So unnaud ick dat dauh,
Denn back mi elm, doch mal so grot
Un recht väl Bodder tau!"

De Husdörnslœtel

Klas Bolzendal, uns' olle Maat,
De kickt so heil besniegt, –
He harr sick up sien ollen Dag'
'ne Ollsch noch 'rannerfriegt.

Woans he hiertau kamen wier,
Dat wier em sülwst nich klor,
He harr 't jo woll in'n Dunaß dahn, –
Un nu, – nu seet he dor.

Nu wiert 't vörbi mit Kœm un Bier,
Se hööl em mächtig knapp,
Sien bäten Geld, dat knöp s' em af
Un slöt dat in ehr Schapp.

Un nu dat Leiden! – Hein Lebahn,
De kem nu hüt von Burd,
Wat de woll tau sien Friegen säd',
Am lewsten harr he rohrt.

Dat kloppt. – Herein! un süh, sien Maat,
De steiht dor in de Dör, –
„Verdammi, Klas? Nu segg mi mal,
Wo kümmst Du Di nu vör?"

„Jä, Hein, – dat is all so as so!
Mien Ollsch is süß ganz gaud,
Man blots, von wägen Kœm un Bier,
Dor ward 'ck nix mihr von fraud!"

„O Klas, wenn Di dat so mallürt,
Denn hest 'n Unkop dahn, –
Fru Bolzendal, hüt giwt 't dat nich,
Hüt ward tau Kraug mal gahn!"

„Ach“, seggt de Ollsch, „he fröggt nix nah,
Sien Magen is so swack,
Den hett he ganz tau schanden fött
Mit Kœm un Priemtoback!“

„Ne, Fru“, seggt Hein, „de Priem, de hölt
Den Minschen up den Damm,
Un wenn ick keinen Kœm mihr krieg,
Denn is de Bost mi klamm.

Un Klas kümmt mit – un ick betahl,
Ick hew jo Monny naug –“
„Na“, seggt de Ollsch, „wenn ’t em nix kost, –
Denn gaht man beid tau Kraug!“

Se gahn nu beid’ de Trepp hendal,
Klas mök dat groten Spaß,
Up einmal röppt de Ollsch em nah:
„Den Husdörnslœtel, Klas!“

Klas wedder trügg nah baben ’rup,
Un Hein lurt up de Strat
Un seggt, as Klas denn wedderkümmt:
„Dien Ollsch, Du, dat ’s ’n Staat!

Minsch, mit den Slœtel harr ’ck nich dacht!
Dat kümmt so oft nich vör!
De snackt Di sülwst den Slœtel an?
Ne, nu segg gornix mihr!“

„O, Hein“, seggt Klas, „Du weitst man nich!
Nu hew ’ck so ’n schönen Döst, –
Den Slœtel œwer *kreeg* ick nich, –
Afliewern hew ’ck em möst!“

De Brammwien

Burmeister Lisch is gnatterig,
Oll Struck ward em balbieren,
Un de hett dull den Tadderich
Von all den blagen Twiern.

Nu sitt he Lischen bi de Kähl,
Nu schrapt he bi de Snut, –
„Holl up!“ bölkt Lisch, „nu ward ’t tauväl,
Dit hölt kein Minsch nich ut!“

Un as he in den Speigel süht,
Dunn blött he as so ’n Swien,
Oll Struck, de harr sien Stuken hüt,
Denn künn’t nich anners sien.

„Herrgott, noch mal! Hew ’ck so wat seihn!
Ick bün jo ganz schampfiert!
Dat makt de Brammwien ganz allein,
Wat hett He trecht balbiert?

Dat is jo nix as Lock an Lock,
Sülwst baben up de Snut,
Am lewsten nehm ick nu den Stock
Un slög den Brammwien ’rut!“

„Ja, Herr,“ seggt Struck, „dor hemm S’ ok recht,
Wenn ’ck noch so sachten schuw,
Wenn ein sick ierst up Brammwien leggt,
Denn ward dat Fell em struw!“

Dat Prowdrinken

Tau End'n wier nu dat Jagddiner,
De Gäst, de quälten sick tauhöcht, –
Up einmal ward noch, achherrjeh!
'ne grot allmächtig Bowl 'rinbröcht.

„Nu noch 'ne Bowl?" röppt Herr von Hahn,
„Ick drink ok keinen Druppen mihr,
De lat uns man bet morgen stahn,
Wi kamen all denn wedder her!"

„Ne, de möt ut! Denn is 't ok all!
Ji hewt man keinen rechten Sog,
Wat mien Johann, wenn de dat sall,
De süppt se ut up einen Tog."

„Up einen Tog?" – „Un ganz allein?"
„Wat gelt de Wedd?" – „'nen Korw vull Sekt!"
„De Sekt is mien, Ji söllt mal seihn,
Wat mien Johann dat Mul nah leckt!"

Johann, de kümmt. „Johann, kiek her!
Kiek Di diss' Bütt mal neeger an,
Kreegst de up einen Tog woll leer?
Wies' ehr mal, wat ein laten kann!"

Johann, de kickt – Johann, de grient,
De Bowl, de steckt em in de Snut;
„De is wat wiedbukt, das dat schient,
Dat Diert süht heil verdächtig ut.

Jä – dat is all so lang as breit, –
Dat hett sien Ümständ'n, Herr Baron! –
In fief Minuten segg 'ck Bescheid,
Wenn 'ck wedderkam, denn will 'ck woll dauhn!"

Na, 't durt denn ok man korte Tied,
Dunn is Johann all wedder dor,
„So, Herr Baron, nu bün 'ck so wied,
Ick stööt ehr weg mit Hut un Hoor!"

He nimmt den Kumm, he leggt sick vör,
He süppt un drinkt un drinkt un süppt,
Un 't wohrt nich lang'n, dunn is he leer,
„Süh so!" seggt he, „dit hett mal glückt!"

Alls steiht un kickt. Blot Herr von Hahn,
De seggt tau em: „Nu hür mal, Fründ,
Worüm büst denn ierst 'rutergahn,
Dat harrst jo gliek man maken künnt!"

„Jä, Herr, – ick wüßt dat Maat nich recht
Un soans güng ick nah de Prull
Un hew 't mit Water ierst versöcht,
So 'n lütten halben Emmer vull!"

Dat Prahlen

Korl Beggerow un Heiner Frick
Stahn up de Strat un strieden sick
Un jeder hett 'n dägten Schacht.

„Wi hebben gistern Swien man slacht! –
Ick wier bi 't Slachten man mit bi,
Un Du man nich, – hä! arger Di!"
„Will 'ck gor nich seihn!" seggt Heiner Frick.
Doch Korl, de deiht sick wieder dick
Un fangt noch schäwsch sick an tau grienen:
„Nu krieg ick Blaudwurst mit Rosinen, –
Un Du man nich! – un dat smeckt gaud, –

Uns' Swien wier as so 'n Stark so grot, –
Mien Vadder säd, dat wier gewiß,
Uns' Swien wier 't gröttst in Kuchelmiß!"

Doch Heiner lett sick gor nix marken.
„So grot sünd all uns' lütten Farken,
Denn süst mal unsen Swienstall seihn,
Uns' Ewerborg, Du, dat is ein,
De is so snickenfett un rund,
De weggt all œwer dusend Pund!
Uns' is väl grötter un väl glatter, –
Uns' is noch grötter as Dien Vadder!"

„Du lüggst jo!" röppt Korl Beggerow
Un nimmt den Schacht un haugt nu tau,
„So 'n grot Swien as mien Vadder is,
Giwt 't gornich in ganz Kuchelmiß!"

De Häuhnersupp

(Nah einen Vörgang in Wittenförden)

Dat oll Französch, dat 's mal 'ne Sak,
Dat is 'ne heil verdreihte Sprak!
Tau Gorden segg'n se: *le jardin*
Un tau so 'n Hund segg'n s': *le chien*,
Un tau so 'n Hauhn, dor segg'n s': *la poule*, –
Un dorbi geiht dat Rastermul,
As wier de Deuwel achteran,
Dat einen angst bi warden kann;
Na, mit so 'n *„poule"*, up plattdütsch Hauhn,
Dor hett dit Läuschen mit tau dauhn.

Vör hunnert Johr wier ok in unsen Land'n
Dat Takeltüg, de oll Franzosenband'n,

Un hemm uns drückt, wo se man künn'n,
Un hemm uns plückt, wo s' wat tau plücken fünd'n,
Un nix nich wier ehr gaud genaug.
Se halten sick de Pierd von'n Plaug,
De besten Kälwer, Käuh un Swien,
De freten s' up, as müßt dat man so sien,
Un von Betahlen wier kein Räd',
Un kemen s' up 'ne frische Städ',
Denn schrieten s' gliek nah Häuhnersupp,
Dor harrn s' den gröttsten Jieper up.

Bi Bäudner Schachten up sien Hauw
Kümmt ok mal eins 'ne ganze Schauw
Franzosenpack un ßackeriert
Un hett de Ställ gliek vissentiert
Un fangt gliek an, de Swien tau slachten,
Un wat de Leutnant is, de seggt tau Mudder Schachten,
Un as 'ne Päpermœhl, so geiht sien Mul:
„Canaille, kak Sie Suppe von die – *poule!*
In die – *jardin*, da lauft die Vieh,
Die slackten Sie un kaken Sie!"
Oll Schachten Mudder steiht un kickt
Un denkt: Du büst woll heil verrückt!
Von dat oll Veih, is nix as Knaken,
Dor sall ick Di 'ne Supp von kaken?
„Herr Leutmann", seggt se ganz verstürt,
„Dat hew 'ck noch all mien Dag' nich hürt, –
Dorvon 'ne Supp? – Dat smeckt doch nich! –
Ick hew noch Bors mit Marrezig,
Herr Leutnant brukt sick nich scheniern,
All, wat ick hew, ick gäw Se 't giern, –
Un Tüffelkauken will 'ck Se backen, –"
Un ward so lew un gäuding snacken, –
Grad as noch hüt bi disse Saken
De ollen Mudders dat so maken.

Doch ne, Herr Leutnant will nix weiten,
„Kak Sie die *poule*!“ ward he ehr heiten
Un schimpt un spuckt un towt un draugt,
Dat Schachten Mudder ganz benaugt,
„Jä“, seggt se, „Herr, mi is ’t egal!
Ick kak so wat tau’n iersten Mal,
Wenn Se sick so väl dor ut maken,
Denn will ick ’t dauhn un will dat kaken,
Doch ’löben S’ man, dat ward mi swier!“
Un dormit plinst se ut de Dör,
Ehr wier, as süll dat Hart ehr bräken,
Se wull noch mal mit Vadern spräken.

Un buten ierst is ein Gesnader,
Un ganz verbast steiht Schachten Vader
Un jammert blot: Mien schönen Swien!
Dit warden nu de Letzten sien!
Un klagt un klarrt sick in de Hoor, –
Un nu steiht Schachten Mudder dor.

„Ne“, rohrt se, „ne, wat sünd ’t för Saken!
Nu sall ’ck em unsen – Pudel kaken!
So ’n Swien! – Ick müch em süß wat dauhn!
Ick gew em giern dat letzte Hauhn,
Un Tüffelkauken wull ’ck em backen,
Dunn füng he an, französch tau snacken,
Mit scharp Geschirr wull he mi slahn, –
Ne, so kann ’t nu nich wieder gahn!“

„Jä, weitst Du, Mudder“, seggt de Oll,
„Dat ’s so as so! Dat seggst Du woll!
Ick weit ’t nich mihr, wo ’t warden sall!
Gotts Wurt, dat geiht nu œwerall!
Nu hür mal, wo de Minschen toben!
Dit Volk, dat hett jo keinen Globen!
Un lat em doch, wenn he dat will,

He hölt dat Mul jo doch nich still,
Mi hett wen seggt, he harr dat seihn,
Se fräten sülwst Qualduxenbein!
Wat frett dit Volk sick all tausamen,
Wo kann de Minsch doch 'runnerkamen!
Ick glöw binah, se fräten Kinner, –
Gah blot nich wedder nah em 'rinner,
De Kierl fangt süß noch an tau schachten,
Dat helpt uns nix, – ick möt em slachten!"

„Na", rohrt de Ollsch, „denn slacht dat Veih, –
Un dauh em ok man nich so weih!"

De Hund ward slacht un Supp von kakt.
O, wat Herr Leutnant Ogen makt!
„Die Supp is *bon* – is *très piquant* –
Nu bring Sie auk – *de la viande* –
Die Fleisk – die Braten von die *poule*!"

Oll Schachten Mudder treckt dat Mul –
Du wist 'nen fienen Leutmann sien?
Frettst mienen Hund up, Du oll Swien?
Dit is jo doch 'ne Sünn un Schand'n
Mit so 'n verfluchtig Rasselband'n –
Un kümmt nu mit den Braden 'rinner.
Doch nu geiht 't los – o, Lüd un Kinner!
De Leutnant kickt den Braden an, –
He dreiht em 'rümmer in de Pann, –
He tellt de Bein, – he tellt noch mal, –
He leggt sien Metz un Gawel dal –
„*Eh* – was sein das? – Du alte Zule!
Was? *quatre* Beine 'at die *poule*?
Wie kommt die *poule* zu *quatre* Bein? –
Das is nix *poule* – o nein – o nein!
'at denn die *poule* – *comme voilà* –
Auk eine Swanß – *comme ci comme çà*?"

„Herr Leutmann, fragen S' sülwst sick nah, –
So wohr as ick nu vör Se stah,
Dat is uns' Pudel", seggt Fru Schachten,
„Uns' Vader würd em äben slachten,
Un dit lütt End hier hinner't Krüz,
Dat is jo Phylax sien lütt Stütz!
Ein jeder Hund, de hett doch einen, –
Hemm denn bi Se de Pudels keinen?"

„Das sein ein 'und? – *C'est un chien?*
Ick will nix mihr – *ne plus rien!*"
Nu denkt he an de Häuhnersupp,
De kümmt em hoch, de garrt em up,
De kriggt dat Spucken un dat Spiegen,
Em mücht woll wat tauhöchten stiegen,
He kriggt de Schöttel in sien Wut
Un smitt s' palldangs ut't Finster 'rut,
Un schimpt denn los: „Du dummes Frau!
Ick mein nix *poule*, was mackt: wau – wau!
In unser Sprak sein *poule* die Vieh,
Was auf die Mist mackt: Kikeriki!"

Oll Schachten Mudder steiht vernagelt,
As wier ehr Peterzill verhagelt, –
„Jä", seggt se, „Herr, – dat kunn 'ck nich weiten,
Dat dor de Häuhner – Pudels heiten –"
Un nimmt de Schört un snuckst un weint,
„Dit hett uns' Phylax nich verdeint!
Ierst ward he slacht un Supp von kakt,
Un nahstens ward 't em schimplich makt,
Un nich 'n Spierken ward von äten,
Un wart ut't Finster 'rutersmäten? –
Herr, is dat ok man blot 'nen Töhl,
So 'n Hund hett ok sien Ihrgefeuhl!"

De Teterowsch Scheper

Wer kennt von Jug nich Teterow?
Ick mein, von wägen – so un so!
Ji weit 't woll, wat ick meinen dauh, –
Na, dor is wedder 'n Stück passiert,
Ick hew mi lacht, as ick dat hürt,
Un lat de Teterowschen schellen,
Dit Stück, dat möt ick doch vertellen.

Ein Scheper wier in Teterow
Un de heit Jochen Püttelkow
Un harr sien Dauhn mit Schap und Bück
Un harr sien Sak in Reig un Schick.
He un sien Wasser, se twei beid',
Se sünd mal up de Lämmerweid',
Un is 'n bannig heiten Dag;
De Schap, de grasen up so 'n Flag,
Dor stünd väl Kleewer un väl Gras,
Un dit is Jochen grad tau Paß,
He sett't sick up so 'n Wiedenrump
Un smökt sien Piep un knütt't 'nen Strump
Un denkt an nix un is heil froh,
Un Wasser slöppt un günst dortau,
Un all de Lämmer, Schap un Bück,
De fräten sick in Kleewer dick.

Up einmal is 't, as wenn wat surrt,
As wenn so 'n groten Brümmer burrt,
Un so von wieden kümmt dat her;
Oll Jochen œwer hürt wat swier,
He ward nix fraud un bliwt bisitten
Un hett sien Wäsen mit dat Knütten.

De Brümmer œwer kümmt nu neeger,
Un Wasser kriggt den Kopp all höger

Un ögt un gnufft un ward so schulen, –
Up einmal kriggt de Töhl dat Hulen
Un blafft un hölt de Snut tauhöcht,
As harr he sienen Klauk nich recht.

„Wat hett de Hund!“ schimpt Püttelkow,
„Wat jaudelst du denn ümmertau!“
Un kickt nu ok mal hen un her, –
Up einmal seggt he gornix mihr,
Wat möt he seihn! – ut hogen Häben,
Dor kümmt so ’n Undiert antauswäben,
As wier ’t ’ne Wust, so lett em dat,
Un ünnen an, dor bammelt wat,
Dat lett, as wier ’t ein Schipperkahn, –
Oll Jochen bliwt de Aten stahn, –
Dat summt un brummt, dat surrt un snurrt
Un hett kein Flünken nich – un burrt,
Un grad up Jochen burrt dat tau.

Wat ’s dat! Denkt Jochen Püttelkow.
He kickt, as harr de Slag em drapen,
Ritt Mul un Näs’ un Ogen apen,
De Piep is em ut’t Mul ’rutfollen,
He kann nich mal den Strump mihr hollen,
Dat liggt as Bli em in de Glieder, –
Un baben burrt dat ümmer wieder.

De Wust ward grötter ümmertau, –
Nu is s’ all as so ’n Fäuder Stroh, –
Nu is s’ so grot all as ’ne Schün,
Un woans mücht dat End’n noch sien, –
Oll Jochen steiht as buff un baff,
Dit künn he in de Bost nich af,
Ok Wasser mücht nu nix mihr seihn,
De klemmt den Stiert sick mang de Bein,
Un all de Lämmer, Schap un Bück

Stahn in de Rund'n un grugen sick, –
Un nu lett sick dat Undiert dal.

Oll Jochen denkt: Nu is 't egal!
Nu sast 'n Vaterunser bäden,
Denn lett he di viellicht taufräden,
Un schult noch einmal nah dat Wunner, –
Dunn röppt dor wen von baben 'runner:
„Sie, alter Freund, wie heißt die Stadt?"
Dor fählt nix, denn passiert em wat!
As Jochen hürt dor einen snacken,
Dunn ward he in de Kneibög sacken
Un folgt de Händ'n, as sick dat hürt,
So as he in de Schaul dat liehrt,
Un röppt nu nah den Häben tau:
„Lew Gott, ick mein, dat weitst Du jo, –
Du büst hier – dicht bi Teterow!"

Hannes Snur up 'e Strat

As Hannes Snur ut Wangelin
Noch bi de Garr stünn in Swerin,
Dunn wier dor ok ein Herr Majur,
De harr so 'n bäten gällrich Hoor
Un harr so 'n ganzen dwatschen Namen
Un wier jo woll ut't Preuß'sche kamen.
Dat wier nu einen ganzen scharpen,
De bröcht ehr mächtig up de Slarpen
Un würd sien ganze Forsch in söken,
Dat s' de Hannühren richtig möken;
Dat wier so ein, de allens seeg,
Un wenn he dat mitünner kreeg,
Denn würd he in Zivil 'rümrönnen,
Un denn ok süllen s' em noch kennen.

Na, mit Hannührn un disse Saken
Künn Hanning keinen Staat mit maken,
Un wenn he wüßt, dat in de Neeg
Sien Herr Majur grad 'rümmersteeg,
Denn mök he œwer läufig Bein,
He künn em einmal nich beseihn.

Eins gauden Dags kümmt Hannes Snur
De Strat tauhöcht von'n „Groten Muur", –
He harr Gewäs' un süll sick spauden, –
Un is sick gor nix Leegs vermauden,
Up einmal süht he, Gottverdau!
Sien Herr Majur kümmt up em tau.
Un in Zivil. – O ha! denkt Hanne,
Wat fang 'ck nu an! – Nu kümmt he 'ranne,
Un denn geiht 't los mit de Hannühren,
Un denn ward'n w' uns woll beid' vertühren!
Jä, mak ick wat – un mak ick nix,
Dat is nu all ein Jack un Büx,
So orre so – is ganz egal!
Fat't kriggt he mi nu allemal, –
Mücht sien, dat ward all schummerig, –
Ick will man dauhn, as kenn 'ck em nich!

Un gradut kickt nu Hannes Snur,
As wier em Nüms sien Herr Majur, –
Wer kickt nah Minschen in Zivil, –
Un hölt de Näs nu mächtig piel
Un smökt so fett up sien Zigarr,
As wenn he gor kein Angst nich harr,
Un ward nu vörfötsch wiedergahn.
De Herr Majur, de bliwt bistahn,
He kriggt 'n ganzen roden Kopp, –
„Heda, mein Sohn, halt doch mal stopp!
Komm doch mal her und kuck mich an!
Na, komm mal bischen näher 'ran!"

Un bäwern deiht sien ganz Gesicht,
„Sag mal, mein Sohn, – kennst Du mich nicht?" –
Nu kümmt up an! denkt Hannes Snur,
„Nein, Herr Majur!"

De Tügen

Burmeister Lisch, de hölt Termin.
„Ich frage Sie nun, Pamperin,
Ich frage Sie zum letzten Mal", –
Un leggt dorbi sien Fedder dal,
„Woll'n Sie es endlich eingestehn,
Daß gestern abend gegen zehn
Sie Ihre Scheune angesteckt? –
Die Sache liegt klar aufgedeckt,
Sie sind im eignen Netz gefangen, –
Um halb zehn sind Sie hingegangen,
Das Scheunentor, das stand weit offen,
Es haben Leute Sie getroffen,
Und als das Feuer aufgekommen,
Da haben Sie Reißaus genommen; –
Was soll nun Ihre Streiterei,
Es kommt ja nichts heraus dabei,
Sie sollten bei der Wahrheit bleiben,
Und, wie ich 's sage, unterschreiben!"

„Jä, Herr Burmeister", seggt Pamprin,
„De Sak will noch beslapen sien!
Mit dat verdammtig Ünnerschrieben, –
Ick glöw, dat lat ick lewer blieben!
Wer schreibt, der bleibt! dat is gewiß!
Un nahstens sitt ick vör den Riß,
Se hemm mi hier man blot tau'n Griesen, –
Dat sall mi einer ierst bewiesen!"

„Beweisen?“ bölkt Burmeister Lisch
Un haugt nu mit de Fust up ’n Disch,
„Beweisen? Wo es sonnenklar,
Daß Er der Attentäter war?
Nun werd’ ich unter Eid vernehmen,
Dann sollen Sie sich schon bequemen!“

Nu makt oll Pamperin sick stur, –
„Dat ’s recht! Bring’n S’ man de Sak tau’n Swur!
Denn segg’n S’ mi nu den Swur mal vör, –
Den Swur will ’ck seihn, den ick nich swür!“

„Sie haben garnichts hier zu schwören!
Die Zeugen werde ich verhören,
Drei Zeugen haben es gesehn,
Und wenn Sie garnichts eingestehn,
Sie können ruhig weiter lügen, –
Drei Zeugen werden schon genügen!“

„O, Herr Burmeister“, seggt Pamprin,
„Se möten nich so gnatzig sien, –
Denn träden S’ mit de drei mal an,
Wi will’n mal seihn, wat ick denn kann!
Drei hemm mi seihn? – man blotsen drei?
Drei lumpig Tügen? achherrjeh!
Wenn Se Ehr drei ok noch so legen,
Ick stell Se mal so väl dorgegen,
Ick bring Se ’n Schock, – un jederein,
De swürt dorup, he hett’t – *nich* seihn!
Ne, Herr, wenn S’ ierst mit Tügen kamen,
Denn packen S’ man den Kram tausamen!“

Dat gröttst Kamel

In Parchen wier Martinimark.
Dit wier so wat för Jochen Stark!
So mang de Bauden 'rümmerströpen
Un sick denn mal 'nen Spickaal köpen
Un denn mal.Knackwust, ollich heit,
Wo 't Fett so 'rutersprützen deiht, –
Eiweih noch mal, dat wier so wat,
So 'n Fräten harr he lang' nich hatt!
Oll Vadder Stark wier nich allein,
Ne, Mudder Starksch wull ok wat seihn,
De wier mit bi, un ok ehr Hanne,
De Bengel wüß jo ok all 'ranne,
Un wenn nu Starken wat geföhl,
De Beiden kreegen ok ehr Deil.

As wedder in 'ne Baud se seeten
Un Dösch un seuten Kringel eeten,
Dunn ward so 'n Larm dor up de Strat,
Ein Kierl, de makt 'nen groten Prat
Un trummelt, wat he trummeln kann,
Un kümmt mit drei Kamele an,
Twei grote un ein lütt dorbi.
Dit wier nu wat, o jungedi!
So wat harr Hanne noch nich seihn,
He ritt de Ogen wied vonein,
Vör disse Diere harr he Schock;
He fött sien Mudder an den Rock:
„Du, bieten de Kamele ok?"

„Ach, Jung, Du büst jo woll nich klauk!
Kiek doch, wo fram de Ollen sünd!
Dat lütt Kamel, dat is ehr Kind,
Kiek, wo de Ollen sick tau freuden!"

„Wer is de Vadder von de beiden?"

Na, Mudder Starksch harr süß klauk räden,
Hier wier ehr doch de Pipp besnäden.

„Jä, Jung", seggt nu de Oll un lacht,
„Dor hew ick äben ok an dacht,
De laten beid ganz œwerein,
Von buten is nix antauseihn!
Frag Muddern mal, ob de 't nich weit,
De weit mit dissen Kram Bescheid!"
Un dorbi grient sick nu de Oll.

„Du Mudder, wer 's de Vadder woll?"

„Ach, Jung, mit Dien oll dœmlich Fragen!
Gliek ward 'ck Di an de Uhren slagen!" –
Denn œwer grient se as so 'n Adder, –
„Dat *gröttst* Kamel, – dat is de Vadder!"

De Schaulpatron

De gnädig Herr up Grot-Clamohn
Wier för sien Dörp ok Schaulpatron
Un wier kein Fründ von niege Moden,
Un kem dat up de Schaul tau spräken,
Un wull sick dor wen twischen stäken,
Denn harr he meistens keinen Gauden.

De Herr Baron, de schickt 'nen Baden
Un lett den Köster tau sick laden,
Un disse kümmt, un Herr Baron,
De spreckt mit em as Schaulpatron:

„Es kommt, mein lieber Klickermann,
Heut in der Schule darauf an,
Dem jungen Volk vor allen Dingen
Viel Katechismus beizubringen.
Der Katechismus ist ein Buch,
Das liest man lange nicht genug!
Da lernen sie zur rechten Zeit
Gehorsam gegen Obrigkeit
Und hören, daß es hier im Leben
Muß Herr'n – und Tagelöhner geben!
Wer dies zu Herzen sich genommen,
Der wird auch in den Himmel kommen! –
Das Andre, aber, Klickermann,
Was man so schwer begreifen kann,
Wo unsereins selbst Prügel kriegte, –
Geographie und – Weltgeschichte,
Ist Blech, mein lieber Klickermann,
Das streichen wir im Stundenplan.
Wir müssen immer darauf sehn,
Die Jungs soll'n mal zu Hofe gehn
Und kriegen später ein Gespann,
Und darum mein' ich, Klickermann,
Geographie und Weltgeschicht',
Für diesen Mumpitz bin ich nicht,
Da machen Sie man Striche über, –
Wie denken Sie sich das, mein Lieber?"

„Ja", seggt de Oll, „das leucht mich ein,
Das würd mich auch ganz paßlich sein,
Denn Gegrafi und Weltgeschicht,
Das mocht ich sülwst mein Lebtag nicht,
Da fragt ich all mein Tag' nichts nach, –
Doch Katechismus ist mein Flag,
In graben und in fienen Fragen,
Da bin ich hellisch in beslagen!"
Un nu füng Köster Klickermann

Von vörn mit Katechismus an
Un remst' de Görn nu sovål in,
As 't de Pastur nich bäder künn.

Eins gauden Dags kümmt tau Clamohn
De Schaulrat an tau Revison
Un ward de Grot-Clamohner Görn
Ganz eklig nu de Lex verhürn.
Doch Alls geiht gaud. – In schräben Schrift
Un wat he ehr tau läsen giwt
Un denn noch tau in Relijon
Künn ehr de Schaulrat gornix dauhn.
Nu fröggt he ok nah Gegrafi, –
Jejajija! Dor sitten wi!
Ob Dütschland, ob Amerika,
De Jungs, de säden nix von nah,
He künn se all de Reig nah fragen,
As wier dat Kalw in 't Og' nu slagen.

„Ei, ei! mein lieber Klickermann, –
Daß keiner Antwort geben kann, –
Da muß ich auf den Grund mal gehn, –
Ich möchte mal den Globus sehn,
Wo ist der, lieber Klickermann?"

De Oll, de kickt em dœmlich an; –
„'n Globus?" fröggt he tœgerig,
„Herr Schulrat, solchen hätt ich nich,
Wir sind, wenn ich dies durchgenommen,
Aus Meckelburg nicht 'rausgekommen!"

„O", seggt de Rat, „was muß ich hören!
Wie kann man ohne Globus lehren!
Der Globus ist das Fundament,
Wenn jemand nicht den Globus kennt,
Dann kennt er auch das andre nicht, –

Ich mach' es dem Patron zur Pflicht,
Seh' ich das nächste Mal hier ein,
Dann soll mir hier ein Globus sein!"
Un so wier 't denn mit Gegrafi
Un mit de Revison vörbi.

Na, Herr Baron, de kickt nich slecht,
As dit de Köster em nu seggt.
„Kreuzbombenhimmeldonnerwetter!
Dies wird ja wirklich immer netter!
Was fällt denn diesem Schulrat ein?
Der scheint mir – liberal zu sein!
Kommt her, die Leute aufzuhissen?
Wenn die auch nichts vom Globus wissen,
Und, Klickermann, Sie sollen sehn,
Der Kerl wird uns 'ne Nase drehn,
Nun wird er zur Regierung laufen, –
Wie kommt 's? Ich muß 'nen Globus kaufen!"

Un würklich müßt 'nen Globus sien.
As Herr Baron mal in Swerin,
Ward he nah Lurwig Davids dahn,
Dor seeg he mal so 'n Dinger stahn,
Un ward em nah 'nen Globus fragen.

„Der Schulrat war in diesen Tagen
Bei mir da draußen auf dem Lande, –
Natürlich wußte nichts die Bande, –
Nun soll'n die Tagelöhnerknaben,
Was sagen Sie? 'nen Globus haben!
Es ist ja wirklich unerhört!
So lange wird dran 'rumgelehrt,
Bis sie zuletzt von all den Grappen,
Von all dem Blödsinn überschnappen! –
Was wird so 'n altes Dings denn kosten?"

Na, Davids wiest 'nen ganzen Posten:
„Der kost't zehn Mark – doch der ist besser
Da sind die Länder und Gewässer
Verschiedenfarbig koloriert
Und alle Staaten aufgeführt, –
Hier von Amerika die Staaten, –
Ich möchte wohl zu diesem raten."

Uns' Herr Baron, de kickt em an
Un schürrt den Kopp – „Mein lieber Mann,
Es handelt sich um Groß-Clamohn –
Und ich bin da der Schulpatron,
Sie aber offerieren da
Den Globus von Amerika? –
Amerika? Was soll das nützen?
Wo wir in Mecklenburg hier sitzen,
Da muß ich doch für meine Knaben,
Den mecklenburgschen Globus haben!"

De schew Globus

Nu wiern vergahn all männig Johr,
Un ok ein Globus wier all dor,
Un Klickermann wier forsch dorbi
Mit Weltgeschicht un Gegrafi,
Un fragen künn he, krüz und quier,
De Gör'n, de wüßten noch väl mihr.

Hüt œwer hett oll Klickermann
Den swarten Herrgottsdischrock an
Un sitt so mastig up den Stauhl,
Un musingstill is rings de Schaul,
Denn wedder giwt he Gegrafi, –
Un de Herr Schaulrat sitt dorbi.

Herr Schaulrat œwer is taufräden,
De Görn, de wüßten, wat se säden.
„Ja“, seggt he, „lieber Klickermann,
Was ich als Schulrat fordern kann
Auf dem Gebiet der Geographie,
Ich bin erfreut, das wußten sie,
Die Kinder waren gut beschlagen;
Nun möcht’ ich selbst noch etwas fragen,
Nur *eine* Frage soll es sein,
Es fiel mir nebenbei so ein, –“
Un ward nu nah ’t Katheder gahn,
Dor würd dat Dings von Globus stahn,
Up dissen Globus wiest he hen.
„Nun sagt mal, Jungs, wie kommt es denn,
Daß hier die Kugel, wie Ihr seht,
Ganz schief nach einer Seite steht?
Steht denn der Globus immer so? –
Wie kommt es wohl, Karl Beggerow?“

Wat? denkt nu Korl, schew sall he stahn?
Na, Gott sei Dank, ick hew ’t nich dahn!
Dat Best is woll, hier swiggt ’n still,
Man kann nich weiten, wat he will,
Dit kümmt mitünner ganz verdreiht, –
Un seggt nu nix un kickt un steiht.

„Nun?“ ward de Schaulrat wieder fragen,
„Wer von Euch Andern kann es sagen? –
Ist es denn keinem von Euch allen
Beim Unterricht mal aufgefallen,
Wenn Ihr die Kugel habt gedreht,
Daß sie ganz schief und schräge steht?“
Doch keiner wüßt, un jedermann
Keek schulsch den ollen Globus an,
Se würden nu ierst ahnig warden,
Dat se ’nen schewen Globus harden.

„Herr Schulrat“, seggt nu Klickermann,
„Wenn ich mal unterbrechen kann,
Die Schiefigkeit ist ihr nicht klar;
Ich hab ihn all an dreißig Jahr,
Doch kam er nicht bei mir zunichte, –
Er war schon schief, als ich ihn kriegte.“

De rod' Domino

De Hogen wullen ok mal danzen,
Un soans wier bi Friedrich Franzen
Vör Johren ok mal Maskenball.
O Herr du mein! Wat wier dor all!
Wat harrn de Lüd sick upfidummt!
In Samt un Sied, dat glitzt un glummt,
Un wier ein Staat mit antauseihn!
Dor wiern nich Ritters blot allein,
Dor wiern ok Clowns un Schosteinfägers
Un Postilljons un swarte Negers,
Un Dominos wiern gor 'e väl,
In rod un blag un greun un gäl.

In 't Näbentimmer rechter Hand,
Up lange Dischen an de Wand,
Dor stünden hüpen Tellers vull,
Wenn einer sick mal vernüchtern wull,
Mit Bodderbröd un Sekt un Wien,
Un künn ok noch wat anners sien;
Denn Friedrich Franz harr sick entslaten,
Hüt wull he 't sick wat kosten laten,
Un twei Lakai'n, oll Bull un Snur,
De stünden un bedeinten dor.

„Süh dor!“ seggt Snur, „nu kiek mal, Bull,
Wat ick Di ierst all seggen wull,
Kiek mal den roden Domino,
De süppt un frett in einen tau,
De kümmt nu all tau’n söwten Mal
Un slückt dat ümmer man so dal, –
Bliwt de so bi, du lewer Gott,
De frett uns hüt noch pankerott!“

„Wo ’s ’t mœgelich!“ seggt nu ok Bull,
„Wat sleiht de Minsch dat Liw sick vull!
Wat süppt he in den düren Sekt! –
Na, lat em, Korl, wenn ’t em man smeckt,
He hett gewiß woll lang’ nix hatt!“

De Domino, de is nu satt, –
Man seeg ’t em an, he künn nich mihr, –
Un schüwt nu ’ruter ut de Dör,
Un wat de beiden, Bull un Snur,
De stahn un judizieren dor
Un räden grad noch von den Roden
Un sünd sick gornix Leegs vermauden, –
Up einmal kümmt, – o Lüd un Kinner!
Ehr Domino all wedder ’rinner,
Geiht wedder nah de Spiesen ’ran
Un fangt nu dor von frischen an.

„Ne“, seggt nu Bull, „dit kann nich gahn,
Bi dit Gefrät kann ’ck nich bestahn,
Dit möt ick Exzellenzen seggen,
De möt sick dor mal gegen leggen!“
He geiht nu ’rinner in den Saal
Un söcht sick den Herrn Hofmarschall
Un stellt nu Exzellenzen vör,
Wat an de Schänk för’n Fräter wier.

„Das müssen Exzellenz mal sehn,
So kann es da nicht weiter gehn!
Da ist so 'n roten Domino,
Ich ahne nicht, von wie un wo,
Er geht mal 'raus, – kommt wieder 'rein,
Langt jedesmal nach Sekt und Wein,
Geht an's Büffet, als sühst mir woll!
Und packt sich seinen Teller voll
Und ißt in einen Augenblick, –
Na, mindestens an zwanzig Stück!
So 'n Hundert hat er nu schon 'rein,
Es könn'n auch hundertzwanzig sein!"

De Exzellenz, Herr Hofmarschall,
Weit gornich, wat he denken sall,
He kickt de Fräteri sick an,
Denn geiht he nah den Roden 'ran:

„Verzeihung, Maske, – wenn ich störe,
Wie ich zu meinem Staunen höre,
Sie scheinen ganz darauf versessen,
Uns heute bankerott zu essen?
Ich bitte doch um Ihren Namen!"

De Rod, de ritt de Bein tausamen,
Un as 'n Pahl, so ward he stahn;
„Ich heiße – Jochen Stofferan!"
„Was? – Stofferan? – Wo kommt Er her?"

„Ich wär auf Posten vor Gewehr!"

„Du bist Soldat? – Du bist Gemeiner?
Und kommst hier 'rein? – nun sag' mir einer –
Wie kommst Du zu dem Domino?"

„Herr Exzellenz, – das kam mal so! –
Von uns da unten hürt er keinen; –
Ich glaub', es ist Herr Leutnant seinen,
Sein Bursche hat ihn ierst gebracht,
Un soans hab' ich mich gedacht,
Paß ihn mal an un löker bäten,
Wo sich die Hogen haben täten!“

„Da hört die Weltgeschichte auf!
Du kommst hier von der Wache 'rauf? –
Im Domino? Du Deserteur?
Saufst Sekt, als wenn das Wasser wär'?
Und dann verschlingst Du Schwerennöter
An hundertzwanzig Butterbröte?
Und kommst nun schon zum achten Mal?
Dies ist doch wirklich ein Skandal!
Nun sag mal bloß, Du altes Schwein,
Wo packst Du dies denn all hinein?“

„Herr Exzellenz“, seggt Stofferan,
„Das hätt ich nich allein getan,
Alleinen wär 's zuviel for mir, –
Die ganze Wache war schon hier,
Uns' Herr Schersant war eingedöst, –
Wir hab'n uns immer – abgelöst!“

De Audienz

Von ollen Pächter Bosselmann,
Dor räden hüt noch af un an
De Ollen, wenn se mal tausamen
Un up de ollen Tieden kamen.

So harr de Oll sick mal vör Johren
Mit „Hoge Kammer“ bi de Uhren
Un harr all soväl ’rümmersträden
Un wier nu all heil untaufräden;
„Ne“, schimpt he, „bi diss’ Schriewerei,
Dor treck ick doch den Körtsten bi,
De sünd dor fixer in de Fedder, –
Ne, schrieben dauh ’ck ehr nu nich wedder,
Nu hew ’ck mi lang naug ’rümmerslahn,
Nu ward nah Friedrich Franzen gahn,
De sall sick dor mal gegen leggen
Un ollich ehr de Wach anseggen.“

Un soans treckt sick Bosselmann
Den niegen Herrgottsdischrock an
Un böst sick den Zylinder af
Un führt denn nu in einen Draw
Hen nah Swerin nah Friedrich Franzen.
De Adjutant, de meldt em an
Un nödigt denn Herrn Bosselmann,
Kö–ö–ö– Hoheit hätt’ bereits vernommen,
Er möge bitte näher kommen.

Na, Bosselmann ward ’rinnergahn
Un süht nu Friedrich Franzen stahn
Un will sien Kumpelmenten maken, –
He harr dat hürt, mit disse Saken
Wier dat so Mod, sick intauführen, –
Dit süll em œwer hüt malüren.
De Oll, de dacht nich an ’t Parkett
Un dat dat dor sien Mucken hett!
Dat wier woll wedder frisch poliert
Un mit so ’n glatten Kram insmiert,
Un Bosselmann künn sick nich tähmen,
He ward so ’n lütten Anlop nähmen,
Un fixer as ick hier dat segg,

Gahn ünner'n Liew de Bein em weg,
He grippt as unklauk mit de Händ'n,
He rutscht un keiner hölt em wiß,
Un sleiht nu hen, so lang he is,
Un hölt sien Stiepers piel in End'n.

„Der Deuwel hal!" seggt Bosselmann
Un schürt sick langs de Hinnerbahn,
Un as so 'n Kuhnhahn hett he käken:
„Hier kann 'n sick jo dat Gnick afbräken!"

Oll Friedrich Franz kriggt lud dat Lachen,
Süht he den Oll'n dor 'rümmarachen,
Denn geiht he bäten neeger 'ran:
„O lieber Vater Bosselmann,
Das tut mir aber wirklich leid!
Das hat hier seine Schwierigkeit –"
Un dorbi schütt em dörch 'n Sinn,
Dat he woll bäten helpen künn, –
Harr Friedrich Franz dit blot nich dahn!
Knapp is he twei Schritt neeger gahn,
Dat Rutschen, dat steek hüt woll an!
Em geiht dat grad' as Bosselmann.
He wier doch einer, de dit kennt
Un wier den Kram doch all gewendt, –
He kriggt nu ok dat Balanzieren,
Un mag he noch so dull sick wehren,
Dat helpt em nix, is ganz egal,
He sett't sick ok ierst bäten dal,
So fix, as dit em œwernahmen,
Wier he noch nie tau'n Sitten kamen.

Ierst lacht man Friedrich Franz allein,
Nu künn man twei hier lachen seihn.

„Süh, dat is nett!" seggt Bosselmann,
Un rutscht nu bäten neeger 'ran,
„Jä, Herr Großherzog, – wenn Se 't meinen,
Wi sünd hier beid man ganz alleinen,
Wat will'n wi stahn! – uns' oll Kamellen
Künn'n w' uns in'n Sitten ok vertellen!"

Wo heit de Vadder?

Bi Köster Klickermann is hüt
De Herr Pastur tau Schaulvisit
Un ward de Groten un de Lütten
Nu hellisch up den Bagen sitten.
He lett ehr läsen in de Fiebel,
He kümmt ehr neeger mit de Bibel,
He fröggt nah dit, he fröggt nah dat,
Indes, de Görn, de weiten wat,
De weiten ganz barborsch Bescheid, –
Am besten in de Geistlichkeit.

„Nun, Kinder", seggt oll Paster Prahl,
„Es wird ja besser jedesmal,
Es hat mir äußerst gut gefallen,
Und darum danke ich Euch allen,
Und Euren Fleiß erkenn' ich an,
Und Ihnen, lieber Klickermann,
Möcht' ich mit Freude und Behagen
Besonders meinen Dank noch sagen!"

Oll Pasting künn so dauhn un snacken
Un harr dorbi den Schelm in'n Nacken
Un in de Tasch den Hasenfaut,
Un so ok hüt. – Na, is jo gaud.
„Nun, Kinder, eine Frage noch!

Sagt mal, – wie hieß der Vater doch
Der sieben Söhne Zebedäi?
Ich glaube wohl, es steht Matthäi,
Es steht vielleicht auch anderswo, –
Na, weißt Du es, Karl Beggerow?“

Korl Beggerow, de kickt nich slecht.
Wat? – Zebedäi hett he seggt?
Un steiht tau läsen in Matthäi?
Der sieben Söhne Zebedäi,
Woans ehr Vadder heiten deiht? –
Un Korl, de kickt un sinnt un steiht,
Doch kümmt nix ’ruter bi dit Sinnen,
Den Vaddersnam kann he nich find’n.

As Pasting nu kein Antwurt kriggt,
Dunn ward so grienig sien Gesicht,
He fröggt den Tweiten, – fröggt den Drüdden,
He ward sick all vör Hœgen schürren,
Un in de Schaul ward ein Theater
Mit „Söhne Zebedäis Vater“.

„Nein, Klickermann“, seggt de Pastur,
„Dies kommt mir doch zu spaßig vor,
Die Gören lassen durch mein Fragen
Sich wirklich in das Bockshorn jagen!“

„Jä, Herr Pastur“, seggt nu de Oll,
„Wenn ich ganz offen sagen soll, –
So auf dem Stutze wüßte ich
Den Namen würklich selber nich!“

„O! Klickermann!“ seggt Paster Prahl,
„Da überlegen Sie doch mal!
Von Wissen ist ja keine Spur,
Es war ja eine Falle nur!

Es steht ja gar nicht im Matthäi, –
Der sieben Söhne Zebedäi,
Den Vater sollten Sie nicht kennen,
Wo wir in einem fort ihn nennen? –
Na, wissen Sie 's noch immer nicht?"
Un lacht nu œwer't ganz Gesicht, –
„Nein, Klickermann, dies ist zum Lachen,
Na, denn will ich 's noch klarer machen, –
Sie werden selber Kinder haben,
Das sind die Klickermannschen Knaben,
Wer wird nun deren Vater sein?
Na, fällt es Ihnen endlich ein?"

Oll Klickermann, de makt 'ne Mien,
As künn so wat nich mœglich sien,
He kickt den Paster unwiß an, –
„Ne, würklich? – hieß er – Klickermann?"

De Utgliek

„In die Natur", seggt Klickermann,
„Da legt sich allens weise an,
Und allens hätt' den rechten Schick,
Und wollbedacht ist jedwes Stück,
Und wo es mal den Anschein hätte,
Daß einem etwas fehlen täte,
So zum Exempel, daß die Augen
Nicht recht mehr wollen oder taugen,
Gleich hilft da unser Herrgott nach
Und gibt 's ihm auf ein ander Flag.

So kann man öfters Menschen finden,
Da hapert es mit ihren Sinnen,
An ihren Kopf, an ihren Beinen,

So daß sie uns als Krüppels scheinen;
Zum Beispiel bei der Witwe Knaaken
Hätt die Natur so einen Haken,
Indem, daß sie nicht kucken kann.
Nu kuckt Euch Knaaken Mutter an!
Obgleich, daß Ihre Augen slecht,
Findt sie sich überall zurecht,
Ist künnig als 'ne Fliedermaus
Und grawwelt sich durch's ganze Haus.
Wo hätte sie nun dieses sitzen?
Sie hätt es in die – Fingerspitzen,
Sie fühlt es durch die Finger nur, –
Dies nennt man „Ausgleich der Natur"!

Nun aber, Kinder, möcht ich fragen,
Wer kann mir woll ein Gleiches sagen?"

Na, jeder grüwelt, wat he kann,
Un ein, de kickt den annern an,
Un jeder söcht nu nah Gebräken,
De annern in de Knaken stäken, –
Tauletzt, dunn meldt sick Korl Madauß.

„Nun, Karl Madauß, denn komm mal 'raus!
Dir hätt ich es nicht zugetraut,
Nun stell Dich hin und sag es laut!"

„Jä", seggt nu Korl, „ich weiß nich mal –"
Un schult up sienen Nahwer dal,
„So ein würd Krischan Gänger sein,
Er hat ja linksch ein kurzes Bein!"

Lütt Krischan kriggt sien Lineal,
As wull he gliek nu up em dal,
„Paß blot mal up, kumm blot mal 'rut,
Du kriggst nahher weck in de Schnut!"

„Ja, – solches stimmt“, seggt Klickermann,
Un kickt sick Krischan’n ok mal an, –
„Er humpelt mit dem linken Bein,
Denn dieses würd verwussen sein,
Wo aber gleicht sich dieses aus?“

„Dies gleicht sich aus“, seggt Korl Madauß,
„Das rechtsche Bein von Krischan Gänger,
Das ist dafür – um soviel länger!“

De arme Jung

Oll Diekmannsch sitt in ehren Katen
Un rohrt un kann sick gor nich faten
Un schürrt den Kopp un süfzt so swier,
As wenn ehr Hart tau’n Bräken wier.
Se hett ’n Brew, dor läst se in,
Un dor müßt ganz wat Leegs in sien,
Denn jedesmal, wenn se tau End’n,
Denn schürrt s’ den Kopp un wringt de Händ’n
Un nimmt de Schört un snuckst un weint:
„Dit hett uns’ Heinerich nich verdeint!“

Ehr Nahwersch kümmt nu ’rintaugahn,
De hett all Tiedlang buten stahn:
„Nu segg mi blot, wat ’s hier passiert?
Ick hew dat all von buten hürt, –
Hett ein Di wat tau leiden dahn?
Hett Di Dien Kierl all wedder slahn?“

„O Nahwern, ne, wo geiht mi dat!
Ick hew so ’n slechten Drom all hatt,
Ick drömt von Qualm un Rok un Für,
Un nu is ok de Brew all hier

Von Heinerichen ut Swerin,
De Jung rast nah sien Unglück 'rin!
Nu schriwt de Bengel mi hüt morrn,
He wier nu ok Gefreiter worrn!
Ierst makt 'n sick de Kinner grot,
Un denn kümmt 't so – dit geiht nich gaud!"

„Na", seggt de Ollsch, „dat weit ick nich!
Du weinst üm Dienen Heinerich,
Dat se em höger stiegen leeten? –
Ick mein, dor kannst Di wat up weiten!
Gefreiter ward nich jederein,
Ne, Nahwern, dor kannst grad an seihn,
He hett sick schickt, un dat s' em mœgen,
Ein jeder ward dor nich tau dœgen!"

„Ne, Nahwern, ne – dat kennst Du nich!
Nu 's 't leeg för unsen Heinerich!
Giwt 't nu mal Krieg, – wo quält mi dit!
Denn möt he as Gefreiter mit,
Dat is jo 't grad, worüm ick wein, –
Wi warrn em nie nich wedderseihn!
Mi ward all ganz vör Ogen swart,
He is de Ierst, de schaten ward!"
Un Diekmannsch wischt sick in de Ogen,
„Tauierst geiht 't ümmer up de Hogen!"

De niege Haud

„Jä, Mudder", seggt oll Schauster Bank,
„Mien sünndagsch Haud ward all so blank,
Un Löcker hett he ok all krägen,
För sünndagsch kann 'ck em nich mihr drägen,
He stammt noch ut de ollen Tieden, –

Ick harr woll Lust, ick köp mi 'n sieden,
Wat meinst dortau?"
„Ja", seggt sien Fru,

„Ganz anner Moden sünd jo nu,
Man blot, dat Du 'nen „*sieden*" wist?
Wat Du up einmal nobel büst!
Wat wist Du mit 'nen sieden Haud,
De wullen sünd doch grad so gaud,
Un sieden drägen blot de Hogen –"

De Oll, de makt nu grote Ogen,
„Na, kannst Du denn kein Dütsch verstahn?
Wer will denn mit 'nen „sieden" gahn?
Von „sieden" is jo gor kein Räd,
Nu kümmst Du gliek mit Dien Gebäd,
Gliek fangst Du wedder an tau strieden, –
Ick mein nich „sieden", ick mein so'n: „sieden" *!"

De Abendandacht

De gnädig Fru von Aberkron
Harr 't mit de Geistlichkeit tau dauhn
Un würd mit Bäden un mit Singen,
Hallelujah! de Tied verbringen;
Se harr sick früher nie so hatt,
Doch mit dat Öller kümmt so wat.

Nah 't Abendbrot kem all's tausamen
Un ok ehr Deinsten müßten kamen,
Un gnädig Fru kreeg denn ehr Wäsen
Un würd 'ne Reig Epistels läsen

* niedrigen.

Un mök de Lüd dat all so klor,
Väl bäder, as de Herr Pastur, –
Man blot, wenn se sick recht beseeg
Un mal de Ogen apen kreeg,
Kein anner harr se denn mihr apen,
All's würd denn sanft un selig slapen.

Eins Abends mök ok Scheper Smidt
Tau'n iersten Mal dit Bädels mit,
Denn gnädig Fru, de leet nich nah,
He müßt mit 'ran, Hallelujah!

Hüt wier se up ehr richtig Flag,
Se rädte von den jüngsten Dag,
Wenn de Posaun von baben klüng
Un wenn de Welt denn ünnergüng,
Un sprök von Dod un dulle Saken
Un würd de Lüd ganz grugen maken.

Oll Smidt würd mit de Ogen kniepen,
Ne, denkt he, dit kann 'ck nich begriepen,
Von so 'n Vertelles bün 'ck kein Fründ,
Wo schön harr ick all slapen künnt!
De kümmt jo mächtig uns up't Ledder,
Dit 's einmal west, dit mak nich wedder!

Doch gnädig Fru von Aberkron
Blew ümmer bi mit ehr Posaun,
Von jüngsten Dag un Sünnenfall, –
De meisten Lüd, de slöpen all,
Un ok oll Smidt künn 't nich verknusen
Un würd so sachten œwerdrusen.
Nu wüßt de Gnädig ok nix mihr
Un slöt denn mit de schönen Würd:
Der Herr ist nahe! – Auf, Ihr Frommen,
Macht Euch bereit, bald wird er kommen!

Oll Vadder Smidt wier halw in'n Düs',
Nu kickt he hoch, as markt he Müs', –
Der Herr is nahe, harr se seggt?
„Ne, gnädig Fru, dat glöw 'ck nich recht!
Ick glöw, dat Best, wie gahn bilütten,
Uns' Herr ward bi den Paster sitten
Un sick den Deuwel üm uns quälen,
De is suf drüdd bi 't Solospälen,
Sünd de ierst mang de Mataduren, –
Denn kann 't bet henne fiewen wohren!"

De Wahlzettel

„Johann, wo is 't?" seggt Herr von Strahl,
„De nächsten Dag' is Reichsdagswahl,
Hest Di de Sak all œwerleggt?"

„Jä", seggt Johann, „ick weit nich recht,
Wat sall nu einer dorbi dauhn!
Dat 's all so licht nich, Herr Baron.
Dor wier ierst einer ut de Stadt,
De hett mi in de Mangel hatt,
De säd tau mi, dat wier 'ne Schand'n,
De Knechts un Dierns hier up'n Land'n,
De müßten väl tau väl sick quälen,
Ick süll mal sienen Maten wählen,
Denn kem de Sak von ganz allein,
Denn süll ick blot dat Spill mal seihn,
Dat ganze Spill würd sick denn dreihden,
Denn brukt ick nich mihr Klewer meihden,
Denn künn ick sülwst Baron mal spälen
Un künn denn ok mal Lüd befählen,
Denn süll ick blot mal wat beläben, –
He hett mi dissen Zettel gäben, –

Jä, Herr Baron, wat sall ick dauhn,
Ick stah bi Se in Brot un Lohn,
Doch wenn ick mi verännern kann
Un ward so'n Ort von Eddelmann,
Ick will Se reinen Wien inschenken,
Ick mein, dat künn mi kein verdenken!"

„Na, nu ward 't Dag!" seggt Herr von Strahl,
„Büst Du denn ok all sozial?
Wies' mi doch mal den Zettel her!
Wat? – Haberjahn – un Redaktör?
Un dissen Minschen wust Du wählen?
Un lettst Di up de Näs' 'rümspälen
Von so 'ne Kierls un Rümmerdriewers?
Verlettst Di all up Zeitungsschriewers?"
Un Herr von Strahl, de steiht un lacht,
„So düsig harr 'ck mi Di nich dacht!
Du büst doch hellisch düsig bläben!
Nu will 'ck Di mienen Zettel gäben,
Dat 's annern Snack as Haberjahn,
Dat is uns' Nahwer, Herr von Hahn,
Dat 's einer, de de Sak versteiht,
De weit grad, wat Jug nödig deiht,
De lett för Jug Chausseenen bugen,
Un gor kein Kosten will he schugen,
Un Kurn un Tüffel lett he stiegen,
Un all de Knechts, de lett he friegen,
Un jeder kriggt denn Tüffelland, –
So sorgt de Mann för Jugen Stand, –
Nu segg mal sülwst, hewt Ji verdeint,
Dat unsereins so gaud dat meint?"

„Ne", seggt Johann, „Se hebben recht,
Ick hew dat in mien Dummheit seggt, –
Bedank mi välmals, Herr Baron,
Dat Se för uns so sorgen dauhn,

Ick will man vörfötsch wieder deinen!"

„Na", seggt de Herr, „dat wull 'ck man meinen!"

De Dag tau'n Wählen is vörbi.
„Na", seggt de Herr, „wat säd ick Di?
Wer hett nu wedder recht behollen?
Diss' Haberjahn is 'rinnerfollen,
Un wählt is worden Herr von Hahn,
Un Du hest ok Dien Deil bi dahn."

„Na, dat 's man gaud", seggt nu Johann,
„Dat unsereins nu friegen kann,
Denn is jo alls in Reig un Schick;
Doch mit de Zettels wier 't 'n Stück,
Dor hew ick groten Hœg mit hatt, –
Se weiten doch, Marieken Klatt
Wier Brut an mi, all wohr un wiß,
Doch wat diss' Krischan Gäwert is,
De wüßt ehr anners antaufaten,
Nu hett dat Minsch mi lopen laten;
Töw, Krischan, hew ick mi so dacht,
Dat dröppt sick mal, nimm Di in acht, –
Wat ward nu Krischan Gäwert kieken,
Nu sitt he dor mit Klatts Marieken,
Vör 't Friegen hew 'ck ehr 'n P vörschräben, –
Ick hew em „Haberjahnen" gäben,
Denn hett he wählt, – nu is 't vörbi
Mit Tüffelland un Friegeri,
Denn Herr von Hahn lett em nich wahnen, –
He hürt jo nu tau Haberjahnen!"

De Gröschen

Uns' olle Fründ, oll Hein Lebahn,
Ward grienig an de Fleeten stahn,
So heil vergneugt ut Hartensgrund'n,
Denn he hett ierst 'nen Gröschen fund'n.

„Dit makt mi Spaß!" seggt Hein Lebahn,
„Nu ward sick wat tau Gauden dahn!
Nu bün ick wedder bi Kap'tal!
Nu geiht 't nah Kräuger Hansen dal,
Un denn – na denn, dat ward sick find'n!"
Un ward nu mit dat Mul lickmünd'n
Un dreiht den Gröschen hen un her:
„Wenn de nu blot ierst anbröcht wier!
Dor will ick gornich lang' mit töben,
He sall hüt morgen noch an glöben,
So 'n groten Griesen smeckt nich slecht –"
Un grad, as Hein dit äben seggt, –
Rutscht em de Gröschen ut de Hand
Un trünnelt von de Bollwarkswand
Un plumps! dor liggt he in de Fleet.

„O!" – Heinen ward ganz kolt un heet,
„O!" jammert he, „dit deiht mi leid!"
Un ganz bedräuwt kickt he em nah, –
„Wer harr dit dacht! Oha – oha!
Versupen? Ja, dat wull ick sacht,
Ick harr mi dat man anners dacht!
Man bloß nich so!" – un süfzt nu lies',
„Up so 'n gemeine Ort un Wies'!"

Poesie un Prosa

De öllste Diern von Snieder Witten,
Dat wier ein ut de sœben Bitten,
Wier rank un slank un glatt un platt,
Dor harr se nie Moleß mit hatt,
Wier œwerspönig in ehr Wäsen,
Doch in de Bäuker dull beläsen,
Un wenn se sprök, denn kem dormang
Von Blaumenduft un Vagelsang
Un allerhand verdreihte Saken,
Un künn sogor lütt Riemels maken.

Dit Frölen wier tau Langenwisch
Nu ok mal eins up Sommerfrisch
Un wahnte hier bi Scheper Swanken.
Se harr den Kopp nu vull Gedanken,
Hier künn se swögen as verdull,
Hier wier de ganze Gegend vull
Von Gras un Krut un Bodderbläumings,
Un in dat Holt de välen Bäumings
Un all de Wischen grassengreun,
Un Adebors harr 's ok all seihn,
Un wat de Schap för Lämmer harrn,
Tau giern hürt se de Lämmer blarren!
Un baben denn de blage Häben, –
Den ganzen Dag würd se nu swäben
Un wier ganz weg in Poesie, –
Oll Swanken würd ganz leeg dorbi,
Ne, dacht he, is dit ein Gedriew!
Nix up'n Liew – nix in'n Liew!
Wier dat mien Fru un ick ehr Mann,
Ick glöw, ick füng dat Supen an!

Eins gauden Dags ward Frölen Witten
Mit Swanken vör de Husdör sitten

Un swögt nu wedder von dat Greun:
„Wie ist es auf dem Lande schön!
Nur nach dem Lande steht mein Sinn,
Ach, wär' ich eine Schäferin!"

Oll Swanken Vadder kickt nich slecht, –
Süh, wat so 'n Takel nich all möcht!
„Nu kiek mal an!" seggt he un lacht,
„Woans hemm S' sick denn dit so dacht?
Tau'n Scheperfru, as sick dat hürt,
Dor hemm Se doch tau wenig liehrt.
Se könn'n nich mal 'nen Hamel meuten,
Se könn'n nich mal up'n Finger fleuten,
Se weiten nich, dat's ganz gewiß,
Wat 'n „Bucklamm" un wat 'n „Zifflamm" is, –
Se sünd woll klauk naug för Swerin,
'ne Scheperfru möt kläuker sien!"

De stiew Dumen

Oll düsig Jochen Kläwenow
Wier Knecht in Groten-Müsselmow
Un harr sien Wäsen mit de Swien.
De würd nu in de Johren sien,
Dat he tau'n iersten Mal sick mellen
Un vör de Kommischon müßt stellen.

Jä! denkt nu Jochen Kläwenow,
Dor hew ick gor kein'n Jieper tau,
Kommiß, dat is so 'n ruges Läben,
Dor sall 't sogor an't Mul weck gäben,
Dor mag ick nich in Deinsten sien,
Ick bliew väl lewer bi mien Swien,
Dor weit ick ümmer, wat ick bün, –

Wenn ick dat blot so dreihden künn,
Wo fang 'ck dit an! wo möt dit sien? –
Un Jochen stünn denn bi sien Swien,
Un hett denn daglang söcht un sunnen,
Un hett tauletzt 'n Lock ok fund'n.

De Dag tau'n Lossen kümmt nu 'ran,
Un Jochen is in Doberan
Un steiht dor vör de Kommischon.
O je! wat müßt he hier all dauhn!
He hett sick grugelig schaniert,
He stünn dor as so 'n Nakelstiert,
Un vör em seeten all de Hogen,
De œgten em mit bloten Ogen,
He keek sick schämig up sien Tehn,
So harr em noch kein Minsch nich seihn.

De Stabsarzt, Dokter Hahn mit Namen,
De leet em sick nu neeger kamen
Un kickt em an. „Ja, glatt und schier,
Das wird ein strammer Grenadier!"

Jä Du! denkt Jochen Kläwenow,
Dor harrst woll grad so 'n Jieper tau!
Dat harrst woll möcht! Du hest klauk räden,
Dor hest Di œwer mächtig snäden!
„Ja, Herr, ick bün ganz gaud bi Liew, –
Man blot mi is de Dumen stief,
Ick sitt jo mit den Dumen an,
Wenn 'ck dor man blot mit scheiten kann,
Denn kieken S' mal, de is jo krumm!"

„Was? zeig mal her! das wär' ja dumm!"
Doch Dokter Hahn, dat is 'n Griesen,
De lett sick nu den Dumen wiesen
Un feuhlt em an – un kriggt dat Grienen, –

„Ja, Jochen, dat will ganz so schienen,
Dat is doch würklich jammerschad,
Du büst süß as 'n Talglicht grad,
Wenn de oll Dumen nu nich wier, –
Woans stünn denn dat Diert vörher?"

„Vörher?" seggt Jochen Kläwenow,
„Vörher? – Dunn stünn mien Dumen so!"

„Na, dat 's man gaud", lacht Dokter Hahn,
„Denn lat em nu man ok so stahn!"

Dat Verhür

Daglöhner Jochen Besendahl,
De steiht vör 't Patrimonial,
Se hebben up verbaden Wägen
Em wedder mal tau hollen krägen.

De Herr Burmeister ranzt em an:
„Dat He dat gornich laten kann!
Nu hett He jo all wedder stahlen!
Em sall dat Dunnerwetter halen
Mit sien verdammtig Stähleri!
Dat letzte Mal versprök He mi,
He wull dat nu nich wedder dauhn, –
Un hüt beklagt sick Fischer Bohn,
He hett mit Netten un mit Bungen
Em all de besten Sli wegfungen?
Is He denn ganz un gor verdreiht?"

Oll Besendahl, de kickt un steiht, –
„Jä, Herr, ick dacht mi nix dorbi, –
Ick harr so 'n Janken grad up Sli,

Un weck tau köpen ward mi sur,
Ick dacht, he würd 't ok nich gewohr –"

„Dat Dunnerwetter sall Em kriegen!
Ick will Em up dat Dack mal stiegen!
Fischt hier mit Bungen un mit Netten?
Ick will Em hier bi Bungen setten!
Dit ward mi œwer nu bilütten, –
Vier Wochen lang sall He mi sitten,
Ick will Em wiesen, wat dat heit,
Gliek 'rinne, as He geiht un steiht!"

„Ach, Herr", seggt Jochen weimerlich,
„Wenn ick denn möt, denn helpt dat nich;
Doch künn ick nich, wenn Se verlöben,
Bet Niejohr mit dat Sitten töben?
Dat Wihnachtsfest is för de Dör,
Dit kümmt mi hellisch in de Quier, –
Tau Heiligabend, wull ick meinen,
Künn ick 'n Schilling noch verdeinen." –

De Herr Burmeister œwerleggt
Un denkt bi sick, he hett woll recht,
In't Fest tau sitten, is nich schön, –
Sien Fru un Kinner sünd allein,
Hemm nix tau bieten un tau bräken, –
Gliek kann 'ck em doch nich 'rinnerstäken, –
„Na", seggt he, „Jochen, will 't mal glöben!
Ick will denn noch bet Niejohr töben; –
Doch wat mi hüt am meisten freut:
Dat He üm Arbeit sick bemäuht,
Dat nähm 'ck Em brav, so bliew He bi,
Dat 's annern Snack, as mit de Sli, –
Wat hett He denn vör Arbeit vör?"

Oll Jochen schult so nah de Dör,
As wier 't nich säker up dit Flag,
„Jä", seggt he, „dissen Dunnerdag,
Denn is jo Heiligabend all,
Un wenn ick dat noch schaffen sall, –
Doch, Herr Burmeister, nich von spräken
Un jo den Förster dat nich stäken!
Ick mak dat in de Schummerstund'n,
Ick hew jo all mien ollen Kund'n,
Ick möt ehr doch bet œwermorgen
Noch all de Wihnachtsböm besorgen!"

De Herr Burmeister kickt nich slecht,
As dit de Oll ganz tutig seggt,
Ach so! denkt he, so hett sick dat!
Dor must he sick all wedder wat!
Hier möt ick Paß un Achtung gäben,
Hier is ein Nest noch uttauhäben, –
„Ach so!" seggt he un makt so 'n Mien,
As würd dat ganz in Ordnung sien, –
„Nu segg mal blot, wo is dat denn,
Wo bringst Du nu Dien Böm so hen?"

„Jä, Herr", seggt Jochen Besendahl,
„De Namens weit ick sülwst nich mal,
Ick mein, dat is ok einerlei,
Dat sünd so Lüd, as ick un Sei!
Ick ward all wat vergäterig,
Blot einen, den vergät ich nich, –
Den besten Bom, den ick man finn,
Kriggt ümmer – Fru Burmeisterin,
Von all mien Kund'n is se de best, –
Un nu – vergneugtes Wihnachtsfest!"

De Hosen

Daglöhner Kläwenowsch ut Böken
Wull giern de Fründschaft mal besöken
Un ward in Crivitz up de Bahn
Nu vör dat Schalterfinster stahn,
Un ok ehr Mudder is mit dor
Un denn ehr Jung von föfteihn Johr.
Se kloppt an't Finster un röppt 'rinner:
„Twei veirte Klass' un ein för Kinner!"

De Isenbahner purrt nu nah:
„Wohen denn? – Na Amerika?"

„Ne", schriet de Ollsch, „dat ward nich dahn,
Nah Lohsen sall de Reis' hengahn!"
De Isenbahner kickt tauhöcht
Un süht den groten Jung un seggt:
„För Kinner? Sall de Jung dat sien?"
„Ja", seggt de Ollsch, „de Jung is mien,
Dat is em doch woll antauseihn,
Ick hew ok dissen man allein!"
De Isenbahner markt nu Wind;
„De grote Sleif? dat 's doch kein Kind!
De sall doch nich as Kind mihr gahn,
De hett jo all lang' Büxen an,
Ne, Fru, de kost all vullen Pries!"

„Nu maken S' mi man blot nix wieß,
Se denken woll, ick glöw so 'n Schosen?
Richt sick de Pries denn nah de Hosen?
Wat hett sien Hos' denn mit tau dauhn?"

„He tellt all för 'ne grot Person,
He hett all lang'n Hosen an, –
Dat is mal Vörschrift bi de Bahn!"

„Na, dit is gaud!“ schimpt nu de Ollsch,
„De sünd hier woll all ganz katholsch!
Na, mi is ’t denn ok einerlei, –
Mien Hos’ reckt blot bet an de Knei,
Wenn ’t soans is, denn sien S’ so nett
Un gäben S’ mi ein halw Balljett!“

De Isenbahner kriggt dat Grienen,
Dit würd em doch wat spaßig schienen,
Dunn drängt sick ok noch Größing ’ran;
„Ja“, seggt se klauk, „Herr Iserbahn,
Dor mit de Hosen bün ’ck mit bi, –
Wunäf is nu de Sak mit mi?
Denn feuhr ick woll ümsüß nah Lohsen,
Denn ick oll Fru – dräg gor kein Hosen!“

De besten Johre

Oll Mudder Boltsch tau Friedrichsmur,
De würd hüt hunnertnägen Johr, –
Wiß un warraftig! ahn tau dreigen,
Süß müßt dat Kirchenbauk all leigen, –
Un wull sick noch awslut nich gäben
Un wull noch ümmer wieder läben
Un dacht nich an, in Johr un Wäken
Den Läpel an de Wand tau stäken.

De Nahwern all ut Friedrichsmur,
De wieren nu tau’n Kaffee dor, –
Se meinten dat jo gaud mit ehr, –
Un swögten ehr nu soväl vör
Un wunnerwarkten, wo dat kem,
Dat dat mit ehr kein End’ nich nehm,
Dat leet jo mächtig up sick töben,

Dat wier binah nich mal tau glöben, –
„Ne, Bolten Mutter“, seggt Fru Räthen,
„Di hett uns' Herrgott rein vergäten,
Du ettst noch Dienen Kanten Brot,
Du bliwst jowoll me' Läw nich dod!“
As se in 't beste Zackerieren,
Dunn kümmt ein Wagen vörtauführen,
Un all de Wiewer kieken ut,
Un wer kümmt ut den Wagen 'rut? –
Oll Friedrich Franz stiggt ut den Wagen, –
De jag'de hier in disse Dagen
Un harr von Mudder Bolten hürt
Un kem nu sülwsten ankutschiert.

Nu müßt mal ein de Wiewer seihn!
Wat wiern se läufig in de Bein,
„Achhott – achhott!“ seggt Line Stier,
„Ick bün up hölten Tüffel hier!“
„Un ick“, seggt Dürten Nevermann,
„Ick hew 'n ollen Worprock an!“
Sülwst Mudder Bolten kümmt in Draw
Un wischt de Kaukenkräumels af
Un knixt nu ein üm't anner Mal
Un nödigt Herrn Großherzog dal.

Dat müßt' man Friedrich Franzen laten,
De künn sick mit de Lüd befaten,
De würd denn nie wat 'ruterstrieken
Un ded, as wier he ehresglieken;
Oll Boltsch müßt bi em sitten gahn,
Un nu füng dat Vertelles an.
Se rädten beid von dit un dat,
Un wat se mit ehr Kinner hatt, –
„Ja“, seggt de Ollsch, „fief sünd noch nah,
De ein is in Amerika, –
Un wat uns' Fritz, de kreeg de Städ', –
Un watt de Drüdd, den'n kenn'n S' woll nich,

De Drüdd, dat is uns' Heinerich,
De sitt nu up de Rammer Smäd',
Un denn is Fieken, de würd 't glücken!
Un wull tauierst sick gornich schicken,
Dor wier tauierst ok gornix hinner, –
Na, nu hett s' ok all wedder Kinner, –
Un wat de Jüngst, de kreeg 'n Snieder –"
Un so güng dat nu ümmer wieder,
Oll Boltsch, de rädt', as müßt't man so, –
Un all de Wiewer hürten tau.

Wat würd oll Friedrich Franz sick hœgen!
Dit Tauvertrun, dat würd he mœgen,
„Na", seggt he endlich, „Mudder Boldt,
Se is hüt hunnertnägen olt,
Wer so lang' in de Welt 'rümkäken,
De kann all ut Erfohrung spräken,
De weit denn tämlich all Bescheid;
Wenn Se nu trügg mal denken deiht,
Bet in de Tied, as Se geburen, –
Wat wiern nu so de besten Johren?"

Oll Mudder Boltsch kickt in de Wieden,
As dacht se an verläden Tieden, –
„Jä, Herr Großherzog", seggt se äben,
„Wenn ick so trügg denk in mien Läben, –
Se süllen mi mal früher seihn,
Wat wier ick smierig in de Bein!
Nu œwer, – 'löben S' mi man tau,
Mit hunnertnägen ward 't all flau,
Denn kamen allerhand Molesten, –
De iersten hunnert wiern de besten!
Se œwer sünd jo gaud tauwäg
Un hebben ok 'ne bäder Pläg,
Bi mi wiern *dit* de besten Johren,
Bi Se mag 't jo noch länger wohren!"

De Klingelbütel

Daglöhner Prüß ut Techentin
Wier tau Besök mal in Swerin
Un würd, as he tau Hus dat dahn,
Hier Sünndags ok tau Kirch mal gahn;
Nu seet he dor un keek ümher,
Wo dat hier einmal prächtig wier,
De Örgel würd so herrlich spälen,
Un ut de välen Minschenkählen
Steeg de Gesang von Grot un Lütt,
Un Vadder Prüß süng tapfer mit,
In de Gesäng'n wüßt he Bescheid,
Un wier ganz weg in Frömmigkeit.

Up einmal œwer ward he kieken,
Dor kümmt so einer antauslieken,
De dreggt sick mit 'n langen Staken
Un ward dor sien Gewäs' mit maken,
Un an den Schacht sitt vörn wat an.
Oll Prüß, de œgt, so dull he kann,
Un nimmt dat scharp in Ogenschien,
Dat schient 'n swart Stück Tüg tau sien.
Doch wat de Kierl, de kriggt dat Lopen,
Un hölt de Lüd nu alltauhopen
Den langen Staken vör de Näs'
Un bliwt so bi mit dit Gewäs'.
Un in dat Dings, wat an de Stang'n,
Ward'n weck nu mit de Hand 'rinlang'n,
Weck œwer ward de Kopp nich stahn,
Schürrkoppen blot, he süll man gahn.

Süh, denkt nu Prüß, de hett wat fund'n
Un hett dat an den Schacht anbund'n, –
Wat giwt dat einmal all för Saken!
Nu löppt de Kierl mit sienen Staken

Warraftig noch dörch alle Gäng'n
Un stürt de Lüd in ehr Gesäng'n.
Na, sowat is doch nich tau glöben,
Wat müßten 's Di hier 'ruterstöben!

De Kierl ward Prüßen neeger kamen;
Prüß knippt de Ogen dicht tausamen:
Wat is dat einmal, wat he fund'n,
Wat hett he sick dor 'rannerbund'n, –
Ach so! denkt he, nu kam 'ck dorhinner,
Dat is jo 't ok! na, Lüd un Kinner!
Wo einer sick verkieken kann!
Dor sitt jo ok 'ne Tröddel an.

Indeß de Kierl mit sienen Schacht
Kümmt nu bi Prüßen anmaracht,
Un mit 'n Wupdi schüwt he vör
Un makt bi Prüßen sien Hannühr.
Prüß kickt mit 't linke Og so hen
Un schürrkoppt blot un seggt em denn:
„Mann, stürn S' mi nich hier mang de Lieder,
Mien Mütz is 't ok nich, gahn S' man wieder!"

De fiene Ton

Fru „Ganz-Geheim-Ministerial-
Hülfsaktendräger" Besendal,
De wier heil slimm up Titelatschon
Un sprök blot gäl för ehr Person –
Un würd mit so 'ne blot verkiehrn,
De ok so 'n bäten „Bädres" wiern;
Se keek ganz leeg, säd einer mal
So slankweg hen: Fru Besendal!
Fru Besendal künn jeder heiten,

Wer Bildung harr, de süll ok weiten,
Se wier nich blot: Fru Besendal,
Se wier „Geheim Ministerial –"
Un noch 'n Titel kem dor achter,
Doch dit säd se all bäten sachter,
Dit künn denn giern ok fählen blieben,
Man brukt de Sak nich œwerdrieben.

Fru Besendal harr nu ok Kinner,
Dor wull dat Fiene gornich 'rinner,
Dor künn se schimpen un künn draugen,
Un mit den Schacht mang 'rümmerhaugen
Un sick de Tung ut'n Hals 'rut schriegen,
De Bildung wier nich 'rintaukriegen,
Dor hülp kein Schimpen un kein Schachten,
De müßten nah den Vadder slachten.
Un dorin harr de Fru ok recht,
Denn wat nich is un wat nich döggt,
Un wat nich will un wat nich kann, –
Is ümmer Vadder schuld doran.

Nu is dat einmal so in'n Läben,
Dat vörnehm Lüd Gesellschaft gäben,
Un jederein strengt sick denn an
Un spält sick up, so gaud he kann.
Dit wull nu ok Fru Besendal;
Se ladt sick 'ne Gesellschaft mal,
Dat ok de Nahwern rings ümher
Mal seegen, wo se vörnehm wier,
Denn vörnehm sien un vörnehm läben,
Wat Högeres künn 't gornich gäben!

Fru Besendal nehm nu vörher
Sick jeden Dag ehr Kinner vör
Un bröcht mit männig List un Pli
Un Släg ehr so de Bildung bi:

Dat keiner bi dat Äten slappste
Un keiner nah den Kauken grappste
Un keiner mit de Ogen schulte
Un kein' sick in de Näs' 'rümpulte,
Un ümmer gäl un hochdütsch snacken,
Süß süll nahher de Hahn ehr hacken!

De grote Dag is denn ok kamen,
Un de Gesellschaft sitt tausamen,
Un Fru Geheime kickt ümher,
Wo dat doch einmal vörnehm wier,
Un wo dat mit de Wiengläs' klüng,
Un wo dat all mit 'n Ditum güng,
Un Fru Geheime föhlt sick äben,
As würd se in de Wulken swäben, –
Up einmal störkt ein von de Kinner,
Ehr Lüttst, ehr Heinerküker 'rinner
Un trippelt ängstlich hen un her,
As wenn em wat tau leiden wier.

Fix ward sien Mudder nah em griepen,
Un ward em mit de Nœgel kniepen,
Un tuhlt em heimlich in de Hoor
Un tuschelt lies em wat in't Uhr, –
Un Hinnerk diest nu ut de Dör,
As harr he ganz wat Iligs vör.

Na, Gott sei Dank! Da war noch Glück!
Denkt Fru Geheime still bi sick,
Daß ich den Delf bei Zeiten hörte,
Und daß er nicht die Tafel störte, –
Un will nu recht petünt un äben
Den Läpel Is tauhöchten häben, –
Up einmal kickt se as 'n Narr,
As wenn ehr ein wat andahn harr,
De Dör ward wedder apen gahn,

Un Heinerküker ward dor stahn,
Un alls fort hoch – du lewer Gott!
He dreggt in jeder Hand 'nen Pott, –
'nen Pott! na, jeder kennt em jo!
Un geiht nu up sien Mudder tau,
Doch dorbi makt he ein Gebier,
As wenn he sick nich säker wier.

„Pfui, Heino!" ward sien Mudder schriegen,
„Nun wirst Du gleich die Rute kriegen,
Du großer Lümmel solltst Dich schämen!"

„Jä, Mudding, welchen soll ich nehmen?
Da steht 'nen droßen und 'nen tleinen, –
Der droße Pötting, – is das Deinen?"

Kinnermund

Dat 's abends in de Schummerstund'n.
Großmudder hett 'n Dauk ümbund'n
Un hett den Stauhl sick 'ranner schaben
Un sitt nu an den warmen Aben,
Un Fritz de Lütt un Franz de Grot,
De sitten beid' up ehren Schot.

„Du, Größing", fangt de Grot nu an,
„Vertell doch mal von'n Bulemann
Un von de Hex un Hans un Greten,
As de dor bi den Kauken seeten, –
Dat Märchen mag ick tau giern lieden!"
Un piekst nu Größing in de Sieden.
„Ach, lat doch!" ward nu Größing schellen,
„Ick sall ok ümmertau vertellen,
Nu wull ick grad eins œwerdrusen, –"

Doch nu fangt Fritz ok an tau smusen:
„Ne, Größing, mak de Ogen apen,
Du kannst de ganze Nacht noch slapen,
Du sädst mi ierst, ick wier de Best,
Un bün ok hüt ganz orig west, –
Du büst jo ok mien beste Größing!“
Na, Größing kloppt em vör de Hösing, –
„Ne, wat de Jung doch gungeln kann,
Denn helpt dat nich, denn möt ick ’ran!“
Un Fritz un Franz, de sünd nu froh
Un hüren beid ganz nipping tau.

„Dor wier mal eins ’ne Mießekatt,
De hett twei lütte Jungen hatt,
Un hööl so väl von disse Lütten
Un würd den ganzen Dag bi sitten
Un säd, se süll’n ok bi ehr blieben
Un süll’n sick jo nich ’rümmerdrieben
Un jo nich nah de Strat ’rutlopen,
Dor wiern de Hunden alltauhopen,
Un ein dorvon, de wier so grot,
De beet ehr dod.
Doch wat de beiden Lütten wieren,
De wullen nich up Mudding hüren,
Un de is grad mal ’rutergahn
Un leet de Husdör apen stahn,
Dunn slieken se sick ut de Dör,
Un dunn kümmt grad de Waufhund her
Un ward ehr fraud –
Un bitt ehr dod.
Süh so! Nu seet ehr Mudding dor
Un maugt un paugt dat ganze Johr,
Un eet kein Fleisch un eet kein Brot
Un greep kein Müs’ un Rötten mihr,
Bet se denn ganz verhungert wier, –
Un dunn wier s’ dod.

Un grad so is dat mit Jug Kinner!
Wenn ick Jug raup, kamt Ji nich 'rinner,
Ick möt denn ümmer 'rümmer jagden,
Jug' Mudding süll Jug düchdig schachten,
Wenn Ji Jug' Mudding argern dauht,
Denn söllt Ji seihn, denn bliwt se dod!
Dat 's wiß un wohr,
Denn sitt't Ji dor!
Denn führt de Dodenwagen vör,
Ji weit't doch, mit de swarten Pier,
Un denn hewt Ji kein Mudding mihr, –
Willt Ji ok ümmer orig sien?"

Franz, wat de Grot, de makt so 'n Mien,
As würd he sick dat œwerleggen,
Un kickt, as mücht he woll wat seggen,
He denkt an Pier un Dodenwagen, –
„Du, Größing", ward he fründlich fragen,
So fründlich, as he jichtens kann,
„Krieg ick mien sünndagsch Tüg denn an?"

Na, hier hett Größing nich an dacht;
Nu süht se, wo ok Fritzing lacht,
De fangt nu ok noch an tau snacken:
„Lett Vadding denn ok Kauken backen?"

„Du büst jo doch 'n groten Sleif!
So wenig hest Du Mudding lew?
Du denkst dorbi an Kaukenäten?
Jungs, schämt Ji Jug denn gornich bäten?"

„Na, wenn 't nich is", seggt nu de Grot,
„Du füngst jo an, se blew uns dod,
Ick hew Di seggt von Hans un Greten,
Von Katten will'n wir gornix weiten,"
Un klarrert 'runner von den Schot,

„Uns' Mudding bliwt noch lang' nich dod,
Un Mudding deiht uns gornich schellen,
Un Du wist Märchen uns vertellen
Von Katten un von Dodenwagen?
Du hest uns schön de Hut vull lagen,
Dit Märchen is jo gornich wohr, –
Hä, Größing, hä! – nu sittst Du dor!
Nu sittst Du dor!"

Dat Bodderbrot

Großmudding kümmt ut de Husdör 'rut
Un süht so fründlich un gäuding ut
Un hett den Lütten an de Hand.
„Süh so, nu sett Di man hier an de Wand,
Denn Töller leggst Di up Dienen Schot
Un denn ettst Du düchdig Bodderbrot,
Un giw ok nix den Tickerhahn;
Ick möt noch ierst wedder 'rinnergahn,
Ick möt jo nah Dien Swestings seihn,
Un hest Du 't up, lütt Hannemann,
Denn raup mi man,
Denn kriggst noch ein!"
Un Größing nickt un geiht denn 'rinner!
Nah de annern Kinner.

Lütt Hanne langt nah sienen Schot
Un freut sick tau sien Bodderbrot,
Dat wier all fien!
Un dat smeckt mal fien!
He dreiht de Snäd sick hen un her,
Un wo am dicksten de Bodder wier,
Dor bitt he 'rin un ward denn so kieken
Un ward sick den lütten Magen strieken,

Un beide Backen hett he vull
Un stoppt un proppt un kaugt verdull,
Wenn he nu hier mit farig wier,
Denn gew 't noch mihr,
Denn bröcht em Größing noch mihr Snäden, –
Un Hanning feuhlt sick so heil taufräden.

Up einmal swänzelt sick nah Hanne
Lütt Phylax 'ranner
Un kickt em an, as wull he wat,
As harr he ok woll giern wat hatt.
„Du triggst nix af – dat is all mien!
Dor in de Schöttel, dat is dien!"
Un wedder bitt he in de Schiew,
Doch Phylax rückt em nu tau Liew,
He denkt woll, Hanne seggt man so,
Un kickt nu noch wat scharper tau.
Nu hölt lütt Hanne up tau kaugen
Un ward em draugen –
„Dah weg, du Hund! – Ick hau di dod!"
Un in de Hand dat Bodderbrot
Haugt he nu tau;
Lütt Phylax œwer seggt: wauwau!
He hett dat ganz verkiehrt verstahn,
He ward nu noch wat neeger gahn
Un ward nu in de Snäd 'rinbieten
Un de em ut de Hand 'rut rieten
Un löppt denn nah de Schündäl 'rup
Un frett s' dor up.

Lütt Hannemann is ganz verzufft, –
He halt hoch Luft, –
He kickt in sien lütt Göpsen 'rin,
Is nix mihr in!
Nu schriet he los, so lud he kann:

„De Waufhund dahn! – De Waufhund dahn!“
Un bölkt nu los ut vuller Kähl.
Dit hürt nu Größing up de Däl,
Fix störkt se ’ruter ut de Dör,
„Wat is dor los? – Wat fählt dat Gör?
Mien Küking, hett Di einer slahn?“
„De Waufhund dahn! De Waufhund dahn!
Mien Happebrot!
Hau Waufhund dod!“
„De Waufhund hett Dien Brot upfräten?
Hett denn de Hund hier bi Di säten?“
Un ward nu gäuding mit em snacken,
„De Tickerhahn, de sall em hacken!
Töw, Phylax, töw, – du kumm mi man,
Di haug ick, wat ick haugen kann!
Na, wein man nich, un kumm man her,
Ick hal Di mihr!“
Un Größing is doch gor tau gaud,
He kriggt nu gliek twei Bodderbrot.

Na, nu is Hanning ok taufräden
Un freut sick tau sien beiden Snäden
Un höllt sick gornich up un ett,
Un as he alls tau Bost nu hett,
Dunn kickt he bäten hen un her,
Wo Phylax wier.
„Nu tannst du tamen!“ röppt em Hanne,
Doch Phylax trugte sick nich ’ranner,
He keek un schulte so verstahlen,
He harr kein Lust, sick Släg tau halen.
Nu ward em Hanne ierst verstahn,
He ward nah Größing ’rinnergahn, –
„Du, Größing“, fangt he an tau paugen,
„Du brukst em gornich mihr tau haugen,
Dat wier man bäten Bodderbrot,
Haug em nich dod,

He hett mi seggt, – ick süll Di seggen,
He wull dorför ok – Eier leggen!"
„Na", lacht nu Größing, „dat 's man gaud,
Denn hemm 'w doch wat för't Bodderbrot!"

De Tuschhannel

Du Mudding, Fritz Moll hett 'ne Swester krägen,
De Aderbor is up't Dack 'rupstägen, –
Fritz hett dat sülwst seihn, –
De Aderbor reet den Snawel vonein,
Un mit einen Mal,
Palldangs fööl de Diern in den Schornstein dal; –
Worüm is he denn nah uns nich kamen!
Ick harr so giern 'ne lütt Swester nahmen!"
Sien Mudder grient. „Dat seggst Du so,
Dor hebben wi gor kein Tied nich tau,
Wi hebben de Käuh un de Schap un de Swien,
Dat sall all börmt un faudert sien,
Un denn hemm wi de beiden Sœgen,
De hebben doch ok ierst Farken krägen, –
Wi will'n man heil taufräden sien!"

„Ach", seggt de Jung, „wat sall 'ck mit Swien!
Ick kann doch mit uns' Swien nich spälen,
Grad so 'n lütt Swesting, de ward mi fählen!
Un Nahwer Moll's hebben sœben Stück!" –
He œwerleggt 'n Ogenblick, –
„Du, Mudder, weitst wat?
So maken wi dat!
Wi hemm so väl Farken, un Moll's, de hemm kein,
Wi könn'n jo mit tuschen, Du sast mal seihn,
Fritz giwt mi sien Swester, – he kriggt jo noch mihr! –
Un wi, wi gäben em 'n lütt Farken dorför!"

Dat Oeckerswien

Großmudding hett Besök ut de Stadt,
So 'n lewen Besök hett se lang' nich hatt!
Ehr Dochterkind, lütt Ading is dor,
So 'n lütten Klabater von drüddhalw Johr,
Un Größing vertellt em von dit un von dat:
Von den Waufehund un de Mießekatt,
Se wiest em de Böm, wo de Appels an sitten,
Un de Tickerhäuhnings un all de Lütten,
De Küken mit de Kluck, –
Un den Zägenbuck
Un de Wielergäus – un all de Anten
Un de Huttepier, de in den Pierstall wahnten,
Un de Buhkäuh un Bahschap mit all ehr Kinner,
Un kamen tauletzt ok nah 'n Swienstall 'rinner
Un ward'n dor nah de Bucht 'rangahn,
Dat Swien fangt gliek tau œckern an.
„Harregott!" seggt Größing, „dat hew 'ck rein vergäten,
Dat Öckerswien hett jo gor nix tau fräten,
Mien Küking, nu bliew mal hier bistahn,
Ick will nu fix mal 'ruppergahn
Un Öckerswien sien Happer halen –"
Un Größing makt sick up de Sahlen
Un trippelt mit ehr ollen Bein,
Un Ading steiht nu ganz allein.

Dat Öckerswien œwer bliwt bi't Schriegen
Un ward dat Lopen un Toben kriegen
Un bollwarkt mit de smutzig Snut
Un steckt se tauletzt ut den Kaben 'rut.

Lütt Ading œwer kickt un steiht
Un grüwelt, wat Öckerswien meinen deiht,
Wat Öckerswien will, he kann 't nich verstahn, –
Nu œwer ward he doch neeger gahn,

Haha! nu weit he, wat he will –
„Du Öckerfien, nu sie man till!“
Un dorbi ei’t em de lütt Setter, –
„Dien Droßmudding – tümmt dliek wedder!“

Dat Markmal

Lütt Heiner bi de Meßkuhl sitt
Un plümpert in de Adelpütt
Un hœgt sick, wat he maken kann;
Dunn fött wen an de Hofdör an,
Ein Frömden kümmt dor ’rintaugahn
Un kickt un bliwt bi Heinern stahn
Un fröggt em: „Jung, wo is de Oll?
Wo drap ick Dienen Vadder woll?“

De Lütt kickt vör sick dal un lacht
Un plümpert wieder mit den Schacht.

„Na, Jung, nu segg, wo is he denn?“
Dunn wiest de mit den Schacht so hen:
„He is in’n Swienstall bi de Swien!“
„Un wonäf ward Jug’ Swienstall sien?“
„Dor is he jo!“ seggt nu de Lütt.
„Na“, seggt de Mann, „denn kumm mal mit,
Dat is hier all so biesterig,
Ick kenn doch Dienen Vadder nich!“

Nu kickt lütt Heiner hoch in End’n;
„Mien Vadder is doch licht tau kennen, –
Dor bi de Swien – dor kiek man tau!
De ’n Mütz up hett, – dat is he jo!“

Wat nu noch?

Lütt Petermann is wrœgelig,
He sall tau Bedd un will noch nich,
He prünt dat Mul un makt 'ne Schüpp
Un krüs't so mit de Ünnerlipp
Un gnatzt un gnarrt un gnaugt un paugt,
Bet Mudder mit de Raud em draugt:
„Wenn D' nu nich makst, Du Racker Du,
Giwt 't weck vör'n Fitze-Fatze-Fu!"
Dit helpt denn ok, un Petermann,
De snuckst un treckt sien Nachtpi an,
Is mulsch mit Muddern un mit Vaddern
Un ward denn in sien Weig 'rinkladdern
Un gliek de Näs' in't Küssen stäken.

„Wust Du Dien Nachtgebäd nich spräken?
Ahn bäden wust Du slapen gahn?
Sall nachts kein Engel bi Di stahn?
Nu bäd mal fixing: Ich bin klein!
Süß sast mal ierst Dien Mudding seihn!"
Un Mudding kriggt em wedder hoch.
Doch Petermann, de hett hüt naug,
Sien Mudding mag dor stahn un räden,
He will nu œwer grad nich bäden,
Nu grad mal nich! – Dor helpt kein Snacken,
He 's bucksch un smitt den Kopp in'n Nacken.

Up einmal blitzt dat an den Häben,
Dat bullert, dat de Finstern bäben, –
Ahn, dat dat einer fraud hett krägen,
Is ein Gewitter 'rupperstägen.

Lütt Peter hett sick dull verfiehrt,
As he dat buten bullern hürt,
Dit hett em doch wat œwernahmen,

Dit wier tau glupsch un striepig kamen.
He kickt verbas't sien Mudder an, –
„Süh so, dor hest Du 't, Petermann,
Paß blot mal up, wat nu passiert;
Lew Gott is bös, de hett dat hürt,
Dat Du hüt abend buckig büst
Un gottlos un nich bäden wist,
Nu folg doch fix de Händ'n tausamen,
Süß ward lew Gott noch düller kamen."

Lütt Petern is 't woll nich tau Paß,
Doch ok dat Bullern is kein Spaß,
Un tœgrig folgt he sien lütt Händ'n
Un bringt sien Bädels ok tau End'n;
Doch künn man 't marken an sien Spräken,
De Buck würd doch noch in em stäken.

Lütt Peter slöppt nu all bilütten,
Sien Mudding ward noch bi em sitten
Un horcht, ob he all slapen mag, –
Up einmal kümmt 'n forschen Slag,
Dat knackt, as güng de Welt vonein,
As brök de Häben kort un klein.

Lütt Peter, de binah all slapen,
Ritt nu de beiden Ogen apen,
Kickt wedderdäsch üm dit Gebuller, –
He hett noch ümmer 'n lütten Kuller, –
Un fröggt sien Mudder ganz in'n Stillen:
„Wat mag he nu all wedder willen?"

Mangkaktäten

As ick noch in korten Büxen,
Wier mi 't ümmer gegen Strich,
Kakt mien Mudder Mangkaktäten,
Mangkaktäten mücht ick nich.

Un so hoch würd ick denn kaugen,
Un dat Sluken güng so swier,
Un ick keek up mienen Teller,
Wenn he blot ierst leddig wier.

Hüt is mi dat Mangkaktäten
Woll dat Beste, wat ick mag,
Un mien Fru, de kann dat kaken
Jeden twei'ten, drüdden Dag.

Blot, dor sünd mien Görn nu wedder,
Mit mien Görn is dat 'ne Plag,
Jedesmal, wenn 't Mangkaktäten,
Ümmer hemm se Magweihdag.

Un ick kann mi denn so argern,
Un dor helpt kein Räden tau, –
Un nu mücht ick blot mal fragen,
Geiht dat annern ok noch so?

Dat Oewerstraken

Mudding, kiek mal Swesting an,
Wat uns' Diern all grienen kann!
Un lütt Füsting kann s' all maken,
Will mi ümmer œwerstraken!

Swesting, na, denn ei' mi mal, –
So, nu lat ok Hännings dal,
Ümmertau möst ok nich ei'den, –
Swesting, lat Di doch verbeiden!

Au, Du tuhlst mi in de Hoor,
Töw, ick segg't den Aderbor!
De sall Di in'n Diek 'rinsmieten, –
Eische Diern, Du sast nich rieten!

Brauder weint – un Swesting lacht;
Mudder seggt: Dat hew 'ck mi dacht!
Kriggt ehr Döchting nu tau faten, –
Jung, dat kümmt von't Strieken laten!

De olle Jungfer

Dor geiht se dörch de Straten,
As all so männig Mal,
Von aller Welt verlaten,
Spreckt grienig vör sick dal,
Un as ein junget Mäten,
So dreiht se hen un her,
As harr se ganz vergäten,
Dat s' all bi Johren wier.

Man lett ehr ruhig dœsen,
Ehr kennt all jederein,
Un up ehr narrsches Wäsen
Ward gornich mihr up seihn,
Un wo dat all so kamen,
Dat kümmert keinen mihr,
Se glöben alltausamen,
Dat s' ümmer all so wier.

Un doch hett ok dat Läben
Ehr dörch de Adern strömt,
Von Glück un Maienhäben
Hett ok ehr Hart mal drömt,
Doch as dat Hart würd bläuhden
In ehren Läbensmai,
Dunn kem ein Storm tau weihden,
Dunn brök ehr Hart intwei.

Se hett 't denn ok verwund'n,
Doch würd se anners sien,
Se läwt noch in de Stund'n
Vull Glück un Sünnenschien,
Un geiht se nu dorlanken,
Is ehr so jung tau Sinn, –
Ick glöw, mit diss' Gedanken
Slöppt se ok einmal in.

Twei Blaumen

Ick hew 'ne Blaum vör't Finster stahn,
Dat is kein Ros', kein Tulipan,
Ick hew nich wüßt, woans se heit,
Nich wüßt, ob se mal bläuhden deiht.

In drögen Sand se trurig stünn,
Se wier all welk, as ick se fünn,
Ick hew se plant't un hew se plägt
Un hew se as mien eigen hägt.

Nu bläuht dat ierste Blaumenblatt,
Ick hew mien helle Freud an hatt,
Dit is ehr Dank, ick hew 't verstahn,
Dat ick mal Gaudes an ehr dahn.

Ein anner Blaum noch hew ick stahn,
Heil schön as Ros' un Tulipan,
De hew ick plant't in't eigen Hart, –
Glöw nich, dat de mi bläuhden ward.

Gewitter

Heit un swäul de Sommerdag.
Swart Gewitterschuer,
Blitz un Storm un Hagelslag
Liggen up de Luer.

Up de Luer liggt ok de See,
Speigelt Reit un Wieden, –
Arme Diern, dat Hart vull Weih,
Möt so bitter lieden!

Kennt nu ok dat olle Leid, –
Gistern – hüt – un morgen,
Ierst de Lew, so wild un heit,
Nahsten Gram un Sorgen!

Möt sick all, – un is so jung, –
Vör de Welt verstäken,
Will ehr in Vertwiefelung
't junge Hart all bräken! –

Un dat Schuer schüwt sick 'ran,
Wäuhlt mit dusend Armen, –
Herrgott, seih Dien Kinner an,
Lat uns nich verdarben!

Un dat pietscht un towt un lücht! –
Herr, wi sünd all Sünner!

Gah tau scharp nich in 't Gericht
Mit uns Minschenkinner!

Öwern See dat Wäder trök,
Bröcht grot Weih un Klagen,
In de ranke, slanke Bök
Hett de Blitz inslagen.

Geiht tau Rüst de Sommerdag,
Mand schient dörch de Rüstern,
Einsam liggt dat stille Flag,
Reit un Wieden flüstern,

Flüstern mit den Abendwind,
Dat up deipen Grund'n
Ein verlaten Minschenkind
Rauh un Fräden funden.

Mudding dod

De Abendsünn geiht still tau Rüst.
Lew Mudding liggt up't witte Linnen,
Ein Sünnenstrahl, de letzte ünnen,
Hett ehr de möden Ogen küßt,
Nu is 't vörbi mit Weih un Not, –
T'ens Fäuten steiht de bleike Dod.

Ut deepen Harten süfzt de Mann,
He hett de kolle Hand tau faten,
As wull he s' nie un nimmer laten, –
Schu kieken em sien Kinner an:
Uns' Mudding wier so lew un gaud,
Nu hemm wi kein, – nu is se dod!

He küßt ehr Händen, de nu kolt, –
Wo wieren Tied un Stunden bläben,
As se sick beid' tau eigen gäben,
Tau Maientied, an't Barkenholt,
Wat wier ehr dunn de Welt so grot! –
Nu slöp sien Fru, sien Glück wier dod!

He denkt doran, as vör de Weig
Se Hand in Hand tausamen stünden,
Worin dat gröttste Glück hier ünnen,
Ehr Kind in säuten Fräden leeg, –
Dit Kinding kregen se woll grot, –
Nu wein, mien Kind, – Dien Mudding dod!

Wo stünd se tau em, fast un tru,
Wo hett se, wenn mal Stunden kemen,
De em de Lust an 't Läben nehmen,
Em upricht as sien truge Fru,
Wo hülp se mit üm't däglich Brot, –
Wier all vörbi! – sien Fru wier dod!

Un denn müßt he dat Elend seihn,
De Dod stünn up ehr Lippen schräben,
Un wull so giern noch wieder läben, –
Un äben wier 't nu doch gescheihn, –
He folgt de Händ'n in sienen Schot:
Mien lewe gaude Fru is dod!

Un heite Trahnen fallen dal, –
Dunn is 't, as ward ein Engel swäben,
Un in den gollen Abendhäben
Verflüggt he as ein Sünnenstrahl, –
Von wieden lücht dat Abendrot:
Weint nich üm ehr – nu hett se 't gaud!

Gollenhochtiedsdag un Harwst

Hürst Du den Harwst? – De Stormwind hult
Un fägt üm dat Dack un tast un tuhlt
Un ritt an de Laden un kloppt an de Dör,
Will ropen un rümen, wat mullsch un mür. –

Großvadder sitt in sien Stuw allein.
De Sienigen slapen, de Klock geiht up: ein,
De Schienlamp brennt, – un dat tickt – un tickt –
Großvadder grüwelt un grient un nickt,
Is buten ok Storm un weihden de Bläder,
Hier binnen is Bläuhden un Frühjohrswäder.

Großvadder drömt von verläden Tieden,
De lang' all vergahn, un sinnt in de Wieden
Un rädt in Gedanken un fröggt un söcht, –
Un de Johre stiegen ut dat Graw tauhöcht,
Un lewe Gesichter, de lang' he nich seihn,
De lang' all henslapen ünner Gras un Stein,
He süht se dor sitten – süll Gott dat gäben,
Süll he de Tieden noch einmal beläben?
De Tieden von Jugend un Sünnenschien
Un hüt süll sien greune Hochtied sien? –

Juch Hochtied! – Dat junge Poor sall läben! –
Un he is de Brutmann – un sien Brut sitt dornäben –
Un he kickt ehr in't Og', un dor blänkert de Freud',
So 'n Brut un so 'n Brutmann, as se twei beid', –
Un se kickt denn wedder so schämig un schu –
»Mien lew seute Diern, nu büst Du mien Fru –«
Un stött mit ehr an –
un de Klock sleiht: ein!
Un de Drom is ut, un he sitt allein,
So ganz allein up dat olle Flag, –
Un hüt is sien Gollenhochtiedsdag.

Un de Wind hult buten un breckt un knickt, –
Großvadder grüwelt, de Wandklock tickt,
De Wieser geiht wieder, stiggt hoch un geiht nedder,
Un de Tied, de vergahn, bringt keiner wedder.

Großvadder nimmt sick dat Bild von de Wand
Un strakt dat lew œwer mit bäwrige Hand
Un geiht an dat Schapp un söcht mang de Brew,
De vör föftig Johren sien Brut em schrew, –
»Kiek, Mudding, Dien Brew, de hest Du mi schräben,
Dunn wiern wi noch jung, dunn bläuhte dat Läben,
De kreeg ick von Di, as ick Brutmann wier,
Nu hür mal nipp tau, ick läs' se Di vör:
    Ick hew Di so lew un ick bün Di tru,
    Un sünd wi ierst nahstens Mann un Fru,
    Denn will ick mit helpen un dauhn un ringen,
    Uns' Herrgott, de ward uns woll vörwarts bringen

Ja, vörwarts bringen, dat hett He ok dahn,
Un uprecht sünd wi dörch't Läben gahn,
Un Du wierst mien Stütt!
Un weitst woll, lew Mudding, bald kem ok uns' Lütt, –
O, wat vör Freuden dat Hart mi slög,
As ick mien lütt Diern up de Armen drög!
För dit lütt Wäsen, dor wull ick för sträben,
Dor wull ick giern Sweit un Blaud för gäben, –
Un wenn denn tau End'n uns' Dagwark wier,
Denn seeten wi abends mit uns' Lütt an de Ird
Un kluckerten 'rümmer – Du, weitst woll noch?
Dat wieren de besten Johre doch! –
De Tied is vergahn, wi würden 't nich fraud,
Wi harren uns' Arbeit üm't däglich Brot
Un harren uns' Dauhn un harren uns' Plag',
Un Stunden sünd kamen, dor güng 't uns man schrag,
Bi Tüffel un Solt un drögen Snäden,
Un wieren doch glücklich un wieren taufräden,

Un Du, lew Mudding, wierst ümmer dor!
Du harrst Dien Plag' mit den Aderbor,
De kem ok so oft un beet in de Bein,
Du seetst denn tau Hus mit de Lütten allein
Un hest doch Dien Arbeit mit Freuden dahn!

De Kinner sünd nah de Schaul denn gahn –
Un hebben wat liert un wieren uns' Stolt, –
Un ihr' wi dat markten, dunn wieren wi olt,
Uns' Kinner, de bugten sick sülwst ehr Nest,
Un wi beid' hemm danzt up ehr Hochtiedsfest, –
O, Mudder, wo is de Tied verflagen,
As Du sülwst de Hochtiedskron hest dragen!

Un Großvadder sitt iernst un grient nich mihr
Un spreckt so ganz lies', as würd em dat swier:
„Un denn kem dat Johr, dat böse Johr,
Dunn stünn in diss' Stuw de Dodenbohr, –
Se drögen Di 'rut – un ick wier allein, –
Lew Mudding, wenn krieg ick Di wedder tau seihn!
Ick bün hier verwaist up dat olle Flag, –
Un hüt is uns' Gollenhochtiedsdag!"

Un buten rast un tast de Storm,
De Wandklock tickt, –
De Dodenworm,
De pickt – un pickt –
Frühjohr un Sommer sünd vergahn,
Mit Lust un Lew, –
Un up de Brew
Föllt still 'ne Tran.
Un de Harwst steiht buten un kloppt an de Dör,
Will ropen un rümen, wat mullsch un mür. –

Heinrich de Pilgrim

Ut Niklotstamm Herr Heinrich,
De trök in 't heilig Land,
Drög männig Smad un Leiden
In Hitt un Sünnenbrand,
Dat Flag, wo Christus läden,
Dat süll he nie nich seihn, –
Nu drög he Sklavenkäden
Woll achter Slott un Stein.

Nu seet he in de Hegtnis
All sörre Dag un Johr,
Von Kummer bleik de Backen,
Von Sorgen witt de Hoor,
Harr ümmer lurt up Lösung
De lange, lange Tied,
Nu harr he 't sick begäben,
De Weg wier woll tau wied.

„Ji Wulken hoch an'n Häben,
Jug klag ick Not un Weih,
Kamt ji up Wind un Wägen
Eins an de dütsche See,
Denn grüßt mien Land un Lewen,
Mien Fru in wiede Fiern,
Einmal an't Hart se drücken,
Denn wull ick starben giern!"

Herr Heinrich wischt de Ogen,
Em brennt de heite Tran, –
Dunn kümmt oll Martin Bleyer,
Sien Deiner 'rintaugahn,
Bringt keuhlen Drunk tau drinken,
Bringt Braden, Brot un Fisch,
Un deckt mit Freud un Hœgen
Herrn Heinrich sienen Disch.

Dat wier oll Martin Bleyer,
De Mann vull truge Lew,
De ok in slichten Tieden
De einzig Truge blew,
De einzig, de Herrn Heinrich
Hett rökt un plägt un wohrt,
Un wier ein Mann von Globen
Un echte dütsche Ort.

Herr Heinrich müßt oft darben,
An Spiesen leed he Not,
Sien Drunk wier fleeten Water,
Un schimmlig wier sien Brot, –
Dunn lierte Martin wäben,
Un bröcht 't man 'ringen Lohn,
He künn doch nu Herrn Heinrich
Mal wat tau Gauden dauhn.

Tau Kairo in de Hegtnis,
Dor gew dat schrage Kost,
Herr Heinrich süht de Gaben,
He treckt em an de Bost:
„Gott lohn Di, Martin Bleyer,
Du wohrlich truge Knecht,
Ick wull, ick künn Di lohnen,
As ick woll lohnen möcht!"

„Von Dank möt Ji nich spräken",
Seggt Martin Bleyer slicht,
„Kann ick 'ne Freud' Jug maken,
Denn ward dat Hart mi licht,
Ji drägt Jug' Last un Leiden
As Christ un Rittersmann,
Jug will ick alltied deinen,
So lang' ick deinen kann!"

Un wedder sitt Herr Heinrich
Un grüwelt deep un swier,
Un is de Dag up Irden,
As Christus buren wier,
He wielt mit sien Gedanken
Woll up ein wiedes Flag,
Wull schier dat Hart em bräken,
Denn wier 't an dissen Dag.

Dunn klirrt in't Slott de Slœtel,
Un apen flüggt de Dör,
Un 'rinner störkt oll Martin,
De Aten geiht em swier,
Wat lüchten em de Ogen,
Em bewern Hand un Bein, –
Herr Heinrich springt tauhöchten,
As he den Deiner seihn.

„Wat bringst Du, Martin Bleyer,
Dien Ogen lüchten hell,
As müchtst Du Gaudes weiten, –
So räd doch, tru Gesell!
Ick würd diss' Nacht wat drömen,
Dat wier so itel schön,
Ick drömt von Fru un Kinner,
De süll ick wedderseihn!"

Doch up de Knei sackt Martin
Un bädt: „Herr Jesus Christ,
De Du allein up Irden
Uns' Hülp un Hüsung büst. –
Herr Heinrich, folgt de Händen
Un bädt tau Gott mit mi,
Uns' Leiden sünd tau End'n,
De Sultan gew uns fri!"

Herr Heinrich steiht in Sinnen,
De Sprak is em vergahn,
Nu, dat de Stund' is kamen,
Nu kann he 't nich verstahn,
Nu kann he nix as weinen,
He hett 't nich glöben möcht,
Un bögt de Knei tau danken
Un bädt mit sienen Knecht.

Wat klingen in de Wisme
De Klocken hüt so klor?
Herr Heinrich hölt hüt Intog
Nah sößuntwintig Johr,
Un näben em tau Sieden
Ritt mit de Wendenfahn
De truge Martin Bleyer,
De olle Kriegskumpan.

Un as de Abend kamen,
Is hell de grote Saal,
Herr Heinrich hölt hüt Tafel
Un giwt ein grotes Mahl
Un näben em tau Sieden
Dor sitt de truge Knecht,
Hüt will Herr Heinrich lohnen,
As he woll lohnen möcht.

He nimmt den gollen Bäker
Un gütt em hoch vull Wien
Un reckt em Martin Bleyer:
„Du sast de Ierste sien!
So tru as Du wier keiner,
Un kreegst so 'ringen Lohn, –
Hüt will ick Di bedeinen
Un will 't von Harten dauhn!

Ick lad Di nu tiedsläbens
As Gast an mienen Disch,
Mit mi ettst Du tausamen
Nu Braden, Brot un Fisch,
Un Fründ sast Du mi heiten,
So lang dit Hart noch sleiht, –
Gott œwer lohn Di bäder
Eins in de Ewigkeit!“

Noch hüt geiht dörch de Landen
Ein Sag von Öllers her,
Von einen framen Fürsten,
De lang’ in Knechtschaft wier,
Von einen trugen Deiner,
De em hett plägt un wohrt, –
Un is ein Sang tau Ihren
Von plattdütsch Slag un Ort.

Inholt

Angelika Heim / Detlef Hamer

Rostock – Innenansichten

1. Aufl., 160 Seiten mit 108 vierfarbigen Abbildungen und 32 s/w-Illustrationen, gebunden, 4farbiger Einband, cellophaniert, Ladenpreise M 19,80.

Die alte, junggebliebene Hansestadt in schönen Bildern mit einem sie begleitenden, erzählenden Text – charakteristische Bürgerhäuser und Gebäudeensembles, Straßen und Plätze, die der Altstadt Rostocks und Warnemünde das Gepräge geben, Wiedergaben ausgewählter Kunstwerke im Freiraum, Blicke auf architektonische Details, Impressionen von Kirchen, Toren, Museen und historischen Gaststätten. Den farbigen, in jüngster Zeit entstandenen Aufnahmen sind einige Schwarzweißbilder aus Rostocks Vergangenheit zur Seite gestellt, die auf geschichtliche Werte einstiger und bewahrter heutiger Motive verweisen. In den überwiegend knappen Kommentaren zu den Fotos werden die Besonderheiten des hanseatischen Flairs sowie die unverwechselbaren Eigenheiten städtebaulicher künstlerischer und kunsthandwerklicher Hervorbringungen umrissen.
Der Textteil im Anhang macht Einheimische und Rostock-Besucher mit Serviceleistungen (u. a. Theater, Museen, Galerien, Zoo, Botanischer Garten, Restaurants) vertraut.

KONRAD REICH VERLAG ROSTOCK

Heimkehr nach Mecklenburg
Eine Reise in die Vergangenheit

1. Auflage, 352 Seiten mit 22 s/w-Illustrationen, gebunden, 4farbiger Schutzumschlag, Ladenpreis M 19,80.

Mecklenburg ist das landschaftlich schöne Gebiet zwischen Holstein und Pommern, zwischen Elbe/Elde und Ostsee, das bald auf eine tausendjährige Geschichte zurückblicken kann – aber so recht offenbart sich dieses Land erst bei einem tiefen Blick in eben diese Vergangenheit, stellt sich Verständnis dafür ein, was hier alles einst war, was verschüttet und zerstört wurde, aber was dennoch in die heutigen Tage hinüberreicht. Der Leser wird eingeladen, Mecklenburg kennenzulernen. In 49 Beiträgen aus den Jahren 1925 bis 1935 beschreiben profunde Kenner wie Friedrich Barnewitz, Paul Beckmann, Gerhard Böhmer, Johannes Gillhoff, Ricarda Huch, Willy Krogmann, Gerhard Ringeling und Hermann Teuchert Städte mit ihrem Umfeld wie Schwerin, Ratzeburg, Dömitz, Grabow, Lübz, Bad Kleinen, Rehna, Güstrow, Teterow, Neubrandenburg, Neustrelitz, Malchow, Malchin, Bad Doberan, Kröpelin, Wismar und andere, Land und Leute der Griesen Gegend, Dörfer im mecklenburgischen Küstenland. Dichter kommen zu Wort und auch Plattdeutsch spielt, natürlich, eine Rolle. Eine Fülle von spannenden Geschichten und Informationen erwartet den Leser, und immer wieder dieses Land Mecklenburg, über das es so viel zu berichten gibt, und dem alle Beiträge ihre Liebe erklären.

KONRAD REICH VERLAG ROSTOCK

Die Revolution der Königin Luise

Geschichten aus Mecklenburg

1. Auflage, 352 Seiten mit 19 s/w-Illustrationen, gebunden, 4farbiger Schutzumschlag, Ladenpreis M 19,80.

Auch dieses Buch ist eine Reise in die Vergangenheit des mecklenburgischen Landes – über 50 Beiträge berühren kulturgeschichtlich-volkskundliche und historische Themen, die scheinbar weit in das Dunkel der Geschichte eingetaucht sind, ohne die aber das gegenwärtige Leben nicht denkbar wäre: zum Bild Mecklenburgs gehören der Adel in all seiner Widersprüchlichkeit, die Herzogshäuser – und allen voran die legendäre Königin Luise, eine Prinzessin aus dem Strelitz'schen, und der nicht minder berühmte »Dörchläuchting«-Herzog. Erzählt wird, wie beschwerlich einst eine Reise von Friedland nach Sternberg war und was sie kostete – oder wo das »echteste« Mecklenburg lag, welche Beziehungen Goethe zu Mecklenburg hatte. Es geht auch um Schützenzünfte, um Museen, urige Kneipen und die Gaststätten des Bürgertums, berichtet wird vom Rostocker Studentenleben, dem traditionsreichen Rostocker Pfingstmarkt, dem Tonnenabschlagen in Althagen, von Seemannsleben, Seemannsgarn und Sturmfluten, und es geht um viele andere informativ-hochinteressante Sachverhalte, die noch immer in die unmittelbare Gegenwart hineinreichen – wer weiß schon in Europa, daß Rudolph Karstadt, Begründer des Kaufhauskonzerns Karstadt, aus Mecklenburg stammt.

KONRAD REICH VERLAG ROSTOCK

Comic-Kalender 1991

Herausgegeben von Lydia Reich und Rudolf Grüttner

12 Monatsblätter, 72 vierfarbige Abbildungen, 29,7 × 42 cm.
Ladenpreis M 14,80.

Comic-Bildergeschichten haben längst die Welt erobert. Sie bieten Spaß, Unterhaltung, Spannung, sie spiegeln in ihrer Vielseitigkeit auch die Bilder wider, die wir auf uns selbst und die Welt richten. Kein Geringerer als Frankreichs Staatspräsident Francois Mitterrand regte 1989 an, eine europäische Comic-Schule zu schaffen, für ihn ist »der Comic eine Kunstform, die viele Maler inspiriert hat, angefangen bei Picasso in den dreißiger Jahren, aber auch das Kino und das Theater, gute Comics stimulieren die Phantasie, wecken die Neugier und gestalten den Geschmack«.
Der 1. Jahrgang unseres Comic-Kalenders ist eine Mischung aus alledem, Kinder und andere junggebliebene Leute finden in ihm die Abenteuer des berühmten Marsupilami ebenso wie Hermann van Veens Ente Alfred Jodocus Kwak, sie begegnen den Sternenwanderern in den »Gärten von Edena« und den »Spuren der Götter«, sie erleben das Amerika der großen Gangsterzeit und vieles andere mehr, gezeichnet und geschrieben von der Comic-Elite Westeuropas.

KONRAD REICH VERLAG ROSTOCK